轆轤之匣

THE ROKUROKUBI BOX

金亮 著

題獻給

一位愛吃放題*的少女

*自助餐吃到飽

序

這是一本幾乎難產的作品。

去年秋天，發生了一項重大事故，令我以為自己再沒能力寫下去，當時的我心情非常低落，雖然曾有幾次嘗試打開電腦繼續，但平時創作力充沛的腦子卻拒絕合作，雙手不聽使喚地屢次把電腦開了又關，關了又開，到最後，我知道我已經不行了，把完成了三分二的原稿封存，忍著淚，決定以後不再碰它。

在此，我要衷心多謝幾位一直默默支持我創作的舊朋友，以及一些新相識又喜歡我寫作的新朋友，全靠你們，我才能恢復信心，有勇氣重新面對這個對我來說最難克服的心魔，朋友說得好，我不應逃避，反而要面對，只有把故事完成，過去的悲傷才能忘掉，才能真正展開新的一頁。

幾位朋友的金石良言，尤如醍醐灌頂，令我有決心再次打開原稿，有趣的是，這段停筆的空窗期，反而令我腦子得到休養生息的機會，我發覺之前幾個一直想不通的劇情樽頸位，突然間全部都有新想法，而這些新想法，比起原先的構思更勝一籌，可謂因禍得福。

正因為有新的元素加入，我把原先的故事架構大幅修改，刪去一個人物，把部分角色的關係置換，劇情上也有所調整，到最後，總算完成這本幾乎胎死腹中的作品。

容許我再一次感謝秀威資訊，感謝他們一直對我作品的信任及欣賞，感謝責任編輯喬齊安，細心又妥善地替我完成整個出版流程，當然少不了所有支持我繼續寫下去的新舊朋友，尤其是那位為了鼓勵我而戴上藍色隱形眼鏡的好友，妳看故事真的看得很投入，令我非常感動，我希望能夠在以後的作品中，逐一向你們這班支持者道謝。

故事就像人生，有苦有甜，有哀有喜，如果我的作品就是人生，我願將我寫的故事，送給所有曾經跌倒的人，希望你們能夠重新站起來，重新面對未來。

金亮

二零一九年夏

天色愈來愈暗，想不到踏入炎炎盛夏，黃昏還是來得這麼匆忙，抬頭一看，被夕陽染成半邊桃紅的天空，夾雜另外半邊灰灰的、厚厚的烏雲，鼻子彷彿已嗅到水氣的味道，看來今晚會下一場大雨。

潘安俊心裡納悶，必須趕在天黑前，抵達村落。

駕著心愛的凱旋房車，沿著這條蜿蜒曲折的小路一直往東行，把嬌美的夕陽和醜陋的烏雲甩在身後，郊區的路沒有市區好走，路面總是凹凸不平，平時因為怕刮花車子，他一向很少來這些荒蕪偏遠的地方，但今日情況有點特殊。

今日是安俊第一次見彭夏蓮的家人，所以不論地點多麼偏僻，他都一定要來，因為，他很好奇。跟夏蓮拍拖這兩年間，安俊一次也沒見過她的家人，不單真人未見過，連照片也沒看過。

按理說，當女孩子認定自己的男朋友後，通常都會樂意介紹家人給他認識，除了是要向男朋友發出一個「我肯定你」的訊息外，也希望家人見到自己心愛的對象後，會作出認同和祝福，可是，夏蓮一直沒有這樣做。

不！應該說，她一直迴避這樣做。

最初安俊認為，這是夏蓮愛自己不夠深的緣故，所以一直不想帶自己見她的家人，可是，在這兩年的交往中，安俊發覺夏蓮對自己的付出，遠遠較自己為多，無論她工作有多忙，身體有多疲倦，只要自己一開口，夏蓮必定趕來相見，反而自己曾經為了應酬上司，或者跟同事通宵外出玩樂，整晚沒給她撥個電話，一想到這裡，安俊也感到有點羞愧。

可是，每次當提起她的家人時，她卻總是支吾以對，從不肯正面回應，對於夏蓮的家庭狀況，安俊只知道，她住在西貢半島東邊，一處叫爛泥灣村的鄉下地方，跟成長在上環市區的自己而言，身分背景可謂大不相同。

「我住的地方是窮鄉僻壤，家裡全是粗人，阿俊你這種住慣市區的年輕人，來了也只會嫌棄。」

每次提出拜訪她的家人時，她就會搬出這個藉口來推搪，令安俊心裡不是味兒，自己的家人妳全見過了，為什麼偏偏不讓我見妳的家人？

直至兩星期前，安俊向夏蓮求婚，她答應了，禮貌上，安俊覺得應該當面向她的父母提出這門親事，否則弄得好像自己不知禮數，給未來岳父岳母一個壞印象就不好了，於是，他再次向夏蓮提出見她家人。

令人意外地，夏蓮今次爽快地應承了。

「既然我答應嫁給你，你見我的家人也是應該的，只不過……」

「阿蓮，我愛妳，包括妳的所有，妳若有什麼苦衷，不妨直說，我一定會幫妳。」安俊急不及待回應。

「我父母……很早之前已經離世，家裡清貧，只得一個哥哥，一個妹妹。」

啊！原來父母早亡，難怪夏蓮一直羞於啟齒，以為我會因此而嫌棄她嗎？傻瓜！太空人也快要登上月球了，難道我還會這麼迂腐，對沒有父母照顧的孩子們，投以白眼嗎？

「我家屋子就在村落的盡頭，你來到村口時，我叫妹妹去接你，村落雖小，但我怕你人生路不熟，走錯岔路就麻煩了。」

「為什麼妳不來接我？」安俊感到奇怪。

「我想親自為你下廚，準備晚餐，會忙一整個下午，走不開。」她甜甜地報以一絲微笑。

天已經全黑了，亮著車頭燈，安俊小心翼翼觀察路面的指示牌，慎防自己走錯路，雖然之前夏蓮已經畫了地圖教他如何前來，但畢竟是第一次，在路程上，安俊已先後拐錯三次彎，結果抵達村口時，已經比原定時間遲了四十分鐘。

安俊趕忙下車，從車尾箱拿出大包小包，準備送給夏蓮哥哥的見面禮，正所謂長兄為父，雙親雖然不在，禮數還是要做足。他焦急地往村落方向跑過去，就在村口唯一一盞淡黃色街燈照射下，看見一位身穿白色短袖背心，淺灰色短褲，腳踏拖鞋的女孩。

女孩大概只有十多歲，個子不高，身型瘦削，但容貌秀麗，在暗淡的街燈照射下，遠遠已看見她一雙深邃閃亮的大眼睛，女孩臉型輪廓分明，眉骨高鼻樑挺，嘴唇豐厚飽滿，下巴尖尖，典型美人相。

她就是夏蓮的妹妹？夏蓮已經算是美人了，但她比姐姐長得還要漂亮，只可惜尚未發育完全，胸脯未算豐滿，四肢也顯得纖瘦，待她日後長大了，絕對比姐姐更迷人。

安俊抱著大包小包走過去，向女孩問。

「請問妳是阿蓮的妹妹嗎？」

女孩盯了他一眼。

「走吧！」

就這麼一句，女孩自顧自走在他前面帶路，完全沒有意圖幫他分擔一些帶來的禮物。

這個女孩，漂亮是漂亮了，但好像欠點禮貌，安俊心想。

沿著村子的泥地小路往前走，安俊跟在她身後，望住她那把長及腰際，烏黑光澤的秀髮，夏蓮是蓄齊肩短髮，想不到她妹妹的頭髮留得這麼長。

咦！對了，還未知妹妹的名字，夏蓮好像沒提起過。

「請問，妹妹妳叫什麼名字？」安俊向跑在前頭的女孩問。

「佟兒。」女孩簡短應了一句，頭也不回，繼續往前行。

「啊！佟兒是嗎？很好聽的名字，妳今年多少歲？」

「十四歲。」回答仍然那麼簡短。

「年紀還小呢，哈哈哈，佟兒啊，妳知道嗎，妳姐姐可是……」
突然，佟兒停下腳步，轉身望住安俊，他冷不防對方突然回頭，嚇得手上的東西差點全掉在地上。
「你，跟姐姐求婚了嗎？」佟兒面無表情地問。
奇怪，她為什麼明知故問？今次前來的目的，不正是為了婚事嗎？
「是，是的。」安俊耐著性子，用平和語氣回答，「我剛向阿蓮求婚，今次前來是……」
「分手吧！」
冷冷地吐出這句說話，佟兒轉身，繼續向前行。
這下安俊真的氣得爆炸，這個女孩，不單止沒禮貌，說話也夠尖酸刻薄了，她憑什麼說出這種話來！
安俊本想當面訓斥她，好歹自己也是她未來姐夫，對這個尊卑不分的女孩，不馬上加以糾正她的錯處，日後恐怕會變本加厲，可是，他細心一想，佟兒始終是夏蓮的妹妹，若把事情鬧大鬧僵，恐怕會令阿蓮難堪，這口氣，暫時還是吞下去吧。
然而，小女孩並不這麼想，當走到村落盡頭，眼前只看見一幢破舊但尚算偌大的房子時，她回頭說。
「現在還來得及，分手吧！」
安俊已經忍無可忍，他低下頭，望著佟兒，覺得有必要令她認清一件事實。
「我跟妳姐姐，一定會結婚，婚後我也會照顧妳們一家人，我家境算是富裕，工作收入也不錯，妳們一家三口，我都有能力照顧起來，所以請妹妹妳不要再用這種態度，對我說什麼分手不分手此等無稽的事！」
滿以為這樣可以喝退佟兒，但只見她搖搖頭，眼神憂怨地盯住自己。
「你搞錯了，我們是一家四口。」
安俊詫異得瞪大雙眼。

「誰告訴你我只有一個姐姐？二姐說的嗎？」佟兒幽幽地道，「假如我跟你說，我們一家四口都是怪物，你還願意來嗎？」

彭家恐怖故事（一）

一九六八年八月十四日　酉時

1

「這個故事，幹嘛說給我聽？」

卓家彥呷了一口奶茶，問坐在對面跟自己同齡的好友。

穿上清爽的天藍色配白色橫間襯衣，黑色及膝闊腳短褲，踏著一對灰白色便服鞋，家彥一身打扮，相當配合今天陽光明媚的早晨，俊朗的臉龐，燦爛的笑容，儼如他的招牌特徵。

大清早跟老朋友見面，本應是一件令人愉快的事情，只是，家彥的心情始終未完全平復。

自美國回來後，家彥本打算逐一相約以前的同學及朋友出來聚舊，但萬萬料不到，家裡這時卻出了大事，待處理完畢後，已過了幾個月，初春也變為盛夏。

經歷那次事件後，本來已沒心情再約朋友出來的家彥，卻突然收到眼前這位中學舊同學主動邀請，到他西貢老家相聚，家彥此刻望住他，心想，朋友啊！你樣子一點也沒變。

賈仲德長相其實不算醜，只是，五官不太搭配。臉型瘦削顴骨飽滿，本來頗為俊俏，可惜前額突起搭上一雙單眼皮的矇豬眼，總給人剛剛睡醒，沒精打采的印象；鼻樑高挺嘴巴闊大，本來頗有男子氣概，可惜偏偏長出一對哨牙，給人一種滑稽荒唐的感覺。

仲德個子矮小，身型也不算健碩，讀中學時，常常被其他個子高大的同學欺負，加上一對哨牙，更經常成為被取笑及欺凌的對象，校園總會發生這類事情，樣子比較怪相的，常常會招惹那些喜歡生事的校霸，家彥就是在一次解救仲德被欺凌的過程中，跟他結為好友。

高大俊朗，笑容滿臉，腦筋靈活，體格強健，家彥中學時，不論讀書抑或運動成績，都是名列前茅，加上優越的出身，家彥絕對是校內的風雲兒。

所以，很多同學都好奇，為什麼家彥會跟仲德交上朋友，畢竟論外型，論家世，仲德跟家彥完全屬於不同檔次。

中學生已經懂得閒言閒語，還會在不知不覺間流傳開去，家彥心裡竊笑一下，這班同學，只看見仲德不討喜的外貌及背景，卻完全忽略他內在的優點。

仲德他，是一個很孝順，很愛護家庭的人。

仲德的父親很早就過世了，留下一間小型裝修公司給母親打理，母親身子本來就不好，為打理生意，心力交瘁，十年下來，弄壞身體了，令到當時還是高中生的仲德，不得不出外兼職幫補家計，這種生活勉強挨到仲德大學畢業後，開始代替母親接管公司，生活環境始略為好轉。

家彥心裡清楚，仲德其實很聰明，蠻有生意頭腦，只是一般人往往被他怪異的外表瞞騙而已。

對於多年不見的好友突然邀約相聚，家彥當然感到高興，可是，為什麼一見面，他就跟自己說了這麼一個……奇怪的故事？

「我父親，小時候跟隨爺爺嫲嫲，搬進西貢半島東邊，一處叫爛泥灣村的地方，大約是五十年前的事吧，他當時十歲，偶然聽到這個故事，印象很深，所以便當成枕邊故事，說給小時候的我聽。」

「我記得你提過，你父親住的那條村落，早已不存在了，對嗎？」

家彥在腦海中，努力搜尋中學時期跟仲德的談話內容。

「是的，因為政府當年要興建萬宜水庫，建造過程會把附近村落淹沒，爛泥灣村便是其中之一，所以，我父親搬進去沒多少年，便跟爺爺嫲嫲再次遷徙至西貢舊墟，後來買了這棟舊房子，一直住至現在。」

萬宜水庫……家彥記得，以前跟外公及父母，好像駕車進去過，那條東壩防波堤，蠻壯觀的！

「我聽外公說過，六十年代出現過幾次水荒，家家戶戶沒水可用，最嚴重只能每四天供水一次，所以政府才決定興建大型水塘，仲德你的村落雖然被淹沒在水塘底下，但能夠解決水荒，總算犧牲得有價值。」

家彥一口氣把餘下的奶茶喝光，身子向後挨在沙發上，翹起腿，定睛地望住仲德。

「不過，我還是不明白，你為什麼要跟我說這個故事？」

仲德嘆一口氣，為家彥再倒一杯奶茶。

「家彥……其實我今次請你來……是想……是想你見見我妹妹！」

咦？

「我妹妹，雯雯，你以前也見過的，在你去美國留學前，我們替你搞送別宴，她也有份出席。」

「啊！記起了！那個短頭髮，長得像娃娃一樣的妹子？」家彥憶起當晚的情況，「我們幾個同學還讚她很可愛耶！」

「她早就把頭髮留長了，長及腰際，也開始學人化妝，雖然，還是以前的娃娃臉。」仲德一副憂心如焚的樣子。

「但是，她跟你剛才說的那個故事，有什麼關係嗎？」家彥問。

仲德再嘆一口氣，低著頭，猶豫了一會，然後緩緩地說。

「那個故事，父親當年是當成枕邊故事，說給小時候的我聽。」

對！仲德剛才是這樣說的。

「我妹妹小時候是從未聽過這個故事，因為……她出世後不到半年，父親便過世了，母親跟我，之後也不曾將故事說給她聽。」

「這個故事，只有父親、母親及我知道，父親從沒對外人說過。」仲德說話時聲音顫抖，眼神充滿恐懼，「可是，大約兩個禮拜前，雯雯走過來問我……問我可否帶她回爛泥灣村一趟？」

家彥看得出仲德眼神的惶恐，事實上他自己也對雯雯的說話感到詫異。

暫且不論她是從哪裡聽來這個故事，但爛泥灣村已經沉在萬宜水庫底幾十年，她為什麼說要回去看看？

「所以，仲德，你想我怎樣做？」

「我想你，跟雯雯好好談一下。」仲德憂心忡忡，「最近幾個月，她都顯得有點心不在焉，鬱鬱寡歡，尤以這兩星期為甚，我問她發生什麼事，她不肯說，只說想回爛泥灣村，我很擔心，擔心她是否生病了。」

「家彥，她以前一向最聽你的！還記得嗎？中學時，我們約出來打波，只要有你在，她都吵著要一塊兒跟來，她啊，小時候就很黏你，只要見到你，她就高興得要死。」

對，她小時候真的很黏人……那個長得像娃娃一樣的女孩……

「所以……家彥，」仲德誠懇地說，「我相信只有你，才能令雯雯說出心裡的祕密。」

家彥再喝一口奶茶，望住天花板，腦海漸漸浮現出一張天真可愛的笑臉。

賈淑雯，大家都叫她雯雯，這個長得像娃娃一樣可愛的女孩，家彥深信，任何人一見到她，必定被她那雙美眸迷住。

因為，雯雯擁有一雙天然的，碧藍色的大眼睛。

仲德父母眼珠都是棕黑色，按理說，遺傳因子不會生出一個藍眼睛的女兒，幸好他們似乎並不介意，反而視雯雯如掌上明珠，而仲德本人對這位妹妹更加呵護備至，似乎沒有人願意深究，為什麼會發生這種不尋常，有違常理的事情。

雯雯比哥哥小八歲，家彥跟仲德同年，彼此認識時大約十三四歲，所以第一次見雯雯時，她頂多只有五六歲，家彥十八歲出國留學，她才十歲，計計數，家彥跟她相處的時間，其實也只有四五年光景。

不過，家彥永遠記得，雯雯是那種令你不忍心欺負，可愛嬌小的女孩類型，那雙如碧海一樣的蒼藍大眼睛，配上精緻的小圓臉，瀏海的短髮，嫩白的肌膚，看上去就好像陶瓷娃娃一樣：美麗、可愛但脆弱，任誰見到她，都會產生一股保護的衝動。

「家彥你今晚有空的話，不如就留在這裡吃飯，到時就可以跟她好好談談。」

本來家彥也想看看昔日可愛的妹子，現在長成什麼模樣，可惜今晚不行！

今晚七時，有個很重要的約會！

「這樣吧，我明晚再來，順便帶一些禮物，當手信送給你們。」家彥回答，「雯雯明晚在家嗎？」

「在！」仲德爽快回答，「你明晚來便是了。」

就這樣決定吧！家彥再一次望住天花板回想，不過今次對象不是雯雯，而是那位煩人的表妹。

「我明晚七時約了秀妍晚飯，你也一起來吧！」

小涵昨日在電話裡是這樣說的。

「你啊！喜歡人就要著緊一點，秀妍這麼漂亮的女孩子，一定有很多人追，你不趁她現在未有男朋友時加把勁，將來一定後悔！」

這個表妹，真多事！

「我已經幫你想好了，明晚我們三個一起晚飯，吃完後，我會借故先離開，你就送人家回家，我故意選了一間距離她住處很遠很遠的餐廳，回程路上，你會有很多時間跟她談心事，記得把握機會喔！」

不過……還蠻有心！

「很感動吧？不用謝我，明晚就由你結帳啦！那間餐廳價錢挺貴的，不過對於身為律師的表哥而言，這些錢小意思喇！」

錢當然不成問題，可是，這樣做真的好嗎？

家彥坦承，自己對秀妍確實有少少意思，可是，剛跟她認識不久，這麼快就展開追求，會不會急了點？萬一秀妍只想跟我做朋友，那我這麼快表白，豈不是弄巧反拙？

可是，小涵說得也有道理，秀妍這麼漂亮，身邊一定有很多追求者，若不趁早……

只不過，上幾次跟她見面，她好像還很怕生，對自己總是客客氣氣，相反跟表妹則顯得非常熟稔親暱，不知道……不知道我在她心目中，有沒有留下一個好印象？這時候對她展開追求，她又會否接受呢？

2

「笑婆婆！」

李秀妍一支箭衝過去，抱著躺在床上的笑婆婆不放，本來應該是高興時刻，但秀妍心裡卻湧現一股莫名的感傷。

姐姐……如果妳還在……有多好……

「秀……妍？妳就是……秀妍？」

笑婆婆一雙滿布皺紋的手，輕輕撫摸秀妍嫩白柔軟的臉，一滴淚水不聽話地從眼眶裡流出來。

「妳就是……秀晶她的……」

秀妍戴著白色絲質手套的雙手，反握著正在撫摸自己臉頰的一雙老人手，然後，她伸出左手，溫柔地為笑婆婆拭去剛才流出的眼淚。

「婆婆！不要哭！」秀妍甜美地笑了一下，「妳是笑婆婆來的，應該開開心心才對！」

其實秀妍自己也很想哭，因為一見到笑婆婆，馬上想起已過世的姐姐，她心裡很清楚，在這個世界上，除了姐夫之外，眼前的笑婆婆，是最了解她跟姐姐過去的人。

「好！好！婆婆不哭！」

笑婆婆雙手搭在秀妍肩膀上，微微把她向後挪開，然後以欣賞的目光，由頭到腳仔細看了她一眼。

「秀妍，妳今年幾歲？」

「二十歲！」

「原來這麼大了，還長得這麼漂亮，就跟秀晶一樣。」笑婆婆笑說，「不！不！比秀晶更漂亮，看妳這雙眼睛，會說話似的，美得令所有女孩子妒忌，還有妳的衣著……比起秀晶，秀妍妳更懂穿衣打扮。」

秀妍今日簡約地穿上一件白色短袖露肩上衣，粉藍色丹寧熱褲，配搭一對白色平底涼鞋，把她幼細的纖腰及白皙的手腳，完全顯露出來，黑色長直略帶微曲的秀髮，率性地披散在肩背上，散發青春氣息之餘，也略添幾分女人味。

「對不起，笑婆婆！我應該早點帶秀妍過來。」徐文軒站在秀妍身後，向婆婆賠過不是。

文軒仍舊架上那副戴了多年的粗框眼鏡，不過平時不修邊幅的平凡臉，今日卻突然修飾得頗為光鮮，至少那些頑固的鬚根已被全部刮走，穿上一套整齊西裝，稍微遮掩他肥胖的身型，只可惜，秀妍心想，姐夫隆起的大肚腩，依舊是他的致命傷。

「秀晶老公，你今日穿得也太隆重了吧？」笑婆婆瞇起雙眼，望住文軒問。
「我早叫他不要這樣穿，又不是去赴宴，大熱天穿成這樣子，傻的嗎？」秀妍忍笑回應。
「婆婆，妳是秀晶最重視的人，」文軒連忙解釋，「我覺得禮貌上應該穿得莊重一點。」
「婆婆，婆婆，跟妳說個祕密。」秀妍狡猾地偷望姐夫一眼，「姐夫其實把妳視作岳母大人啦！他昨日一整晚試穿各款西裝，說既然要見姐姐的養母，一定要穿得帥氣一點！」
「秀妍！」文軒滿臉通紅。
秀妍轉過頭來面向文軒，聳起鼻子，吐出小舌頭。
笑婆婆哈哈大笑起來。
「好了好了，你們兩個，原來已經相處得這麼融洽。」笑婆婆邊說邊笑，「秀晶泉下有知，也希望見到自己最心愛的男人，能夠好好照顧自己最疼惜的家人。」
「婆婆，妳最近身體好嗎？」秀妍關心地問。
「婆婆身體很好，一點病痛也沒有。」笑婆婆自豪地說，「不要小看我，雖然我今年七十九歲了，但很多年紀比我小的老人家，身體也沒有我來得健康。」
她望望旁邊那張床，蜷縮在被子裡，正在酣睡的一位老婦人。
「就好像她，」笑婆婆放輕聲線，揚手叫秀妍及文軒把頭湊過來，「比我年輕十多歲，但身體虛弱得簡直不像人，終日臥在床上，連拿起水壺倒杯水也不行，有時看護不在時，我也要幫忙照顧她呢！」
秀妍往鄰床瞥了一眼，老婦人用被子蓋頭睡著了，床邊枱上放了一個熱水壺及一隻水杯。
「婆婆身體這麼好，我們也安心了。」
文軒坐近床邊，望了秀妍一眼，秀妍給他打了個眼色。
「婆婆，其實我們今次來，是想……是想接婆婆回去，跟我們一起生活，不知道婆婆願不願意？」

「對喔，婆婆。」秀姸拉拉笑婆婆的手，「不要再住老人院了，回去跟我們一起住吧，我和姐夫會負責照顧妳的。」

笑婆婆先是愣了一下，然後微笑地拍拍秀姸的頭，握握文軒的手。

「你們，有心了。」她搖搖頭，「我知道你們在想什麼，我跟秀晶母親認識，秀晶生前也經常來探我，你們會覺得，能夠照顧我，就好像照顧自己親人一樣。」

秀姸點頭，但她聽得出，笑婆婆似乎並不願意。

「可是，我始終不是你們真正的親人，我也有自己的家人，我的兒子及孫子，他們經常來探我。」笑婆婆繼續說，「而且，要你們照顧一位老人家，太辛苦了，老人家有很多毛病，不是你們這些年輕人所能了解，相見好，同住難，照顧起來就麻煩了。」

秀姸鼓起腮子，感到有點失望。

「秀姸啊，不要不開心。」笑婆婆再次拍拍秀姸的頭，「我在這裡住慣了，這間老人院的看護及院友都很友善，離開這裡，我會有點不捨得，如果你們掛念我的話，可以多點上來探我喔！」

「好啊！那我以後會跟姐夫常常來的。」秀姸瞪大雙眼，望向床邊的文軒，「對吧，姐夫？」

「當然，妳想何時來都可以。」文軒微笑地回應。

秀姸開心地笑著，那雙如寶石般閃閃發亮，充滿魅力的大眼睛，殷切地輪流望住姐夫及笑婆婆。

這兩個人，他們的一生，都跟姐姐奇妙地纏結在一起……

……也跟我身上的詛咒……我的命運……不幸地羈絆在一起。

「秀姸這雙眼，跟秀晶母親很相像。」笑婆婆感慨地說，「還有，她這雙手……」

笑婆婆視線移向秀姸戴著白色手套的手。

「婆婆，以前的事，可以告訴我們嗎？」

秀妍坐直身子，收斂笑容，露出一副認真正經的樣子。

「婆婆，關於秀晶母親，與及那個詛咒的事，可以更詳細地告訴我們知道嗎？我跟秀妍，想知道整件事的始末。」

文軒同樣露出一副認真的樣子，不同的是，他多了一份擔憂的神情，秀妍知道，姐夫在擔心自己。

「我本來以為，秀晶最終會接受現實，跟你們坦白。」笑婆婆閉上眼，嘆一口氣，「可惜，她選擇了另一條路。」

秀妍的心突然像被針刺痛一下，她望望姐夫，看見他那副悲傷的表情，想必他也有同樣的感受。

「秀晶的母親，姓蘇，同樣叫秀晶。」笑婆婆開始回憶往事，「當年她抱著剛出世的嬰孩來找我，拜託我代為照顧，然後就離開了，或者是出於對老朋友的一份懷念，我幫嬰孩取名秀晶，跟母親一樣。」

秀妍及文軒沒有作聲，耐心地聽住。

「秀晶的母親，跟我同齡，只比我小幾個月。」笑婆婆繼續說，「我們大約十多歲時認識，我第一眼看見她時，只覺得她很漂亮，雙眼又大又迷人，身材又好，應該有很多男人追求。」

「可是，她似乎對男人不感興趣，不！應該說，對所有人都不感興趣，我初初跟她交談時，她好幾次刻意迴避我的視線，好像不想跟我攀談，連正眼也不望一下，我當時心想，這個女人，非常沒禮貌。」

「我幾乎想放棄她，不想跟她做朋友，反正她看起來也不需要朋友，但之後，她主動來找我好幾次，每次都約我在同一處僻靜地方見面，每次出來都默不作聲，她說，只要我坐在她旁邊，陪著她就可以了。」

「慢慢地，我開始了解到，她不是不想交朋友，而是害怕見到朋友腦海中，種種古靈精怪的東西，她之所以找我，是因為在我腦海中，她看見的東西最少，有時甚至什麼都看不見，所以，她來到這處僻靜無人的地方，當只有我們兩個相處時，她才能夠享受真正寧靜的一刻。」

這種生活，實在太孤獨了！秀妍雙眼漸漸紅起來，她有點想哭。

「或者因為我這份人平時少動腦筋，又或者我過去很少刻骨銘心的事，所以沒有什麼東西可以讓她看見。」笑婆婆輕輕觸摸秀妍頭髮，微笑著說。

「總之，她很喜歡跟我待在一起，漸漸地，她告訴我愈來愈多她的祕密，她說她身上這項能力是詛咒，一定要想辦法解除，為了幫她，我也開始留意一些關於詛咒或解咒的消息，傳聞也好，事實也好，只要我一打聽到，馬上便會轉告她，希望能幫她儘快解除詛咒。」

「可是，過了十多年，詛咒還是沒辦法解除，她的能力愈來愈強，看見的東西愈來愈多，我很擔心，長此下去她會不會瘋掉，直至有一天……」

秀妍及文軒同時瞪大眼睛，坐直身子，屏息期待。

「直至有一天，她突然來找我，說可能找到解決辦法！」笑婆婆閉目回想，「那一年，是一九六八年，我們都是廿九歲，我記得這麼清楚，是因為當時我們兩人仍未嫁出，我還笑說差一年就三十歲，大家都要變老姑婆了！」

說到這裡，笑婆婆突然停下來，望住秀妍。

「我記得，當時她對我說，她遇到一個同樣身負詛咒的人，那個人想見她！」

還有另一個被詛咒的人？秀妍感到相當意外，正想問笑婆婆時，卻被姐夫搶先一步。

「那個人是誰？他身上的詛咒，跟秀晶母親一樣嗎？」

「我不知道，」笑婆婆搖搖頭，「對於那個人，秀晶母親沒有跟我說太多，只告訴我，她會前往那個人所住的地方見面，我本來想跟她一塊去，但她說，對方只想見她一個，我不能跟著去。」

「不過，最後我還是偷偷去了，因為我實在太擔心，就在他們會面的地方，我躲起來，趁那個人不為意時，悄悄地拍下一張照片。」

「那張照片，還在嗎？」文軒急不及待地問。

「我一直把它帶在身邊，」笑婆婆彎下腰，在床底找出一個罐子，「就在這堆舊照片中，讓我找找看。」

「這就好辦了！」秀妍滿懷希望地望住文軒，「我們拿著這張照片，去那個人住的地方打聽一下，問問附近的人，說不定能夠查到當年這個神祕人，跟詛咒到底有什麼關係！」

「你們，去不了……」笑婆婆突然停下手，無奈地搖搖頭。

秀妍愕然，好奇地望住她。

「那個地方，」她閉上雙眼，「已經沉在水底了。」

晚飯的時候，氣氛一切正常。

夏蓮燒的菜依然那麼好味，她的行為舉止依舊那麼端莊大方，安俊很難想像得到，她會是怪物。

而事實上，她哥哥也不像怪物。

「來來來，再喝一杯！」

夏蓮的哥哥彭大春，是一位比自己年長一歲，體格強健，皮膚黝黑的濃眉青年，他今晚只穿上一件單薄的襯衣，隱約透視出他胸部及手臂的肌肉線條，結實粗壯，孔武有力，果然是從事體力勞動工作的人。

只是，安俊留意到，他身體雖然強壯，但精神卻有點萎靡不振，樣貌也有點憔悴，整張臉看上去頗為瘦弱，跟肌肉型的身軀完全不成正比，是因為兄兼父職，太辛勞所致？

安俊回頭望望坐在自己旁邊的夏蓮，瓜子臉型配襯一對丹鳳眼，眉幼鼻小，一頭齊肩短髮看上去清爽秀氣，橫看豎看都是一位美人兒，安俊心裡暗自慶幸，夏蓮的樣貌，完全不像她大哥。

可是，要說跟家人最不相似的，應該是佟兒。

不管是大春抑或夏蓮，他們的膚色都略為偏黑，這也是安俊覺得，夏蓮唯一美中不足的地方。

但佟兒她，皮膚也太白太滑了吧！剛才在村口，昏暗的街燈照射下，她的兩條腿加兩條手臂，雪白得好像光管一樣閃閃發亮，現在再仔細看她，不單止白，還透著少女般的水潤彈性及光滑，佟兒的美，真有出水芙蓉之姿。

然而，她今年才十四歲。

「安俊，你跟阿蓮拍拖兩年，為什麼現在才來啊！」

大春聲如洪鐘，雄渾有力，他先是對安俊說，然後轉向夏蓮。

「都怪妳，現在才帶他上來。」

夏蓮低下頭，默不作聲，安俊一時間也不知道該如何接話，大春沒有理他倆，自顧自繼續說。

「安俊啊，你的雙親，身體可好？」

「我父母……很早就過世了，我是由一對遠房親戚夫婦帶大的。」雖然對大春問得這麼直接有些不悅，但安俊仍然禮貌地回答。

「啊，是的，是的……阿蓮跟我提過，我一時忘了，對不起。」

「不要緊，這些小事，別放在心上。」

「那麼你……一定很懷念以前的父母，對嗎？」大春繼續問。

「其實……說起上來真是慚愧，我當時年紀太小，對父母沒有留下深刻的印象……」

安俊有點不好意思地說，換來卻是大春哈哈大笑。

「明白了，父母早死，自小缺乏家庭溫暖，這就是你想儘早跟阿蓮組織小家庭的原因吧！哈哈哈！」

大春舉起酒瓶，安俊慌忙遞上酒杯。

「以後阿蓮就交給你了，你要好好待她。」

「阿蓮溫柔體貼，又善解人意，能夠娶到這樣賢慧的妻子，是我的福氣才是，我以後一定會好好待她。」

大春再次哈哈地大笑起來。

「不錯，不錯，有學識，說話得體，樣子又英俊，我很喜歡！」

夏蓮依舊沒有作聲，她站起身開始收拾碗筷，並向坐在旁邊的佟兒打了個眼色，佟兒馬上幫忙，然後跟姐姐一起退入廚房。

「來，為我們很快就成為一家人，乾杯！」

雖然聽起上來有點怪，但安俊不敢怠慢，連忙跟大春碰杯，一口氣把酒喝光。

這時候，窗外本來漆黑的夜空，突然被一道閃電光芒劃破，之後便傳來像老虎咆哮一樣的雷聲。

「啊！打雷了，看來很快會下一場大雨。」

大春話剛說完，外面再次傳來震耳欲聾的雷聲，然後，像瀑布一樣的滂沱大雨，在屋外粗暴地下起來。

他走過去把飯廳的窗關上，然後轉身，體貼地對安俊說。

「今晚你就在這裡過夜吧，待明早雨停了才走。」

安俊聽到背後有金屬物件跌落地的聲音，回頭一望，夏蓮正好拿著一盆生果，呆呆地站在飯廳門前，她先望住自己，然後望向大春，在她腳邊的地上，是一把生果刀。

夏蓮的眼神，幽怨、淒迷、惶恐、無奈。

到底發生什麼事了，阿蓮？

彭家恐怖故事（二）

一九六八年八月十四日　戌時

3

「姐夫……」

秀姸鼓起腮子，瞪著文軒說。

「好啦好啦，從離開老人院開始，妳就不停地這樣瞪著我，現在回家了，妳也該好好休息一下，整天瞪著人不累嗎？」

「姐夫……」秀姸嘟起小嘴，繼續瞪著他。

文軒坐在沙發上，把冷氣調到最大，不知是因為天氣炎熱，還是被秀姸的怨念弄得自己渾身是汗，總之，他覺得有點喘不過氣來，雖然他看得出，秀姸只是裝裝埋怨的樣子，並非真心抱怨，只不過，理虧的始終是自己在先……

「這麼重要的東西，你怎可能掉失了！」秀姸坐在姐夫對面，半嬌嗔說，「你剛才都見到，婆婆在那個罐中找了多久，才找到那張舊照片，但姐夫你就輕易地把照片掉失了？」

「一定是我在老人院出電梯時，被那個衝進來的女人撞了一下，弄丟了。」文軒抓抓頭髮，不好意思地說，「我當時正想把照片塞進褲袋……所以那張照片一定還在老人院！而且極有可能就在電梯附近！放心，我已經拜託職員幫手找，找到會馬上通知我。」

「可是，剛才我們發現照片不見，馬上回頭找時，照片已經不在電梯附近，一定是有人把它拾起來了。」秀姸擔心地說。

「這個嘛……是有可能……但這張陳年照片，又不是什麼名貴東西，送給人也沒人要，不會有人偷的。」文軒安慰地說，「正常而言，拾到它的人應該會把它交回職員手上，所以我們只要等老人院方面通知就行了。」

「但願如此……」秀妍眼珠一轉，隨即換個話題，「姐夫，你剛才也看過那張照片，你覺得相中那個人，是男是女？」

文軒回想剛才在老人院的情境，當笑婆婆把照片遞過來時，他跟秀妍滿懷希望地看了一眼，可是，瞬間感到失望。

照片只拍到一個人，穿衣打扮是六十年代風格，寬大的軍衣，把整個身體都遮蓋住，頭頂戴上當時很流行的爵士帽，把頭及臉都擋住了，由於是偷偷從背後拍攝，所以只拍到那個人的側背面，正面完全看不到，只能稍稍瞥見右邊臉的耳朵。

這張照片，是笑婆婆當日擔心秀晶母親安全，偷偷從後跟蹤，待她安全離開後，悄悄拍下那個神祕人的模樣，只可惜當時的相機都是笨重的大件頭，笑婆婆擔心舉機時會被發現，加上她對攝影完全門外漢，結果就拍下這張不合格的跟蹤照片。

「這個人雖然身穿男裝，但從高度來看，似乎矮了一點，依身型推斷，可以是一個偏瘦偏矮的男人，亦可以是一個女人，但若果是女人，她這樣穿法，明顯是想避人耳目，的確很惹人懷疑。」文軒分析道。

「本來以為，只要找到照片中這個人或他的後代，會有助調查詛咒的事……」秀妍眨了眨眼睛，失望地說，「可是這個人，根本分不清是男是女！那個地方又已經沉在水底，所有線索都斷了，根本沒法查呀？」

「慢慢來吧，秀妍，關於那個會面的地方——爛泥灣村，我想想是否有朋友的父母，以前曾經去過……」

「哎呀！原來這麼晚了！要馬上換衣服才行。」秀妍突然大叫一聲，打斷文軒的說話，然後急步跑入房間，關上門。

文軒笑了一下，只是約了昕涵晚飯而已，朋友聚會，用得著這麼緊張嗎？

話說回來，自從上次祝家事件之後，已經很久沒見過那對表兄妹了，不知道他們放下心理包袱沒有？家彥他，好像決定不回美國了，是為了秀妍嗎？哈哈，這樣也好，自己其實挺喜歡這個小伙子，留下來，就有多點機會跟他見面。

昕涵也好像重新彈琴了，看來過去的事沒有對她造成困擾，很好，她跟秀妍讀同一所大學，以後有很多事，還要她多多提點，畢竟，她跟秀妍已經是好朋友了。

今次飯局沒有約我，是年輕人的聚會嗎？文軒苦笑，三位都是俊男美女，自然不歡迎我這個胖大叔參加，年輕人有年輕人的話題，我出席也只會掃興，只希望秀妍今晚玩得開心點，暫時忘卻秀晶母親及那個神祕人的事。

房門打開，文軒看見一位小美人飄出來。

秀妍穿了一件吊帶黑色連身修腰短裙，腳上換了一對幼帶露趾高跟涼鞋，長黑色微曲秀髮披散在粉嫩的肩膀上，配襯瘦削的鎖骨，盡顯性感嫵媚，灰黑色略帶少少閃粉效果的眼妝，把一雙會說話的大眼睛，顯得更加魅力四射，嘴唇抹上粉紅色唇彩，跟白皙的臉部肌膚，剛好構成充滿誘惑力的視覺對比。

當然，不少得一雙黑色真絲手套。

「秀妍，妳……妳為什麼穿得這麼……漂亮？」

「忘記了嗎？今晚約了昕涵吃飯。」秀妍在大廳照照鏡子，整理一下頭髮。

「只是昕涵而已，有需要穿得這麼漂亮嗎？還化了妝，平時很少見妳這樣打扮。」

「昕涵叫我今晚穿得漂亮一點，還說想看看我化妝後的樣子。」秀妍把一雙吊墜耳環戴在耳上，「反正我也想試試這個新妝，今年最流行的，怎麼樣，好看嗎？」

她淘氣地向文軒眨了一下眼睛。

「那也不需要穿成這樣吧，妳看妳的肩膀，還有那雙腿，會不會露太多了？萬一碰見色狼就麻煩。」

秀妍搖搖頭，撅嘴說。

「姐夫，你太老土了，這種穿法在年輕人中很平常，而且，今晚昕涵及家彥都在，不會有事的。」

噢，差點忘記了！家彥也會去，有他在就放心許多。

「我走啦，姐夫，對不起，要你今晚自己一個人吃飯。」秀妍單起一隻眼，笑瞇瞇說，「我明晚陪你吃囉，就吃壽司，好不好？」

其實是妳自己想吃吧？

文軒送秀妍出門後，一個人回到客廳，剛好這時手機鈴聲響起。

「喂……對對對，我姓徐……對，那張照片是我遺失的……啊！太好了，原來被妳拾到，太感激了……那我明日過來取吧……妳是負責哪一層樓的看護姑娘？」

文軒這時露出疑惑的表情。

「妳……不是看護姑娘？也不是老人院的職員？那妳為什麼知道我的手提電話……什麼？出來見面！我不認識妳啊……妳是誰……」

「妳……妳是……在電梯口撞到我那個女人？」

4

從窗戶望出去，斜陽徐徐落下，餘暉剛好透過玻璃窗，照進總經理辦公室，夕陽雖美，可惜，並不是所有人懂得欣賞。

祝千濤把百葉簾放下，將醉人的黃昏美景拒諸窗外，然後，狠狠地踢了身旁的辦公椅一腳。

「該死！這間爛房分明是西曬房，竟然給我當辦公室，每日下午四五時就熱得要命，老爸不知道在想什麼！」

千濤雙手撐腰，雙腳站開，雖然身穿一套筆挺的高級西裝，但矮胖的身型，仍然無法單靠衣著去掩飾。

千濤的外表，跟父親祝恩澤非常相似，臉圓細眼，嘴小唇薄，其貌不揚，個子不高，身型圓潤，看上去胖胖的，但給人感覺不是可愛，而是那種深藏不露，笑裡藏刀的陰暗氣息。

身為祝家當家的長子，從小便被栽培成集團接班人，千濤一直以為，自己畢業後加入家族集團工作，父親理應安排他一個董事級的職位，然而，他目前的職位，卻只是一個小小的開發研究部總經理，雖然也屬主管級，但單憑這間西曬房，一間沒有其他部門主管願意搬進來的西曬房，就知道自己所掌管的研究部門，在集團的地位如何。

坐在沙發上一名俊美少年，看見千濤一臉憤怒，忍不住嗤笑一聲。

「大哥，你就當老爸幫你減肥，特意安排這間桑拿房給你享用吧！」

「淵澄，你平時少上來當然說得輕鬆，要是你每天像我一樣坐在這裡辦公，我怕你一日也頂不住。」

千濤瞪住軟攤在沙發上，翹起二郎腿的二弟，心想，上天還真不公平！祝淵澄長相跟自己完全不同，五官輪廓分明，眼大鼻挺，笑容迷人，看上去有幾分像外國人，加上肩膀寬闊結實，身型高大健碩，剛好跟自己的矮而胖，形成強烈反差，單看外表，旁人很難想像得到，他們原來是兩兄弟。

不過，千濤並沒有嫉妒自己的弟弟，因為淵澄從小已經很聽兄長的說話，他全力支持自己成為祝家第三代接班人，也令千濤心存感激。

當然，最主要的原因，是他們有共同的敵人。

「大哥，難道你不明白嗎？老爸這樣做，是不想把你置於刀鋒口！」

淵澄難得坐直身子，一本正經地說。

「試想，如果安排你做董事，全世界所有眼睛都盯住你，以你剛剛畢業幾年的資歷，你能保證不出錯嗎？萬一出錯，其他董事就會說：唉，還是卓家彥好，董事長應該請他回來，祝家第三代就靠他了！」

千濤雖然有點氣憤，但淵澄說得有理，在家彥未真正倒下前，自己絕不能有半點差錯，而目前這份閒職，正好讓他養尊處優。

「淵澄，你說得沒錯，目前我們要做的，就是令家彥在所有董事面前出醜，令董事們對他失去信心，只要他犯下錯誤，我接班人的地位就更加鞏固。」

「這就對了，大哥，我一定全力支持你。」淵澄回復剛才軟攤在沙發上的姿勢，「可是，有什麼辦法令他犯下錯誤？家彥他不笨，而且，他根本不在集團內工作，想在公司設局坑他也不可能。」

「這個……哼哼，我早就想好了！」千濤嘴角上揚，露出一抹陰險笑容，「公事辦不到，可以從私事入手……」

辦公室一角突然傳來聲響，是東西跌落地上的聲音，千濤跟淵澄回頭望了一眼，只見三弟祝若思正彎腰俯身，把掉在地上的一枚魔術方塊拾起。

若思外表跟大哥二哥相比，又是另一副模樣！骨瘦如柴，難聽一點說，是營養不良，臉型尖削，兩頰陷落，鼻子扁塌，眼神呆滯，雖然長得高，但四肢瘦得跟火柴一樣，整個人了無生氣，給人一種憂鬱頹廢的印象。

千濤心裡明白，三弟不單外表頹，性格一樣頹，沉默寡言，怯懦怕事，對公司及家族的事，完全提不起興趣，並且總是主動避開一些煩厭之事，終日擺出一副萎靡不振的樣子，老爸很擔心，吩咐自己跟淵澄，趁他學期完結放暑假回來這個機會，好好教導他一番。

老爸的如意算盤，是要令三弟儘快參與家族事務，日後三兄弟聯手對抗家彥，不過，千濤本人並不想若思過早加入，一來他正在外國讀書，無暇顧及公司事務，二來千濤仍不肯定，三弟對自己是否忠心。

不過，淵澄似乎對他非常有信心。

「若思，叫你上來是一起商量如何抗敵，不是叫你玩魔方，我跟大哥一邊說，你就一邊玩，以前都沒見你玩過，你何時開始迷上這玩意兒？」

若思把魔方放在一旁，低著頭說。

「其實根本不用叫我上來，你們商量好，吩咐我做就得，反正我不想煩。」

淵澄斜眼瞄瞄大哥，然後把視線落在三弟身上。

「你都知道，老爸希望我們三兄弟團結，大哥注定要做集團接班人，他需要我們的支持，像你這樣不瞅不睬，不聞不問，以為可以置身事外，最終卻只會令家彥得益，你也不想因為我們三兄弟不團結，令他坐收漁人之利吧？」

若思面無表情，他先是望了大哥及二哥一眼，然後再次低下頭。

「我……絕對支持大哥做集團接班人，無論你們有什麼計畫，我都會遵從的，只是……我懶得動腦筋而已，計謀這些事，不是我擅長的，總之，你們說什麼，我照辦就是。」

「若思，你幾時回英國讀書？」千濤突然開口問。

「九月回去，在這裡再待一個月。」若思說畢，重新拿起魔方繼續扭。

「那麼，計畫就今個月進行吧。」千濤對兩個弟弟說，「我已想好了一個方法，保證令家彥一世英名盡喪，只不過……」

「不過什麼？」淵澄問。

「昕涵她，最近跟家彥往來甚密，我怕她會壞我們大事。」

若思突然停手，不再扭動魔方，全神貫注聽著千濤所言，淵澄看見他這個舉動，會心微笑。

「昕涵這個妹子，一向站在家彥那邊。」千濤擔心地說，「她應該不會加入我方，對付家彥的計畫，絕不能讓她知道。」

「堂妹又是的，明明我們三個比家彥更親，但她卻偏偏喜歡跟表哥在一起。」淵澄瞥了若思一眼，「自家彥回來後，兩人經常出雙入對，你們說，他們像不像一對蜜運中的情侶？」

「我去去洗手間。」若思突然站起身，低聲說了一句，手裡仍舊握著魔方，然後打開大門離開。

「他……他甚麼了？」千濤不解地問。

只見淵澄吃吃地笑，右手拍了一下大腿，然後指著千濤。

「大哥你啊，陰謀詭計這麼精明，對感情事竟然那麼遲鈍，看不出嗎？若思在妒忌昕涵對家彥好。」

「你……你意思是……若思喜歡昕涵？這怎麼可能，他們是堂兄妹！」

「大哥，不是你所想那種喜歡。」淵澄笑笑地說，「從小到大，若思一向待昕涵很好，只是昕涵不領情而已，他們只相差一歲，按理說應該很投契才對，但偏偏昕涵只喜歡跟表哥玩，對堂哥卻很冷淡，大哥，如果你是若思，你會如何看待家彥的存在？」

「我會覺得，昕涵之所以不親近我，是因為家彥的關係……啊！所以剛才你一提到他們兩人是否情侶，若思就悶悶不樂離開了！」

「所以說，大哥，你擔心三弟是否忠誠，你可以一百個放心，他恨家彥比我們更甚，我們跟家彥是公事上的競爭，他卻是私事上的較量，從小到大被昕涵無視，這股憤恨勢必轉嫁在家彥身上，家彥自己可能也想不到，他可愛的表妹竟然會給他帶來一個敵人。」

千濤笑了，陰森地笑起來了，難怪二弟對三弟這麼有信心，若思對家彥的恨意，可能比自己更深，千濤此刻實在無法掩飾內心的興奮。

他正好利用若思這個弱點，對付可能礙手礙腳的堂妹。

「大哥，別賣關子了，快說出你的計畫！你剛才說要從家彥的私事入手，是何意思？」

「等等，還有一個人未到，這個計畫，他才是主角！」

枱面電話突然響起，千濤拿起電話。

「請他進來。」千濤冷冷地對祕書說，然後轉頭對淵澄咧嘴而笑，「主角來了。」

辦公室大門打開，一個男人戰戰兢兢地走進來。

「歡迎加入反卓家彥聯盟，」千濤大踏步上前，向男人伸出右手，嘴角微微上翹，「賈仲德先生，對嗎？」

沿著木製的走廊，安俊跟著夏蓮，一步一步，緩慢地向前行。

從飯廳旁邊的門出去，是一個小小的中庭花園，栽種了很多灌木類植物，繞過花園來到起居室，室內放著幾件陳舊的家具，在其中一張沙發旁邊，有一扇桃木製的門，打開門，就看見這條長長的木製走廊。

雨勢沒有減弱，滂沱大雨啪打在走廊左手邊一整排窗上，安俊側耳細聽，聲音彷彿像無數冤魂在外面敲打窗戶，千方百計想鑽入走廊避雨一樣，他緊跟在夏蓮身後，一心想儘快離開這條長走廊。

「今晚你就在這裡過夜吧，待明早雨停了才走。」

大春說畢，揚手叫站在門口的夏蓮進來，吩咐她帶安俊到客房去。

夏蓮走得很慢，路程中也沒有說過半句話，在微弱的燈光照射下，安俊看見走廊右手邊一整排房間，一間、兩間、三間……居然有這麼多房間！他今午跟隨佟兒來到屋子前，在外面已留意到這間屋相當偌大，但沒想到大成這個樣子。

「這裡，在我們家的旁邊，本來住了另一戶人家……後來我爸把它合併了，建了一條戶外走廊將兩戶打通，然後把所有人的睡房，全搬到這邊來。」

難怪這條走廊這麼長！原來是將兩戶人家打通，那麼走廊所處的位置，本來應該是外面的村路吧？

「因為是臨時加建，所以手工不算好，只用木板及磚頭砌成，不過，一般風雨還是可以擋住。」

終於來到走廊盡頭，有一條樓梯通上二樓，夏蓮帶領安俊來到二樓走廊，只見左右兩邊各有三間房，她走到右手邊第二間房門前，推開門。

很寬敞的房間，正中央放了一張足足有六尺闊的大床，牀上擺放兩個粉紅色花邊枕頭及一張粉紅色被子，床的對面有一張白色梳妝台，台上放了不少化妝品，旁邊還放了一個大衣櫃，一面落地玻璃鏡就安裝在大衣櫃旁邊。

「這是我的房間。」夏蓮把安俊的替換睡衣放在床上，「你今晚就睡在這裡吧。」

安俊有點驚訝。

「但……剛才不是說，我今晚睡客房嗎？」

「不，不要睡客房……就睡在這裡。」

安俊臉開始漲紅起來，雖然說，自己跟夏蓮已經發生過多次親密關係，但今晚自己毫無心理準備啊，又是在她家裡，安俊突然感到有點不知所措，夏蓮妳也太亂來了！

「我……今晚會在客房睡。」夏蓮從大衣櫃裡，拿了幾件自己的衣物，「房間就是左手邊第三間，你有什麼需要，可以過來找我。」

安俊有點失望，看見夏蓮走到門前，右手按在門把上，正想離開之際，卻突然停下，轉過頭來。

又是剛才在飯廳那個眼神，幽怨、淒迷、惶恐、無奈。

到底發生什麼事了，阿蓮？妳是否有說話想跟我說？

「阿俊，你……愛我嗎？」

安俊隱約聽見她的哽咽聲，她在哭？

「阿蓮，我愛妳，無論發生什麼事，我都一樣愛妳。」

夏蓮微笑，深情地望住安俊。

「有你這句，就夠了。」

說完打開門，安靜地離開房間。

安俊躺在床上，雙手輕撫柔軟的床鋪，他把鼻子湊近枕頭，一陣芳香的百合味，是夏蓮最喜歡的洗髮水味道。

阿蓮……

剛才的哽咽聲，剛才的眼神，令安俊心裡感到極度不安，自從聽到哥哥留自己在這兒過夜後，夏蓮便開始神不守舍，她為什麼會這樣？

安俊跳下床，穿好鞋，他知道自己不問個究竟，今晚一定睡不好，左手邊第三間房，對嗎？好！現在就過去問個明白。

安俊走近門口，打開門……

佟兒就佇立在門口，目不轉睛地望住他。

她今晚換了一件粉藍色薄紗背心睡裙，領口很低，接近心口位置，裙身很短，大約在膝蓋之上，雙腳踏上一對藍色拖鞋，到腰的烏黑長髮有少許濕潤，好像剛剛洗完頭未乾透似的。

安俊的心噗通跳了一下，她這個濕髮造型，頗為性感誘惑。

佟兒自顧自走入房間，坐在那張大床上，雙腿一前一後來回地踢。

「原來你在這裡。」

不開口還好，每次佟兒一開口，安俊發覺，都在挑戰他的忍耐力極限。

「妳……妳怎可以三更半夜，隨隨便便進入男人的房間！」

「這是我姐姐的房間。」

噢，她又說得對！

「總之……妳身為一個女……女孩子……不應該穿成這樣……毫無避忌地……跟一個男人共處一室……這樣……大家都會尷尬……」

佟兒沒有理他，脫下拖鞋，把兩條腿提上來，整個人側身躺在床上，順勢將頭枕在枕頭上，由於睡裙很短，雙腿提上來時裙腳向上縮，一雙嫩白的長腿，毫無保留地展示在安俊眼前。

安俊連忙別過頭來，不敢正視佟兒，雖然她目前還是一個小女孩，但不知什麼原因，安俊覺得，她渾身上下都散發出一種，跟年齡不符的女人味，或者說，一股會令男人心動的女性魅力。

這個妹子，是在引誘我嗎？

「很香，是姐姐的洗髮水味。」佟兒向枕頭嗅了一下，「看來姐姐真的很愛你。」

她輕輕抬高頭，兩片厚唇微微張開，然後，冷冷地說。

「只可惜，我們四個都是怪物。」

安俊真的忍無可忍，剛才被撩起的慾火完全熄滅。

「佟兒，我告訴妳。」安俊斜眼瞧瞧她，「我已看穿妳的把戲，妳是想挑撥我跟阿蓮之間的感情，我不知道妳為什麼要這樣做，但無論妳有何企圖，一定不會得逞。」

「我承認，妳很迷人……但妳年紀還小，不應該做出這些傷風敗德的事，我愛阿蓮，我會娶她為妻，也希望妳不要再說一些中傷姐姐的說話。」

「即使她是怪物，你還一樣愛她？」佟兒淡淡地問。

「佟兒！」安俊怒斥，「阿蓮不是怪物！你們也不是！你們三個正常到不得了，倘若妳再說些無稽之談，我就要跟妳大哥及姐姐商量，送妳去醫院檢查了！」

佟兒懶洋洋地用手撐起身子，雙膝並攏屈腿坐直，她一把長髮剛好將上半身遮了大半，部分髮尾甚至觸及大腿，烏黑的秀髮跟白皙的皮膚，形成鮮明的對比。

她突然縱身跳下床，穿回拖鞋，走到房門口，然後轉過頭來，幽幽地望住安俊。

「今晚子正，你回飯廳看一眼，就會明白。」

彭家恐怖故事（三）

一九六八年八月十四日　亥時

5

回家路上，仲德心事重重。

今晚來西貢吃海鮮的人特別多，路也特別擠，不知道多少次被途人身體碰撞，換作平時的他必定破口大罵，可是，他今晚沒有心情。

他正在內心掙扎。

對於參與這個計畫，他從不後悔，只不過，為了完成計畫，值得犧牲自己的親妹妹嗎？

但倘若這時候拒絕，那兩兄弟亦非善男信女，遭殃的會否是自己？

祝家內部的私人恩怨，仲德其實不太清楚，只知道那個胖子祝千濤，很想把家彥除去，而他需要一個跟家彥友好的人，來幫他完成計畫，所以，家彥中學時的好友，即是自己，就被他看中了。

作為報酬，千濤給予的價錢非常吸引，可以說，比仲德原先估計的還要優厚，然而，仲德之所以願意合作，並不全因為錢。

最大的原因，他憎恨家彥，他要報復。

這個卓家彥，以為自己是什麼？拯救弱者的超人？路見不平拔刀相助的大俠？還是救人於水深火熱中的白武士？

他憑什麼認為，我樂意被他拯救？他憑什麼以為，我的命運可以任由他擺布？

無可否認，讀中學時，自己的確經常被同學欺負，人人笑我哨牙仔，人人笑我孱弱書生，沒有幾個人願意跟我做朋友，仲德明白，在其他同學心目中，自己是一個怪胎。

但怪胎亦有怪胎的生存之道，至少，仲德能夠做回自己，能夠以怪胎的本性，繼續生活下去，朋友少沒問題，反正自己最關心的是家人，那些欺凌他的人，他就當作是上天給自己的磨練。

可是，由家彥出手打救他那一天開始，仲德的人生從此改變。

家境優越，文武雙全的卓家彥，出手把一條可憐蟲打救了，所有聚焦燈光馬上投射在他身上，老師們讚不絕口，誇他人品好有正義感，不愧是名門公子，女同學紛紛把他當作理想的白馬王子，男同學爭相把他視作模仿對象，於是乎，拯救弱者這項正義的行動，令家彥迅速成為校內閃閃發亮的大明星。

在火災現場，英勇救人的消防員，永遠是傳媒爭相採訪的目標，記者只會追問消防員奮不顧身的救人過程，卻永遠不會報導，被救出來弱者之後的生活境況，社會的焦點，永遠是英雄，不會是弱者，就算報導弱者，都是用來襯托英雄的偉大。

所以，仲德從此便活在家彥的陰影底下，成為大英雄身邊的附屬品，所有人一見到他，只會聯想起家彥正氣凜然仗義助人的白武士形象，沒有人再記得，校園內曾經出現過一位長相怪異的哨牙仔。

過去，仲德尚且可以用怪胎的身分，卑微地活下去，但現在，他只是家彥的一件戰利品，是反映家彥高大上的一件附屬之物，沒有靈魂，只為家彥而生。

仲德憤怒地一拳打在電燈柱上，手很痛，但心更痛。

他不甘心！家彥借拯救自己成為英雄，那自己呢？自己又得到什麼？

自家彥出國至今足足八年，這八年間，自己心裡對他的怨恨，從沒一刻消退過，這麼多年來，一直想把家彥從神壇拉下來，只可惜他人在美國，自己苦無機會，但現在機會終於來了！

這就是為什麼當千濤主動聯絡他，提出聯手對付家彥時，他毫不猶豫一口應承，而今日下午跟千濤會面，就是商量對付家彥的方法。

只不過，令仲德始料不及的，是千濤的計畫，除了自己，還包括妹妹。

「要令一個正氣凜然的男人英名盡喪，最好的方法，就是女人。」祝千濤一臉陰森地說，「賈先生，你有一位妹妹，對嗎？」

千濤的方法其實很簡單，就是想辦法引家彥來到家中，然後偷偷在他的飲品中落下安眠藥，待他不省人事後，就把妹妹睡在旁邊……

「不可能！妹妹絕對不會應承的！」

仲德斬釘截鐵地說，換來的是坐在旁邊，好像是他二弟祝淵澄吃吃偷笑。

「誰叫你告訴妹妹？你把她也迷暈了，兩個人一併放在床上，不就行了嗎？」

「不行！我妹妹做了這種事，以後哪有面目見人？」仲德激動地說，「我應承跟你們合作，是我個人的意願，跟我妹妹沒關，你們別打我家人主意！」

「傻瓜！你以為假戲真做嗎？」淵澄繼續笑笑地說，「兩個不省人事的人睡在一起，可以發生什麼事？我們只是要製造假象，令所有人都覺得，卓家彥原來是個急色鬼，從美國回來，便急著上自己老友的妹妹，這件事一傳開去，肯定令他名譽掃地！」

「那我妹妹的清白呢？你們有沒有理會我妹妹的感受？」

「這個世界上，沒有錢解決不了的問題！」今次輪到千濤說，「這樣吧，我把我們約定好的報酬加倍，多出來的一份，就當是給你妹妹，怎麼樣？」

雙倍報酬！原本的報酬已經很可觀了，現在竟然是雙倍，仲德的心動了一下。

「賈先生，你要明白，家彥這個人很精明，普通謊話是騙不過他的。」千濤解釋，「只有利用一個他完全意想不到的人作為誘餌，他才有機會上當。」

「而你妹妹，是最好的誘餌，引家彥跌落圈套。」淵澄補充。

「假如我拒絕呢？」仲德搖搖頭，他始終不忍心對自己的妹妹下手。

「那麼，我們只好另覓人選了。」千濤露出狡猾的笑容，「賈先生，聽說你最近交了一個女朋友，對嗎？」

仲德跳起身，滿臉通紅，全身發抖。

「你們夠膽打我女朋友主意，我會……我會把今日的事通通說出去！」

「別緊張，賈先生，我們沒有惡意的，先坐下來吧。」千濤安撫說，「我只是在想，你有個妹妹，又有女朋友，平時開支一定很大吧？」

「假如，我將報酬提升至三倍，如何？」

三……三倍？

「這樣，你妹妹犧牲得有價值吧？」

「賈先生，容我提醒你一下，」淵澄突然插嘴，一本正經地說，「這個計畫，我們自有脫身辦法，你不要以為可以反客為主，現在你要抉擇的，是幫？還是不幫？」

「幫的話，你妹妹就要入局，扮演她的角色，三倍報酬袋袋平安。」千濤接著說，「不幫的話……我不保證你那位又漂亮又好身材的女朋友，將來會否成為我們的……計畫之內！」

看來真的騎虎難下，若不犧牲雯雯，女朋友就……

不行！女朋友不能出事，從小到大，所有女人都嫌我長得怪相，廿六年來從沒拍過拖的我，一直過著單身狗的生活，直至……

尹愛娜，一個天使的名字，不論臉蛋以至身型都幾近完美，她從天上意外地跌落凡間，跟我邂逅，並深深愛上了我，我絕不能讓她受到傷害。

可是，不讓愛娜受傷，就一定要令雯雯受傷嗎？

雯雯，我最疼惜的妹妹……

家彥明晚就來，是下手的好機會，現在還有時間考慮清楚，倘若真的決定拒絕，明天一早就跟千濤攤牌，最多跟他拼了！

但倘若應承……雯雯明晚就要作出犧牲。

不知是否因為理虧，即使站在家門口，仲德遲遲不敢入屋，是怕面對妹妹嗎？

硬著頭皮亮起客廳的燈，他悄悄地看了屋內一遍，雯雯不在家。

雖然一方面如釋重負，但另一方面卻擔心起來，她今晚跑哪裡去了？

等等！差點忘了，剛才跟姓祝的兩兄弟開會，把手機調了靜音，雯雯可能曾發訊息給我！

仲德拿出手機一看，果然發現妹妹的訊息：

哥，今晚約了人，不回家吃飯，冰箱有吃的，自己翻熱吧。

雯雯約了人？是誰呢？這幾個月她都有點心不在焉，會跟這個人有關嗎？

咦，在這段訊息上面，大約早十分鐘，雯雯原來還發了另一條訊息：

愛娜姐今晚會上來，記得開門給她。

什麼！愛娜上來！為什麼我會不知道？愛娜沒跟我說過啊！

仲德先是感到有點不可思議，但隨後也會心微笑，他跟愛娜拍拖幾個月，之後介紹給妹妹認識，兩人竟一見如故，私下更經常聚會逛街，發生什麼事也會互相聯絡，有時候，連自己也不禁妒忌起來，就像今次，愛娜上來竟然通知妹妹而非男朋友，由此可以看出她們的關係相當要好。

其實這也是好事，她們這麼要好，將來愛娜嫁過來後，也不怕跟雯雯相處不來，所以，雖然愛娜沒有直接通知他，但這件小事，還是不要放在心上。

當前急務，是要儘快決定祝千濤開出的條件，接受？還是拒絕？

今晚，在愛娜來到之前，一定要好好想清楚！

6

換上帥氣的西裝，家彥駕著新落地的兩門跑車，前往目的地餐廳。

小涵刻意挑了一間距離秀妍住處很遠的餐廳，想藉此製造機會給他倆，相當有心，可是，她卻忽略了一點。

這間餐廳，同樣距離家彥住處很遠。

本來開車直接過去很快，可是，家彥發覺油箱已經亮燈了，即使勉強到達餐廳，回程時汽油一定不夠，所以必須現在就加油。

家彥記得，這附近好像有間加油站，就在前面一間裝修華麗的咖啡廳轉角位置。

他把車子駛進旁邊一條小街，拐個彎，來到咖啡廳門口，往前一望，對了！那間加油站就在轉角處！

就在這一刻，當他經過咖啡廳門口時，他瞥見裡面坐著一個熟悉的身影。

徐文軒，秀妍的姐夫，呆呆地坐在靠近門口，那塊落地大玻璃窗旁邊的座位上。

文軒大叔沒有望出窗外，所以沒發現自己，家彥本想上前打聲招呼，但這條街很難泊車，而且時間也不允許他這樣做，往加油站停一停已經遲上半小時，倘若下車再跟大叔寒暄幾句，肯定遲大到。

不過，家彥心裡好奇，大叔一個人呆在咖啡廳做什麼？難道因為自己和小涵約了秀妍出來，沒有約大叔，他一個人出來飲……悶咖啡？

又或者，他在跟對象約會？

家彥故意把車子開得慢一點，好讓自己可以回頭，再仔細觀察大叔，只見他面容繃緊，雙手握拳，愁眉深鎖，不像是跟人約會，反而像……跟人談判多一些。

就在車子來到轉角處，即將駛入加油站，視線即將脫離咖啡廳那一剎那，家彥終於看見大叔在等誰。

一位身材婀娜多姿，戴著墨鏡的女人，匆匆推開咖啡廳玻璃門，坐在大叔對面！

7

文軒一邊喝著咖啡，一邊望著坐在對面，剛除下墨鏡的女人。

女人染有一頭深棕色的長直秀髮，眼大鼻高，下巴尖尖，容貌秀麗，但眼神有點凌厲，表情亦有點冷，有一種神聖不可侵犯，令人望而生畏的高傲感，冰山美人，是這樣形容嗎？

文軒繼續打量這個女人，她的身材確實一流，一件白色暗花貼身包臀連身裙，將姣好的身型完美地展示給咖啡廳內所有男人欣賞，她剛才從門口走過來時，附近已經有好幾對貪婪的眼睛盯住她。

不！焦點錯了，今次跟這個女人見面，不是約會，而是為了那張照片。

就是她，今早在老人院電梯門口，冒失地向我撞過來，害得我把笑婆婆那張照片弄丟了！

只是，為什麼這個女人，為了歸還一張照片，要專誠約自己出來？

女人慢條斯理從粉紅色名牌手袋裡，把照片拿出來，握在手上。

「這張照片，是你的嗎，徐先生？」

「是的！真想不到，原來是妳把照片拾起來了，難怪職員們一直找不到。」文軒禮貌地說，「可是，妳是如何知道我的聯絡電話？妳又為何一定要親手把照片還給我？還有……妳到底是誰？為什麼不肯在電話裡說清楚？」

這時文軒伸手想取回照片，女人卻馬上將它收回手袋中。

「跟你一樣，我是來老人院探望親人。」女人不慌不忙地說，「今早在電梯口跟你碰撞，發現你掉了這張照片，向職員打聽一下，就知道你的身分了。」

她向文軒眨了眨眼，睫毛很長，充滿女性的誘惑力。

「我跟老人院某幾位男職員非常熟絡，我告訴他們，你是我的朋友，這張照片讓我還給他吧，但他好像換了電話，我聯絡不上，請問你們有否他的新聯絡電話？」

「老人院又是的，甚麼可能這麼易騙！」

「不要怪他們啊，」女人張開兩片鮮紅色的嘴唇，「美女在很多方面都很有優勢，而且，換個角度來看，如果是你問他們拿我的電話，他們一定不會給的。」

「人總會有個錯覺，貌美的女人，不會假裝相熟，去騙一個其貌不揚肥大叔的電話號碼，所以，他們就真心相信我是認識你喔。」

文軒心裡納悶，這個解釋……雖然不甘心，但又卻是事實。

「好吧，妳花了那麼多工夫約我出來，不會只是……想親手將照片還給我吧？」文軒狐疑地問。

「當然不是，」女人輕輕撥了一下頭髮，「我會把照片還給你，但你要先回答我一個問題。」

「這張照片，你是從哪裡得來的？」

文軒心想，原來她不知道照片是笑婆婆給的，當然，老人院有這麼多老人家，就算她有懷疑，也不可能馬上查出是誰。

「我很好奇，妳為什麼對這張照片感到興趣？」文軒皺皺眉頭，「還有，我到現在還不知道小姐妳貴姓芳名……」

女人嬌媚的笑聲打斷了文軒的說話，想不到她高冷的外表，原來可以笑得這麼甜。

「啊，抱歉，一直忘了介紹自己。」女人手背輕托香腮，瞇起雙眼，「我姓尹，尹愛娜。」

8

秀妍從地鐵站月台乘扶手電梯回到地面，朝目標餐廳前進，本來昕涵打算駕車接她一起去，不過由於今早跟姐夫前往深圳老人院探望笑婆婆，回程時間較難預算，所以秀妍婉拒昕涵好意。

文軒當然也自告奮勇說要送她過去，不過秀妍覺得，姐夫今早已經駕了一整天車，晚上還是讓他好好休息吧，她查過餐廳位置，從最近的地鐵站走過去，十五分鐘就到，自己一個人完全應付得來。

從小到大，跟姐姐相依為命，家裡不算富裕，所以能省就省，她跟姐姐通常會坐最便宜的交通工具到達目的地附近，然後慢慢走過去，所以走路對秀妍來說，早已習慣了，只要不是偏僻地方或三更半夜的時間，她都會用這個方法前往目的地。

不過，自從跟姐夫同住後，他經常駕車管接管送，秀妍已經很久沒試過坐地鐵了，所以，今次自己一個人前去，反而令她有機會重拾以往跟姐姐一起時的回憶，她彷彿感覺到，姐姐現在就在她身邊，陪著她一起從月台走回地面。

「姐姐……」

走在大街上，沿途有不少男人朝自己望過來，雖然平時出街也經常遇到，但今晚似乎特別多。

「難道是裙腳太短？還是因為我化了妝？」

秀妍挽著手袋，用手輕輕拉拉裙腳，然後走進旁邊一間商場，拿出一面化妝鏡子。

雖然不明白昕涵為什麼想看自己化妝的樣子，不過偶然打扮得漂亮點，也是一件開心的事情，小時候每次見到姐姐化妝化得美美的，心裡總是很羨慕，想著自己日後長大了，也要跟姐姐一樣美麗。

秀妍照照鏡子，妝沒有特別濃，不過眼線可能畫得深了一些，下次記得要輕手一點。

秀妍望住鏡中自己同時，一位女孩子剛好從她身後經過，秀妍不經意地從鏡中瞥了女孩一眼……

「那雙藍眼睛，好美啊！」

秀妍馬上回頭，女孩剛好推開商場大門離開，她追出去，就在交通燈前面，秀妍看見剛才那位藍眼睛的女孩，安靜地站著，等候過馬路。

咦！那麼巧的？我也正好要過這條馬路，這位藍眼睛小妹妹，難道跟我去同一個地方？

秀妍望望四周，沒有其他人，她悄悄地溜到藍眼妹妹身邊，開始仔細觀察。

女孩個子矮小，天生一張娃娃臉，圓臉大眼，耳朵細小，唇紅齒白，皮膚光滑，一頭瀏海黑髮長及腰際，從背後望，長髮遮掩上半身，幾乎佔去整個人的一半身高。

她的膚質很好，又白又嫩，年紀應該還很小吧？秀妍猜想她只有十三四歲，是初中生嗎？

她身穿一件紅底白色碎花長裙，頸上戴了一條心型項鏈，白襪子配粉紅色跑鞋，打扮斯文整潔，一頭烏黑長髮雖然長至腰部，但護理得很好，柔順光澤，髮尾不見分岔，秀妍心想，要打理這把頭髮，一定很費時間。

這位小妹妹，年紀輕輕就戴藍色隱形眼鏡，又把頭髮留得這麼長，看來父母一定是把她當作洋娃娃來養，外國不是有那種陶瓷娃娃嗎？她現在這身裝扮，再加頂花邊帽子，坐在一角瞪大雙眼，根本就是一個真人版洋娃娃！

秀妍看這位小妹妹看得太入神了，忘記了她們是平排站著等，而這時候等過馬路的也只有她們二人，自然地，小妹妹很快就發現有人偷望她。

她側過頭來，回望秀妍，秀妍趕快將視線移離。

太尷尬了！她會不會走過來罵我呢？沒事的，沒事的，我只是欣賞她的美而已，又沒做虧心事，倘若她過來，我就乾脆跟她交過朋友吧！

令秀妍失望的是，小妹妹並沒有過來，她只是望了秀妍一眼，之後低下頭，等待交通燈轉換訊號。

秀妍覺得，小妹妹看上去有點憂鬱，發生什麼事呢？

這時剛好紅燈轉綠燈，行人可以過馬路了，秀妍心裡暗笑，自己未做好的事一大堆，還在意別人的事？她搖搖頭，然後準備過馬路……

影像來得既急且快，但很清晰，視角被一個人拖住手，來到一間黑漆漆，只靠街外燈光照明的房間，前面有一張床，床上面好像睡了一個人，視角朝房間四周望了一眼，好像有點不知所措。

這時候身旁原本拖住視角的人，突然蹲下來，對住視角說了幾句話，雖然房間有點暗，但這個人以非常近的距離跟視角說話，透過窗外的街燈，秀妍仍然有能力辨認到他的樣貌。

是男人沒錯！一個眉毛很粗很黑的男人，鼻樑不算高，鼻頭無肉，嘴巴也比較細小，但笑容相當有魅力，臉型屬鵝蛋型，西裝頭三七分界，梳理得非常整齊。

這時床頭突然亮了燈，睡在床上那個人，好像被他們兩人吵醒了，慢慢地從被窩中鑽出來，然後緩慢地轉身，向著視角及那個男人喝了一聲……

那個人……那個睡在床上的人……不是笑婆婆是誰！

秀妍愣住了，站在馬路口完全不懂反應過來，影像是準備過馬路時突然出現，而剛才等過馬路的只有兩個人……

這段影像，是剛才那位小妹妹的……

秀妍趕快四處張望，她看見馬路對面，那位小妹妹已經走得很遠，看來當自己見到她的回憶，站在原地發呆時，她已經順利過了馬路。

秀妍立馬想衝過去，但偏偏這時剛好轉燈，車輛開始駛入馬路，她沒辦法，只好等待下一個綠燈。

藍眼妹妹和那個男人，認識笑婆婆？笑婆婆今早提過，她的兒子及孫子都會來探她，難道他們兩人就是婆婆的家人？若按年紀來看，藍眼妹妹應該是婆婆的孫女，而那個男人，看樣子大概三十多歲，是婆婆的兒子？

那間房是老人院的房，她今早才去過，絕對不會弄錯，旁邊那張床就是那位身體孱弱，連拿起水壺倒杯水也不行的老婦人，在剛才的影像中，秀妍依稀可以瞥見她蜷縮在床上。

這就奇怪了，既然來探婆婆，為什麼不開燈？視角進房後到處東張西望，好像不熟悉那個地方，她以前沒來過嗎？而那個男人蹲下身，到底跟妹妹說了些什麼？

轉綠燈了，秀妍匆忙追過去，想找回那位藍眼妹妹，但已不見她的芳蹤。

秀妍扁扁嘴，心想，算了吧！下次見到笑婆婆問她就行了，何必一定要趁現在捉住小妹妹問呢？只是，剛才那段影像，秀妍總覺得氣氛有點古怪，難以釋懷。

從這裡往前走大約一分鐘就到餐廳……呵呵！見到招牌了，想不到這麼快就到，秀妍帶著愉快的心情走近門口……

咦！站在門口那位小妹妹，不就是剛才那位藍眼妹妹！原來她也是來這間餐廳，果然跟我去同一個地方！

秀妍停下腳步，暗自思忖，自己是否應該上前去認識她呢？

正當她猶豫之際，一個男人突然從餐廳跑出來，拍拍妹妹肩膀，露出一個相當有魅力的笑容。

秀妍瞪大雙眼，掩著嘴，不敢置信。

這個男人，不正是影像中見到的神祕男人？

雖然影像中燈光較暗，但秀妍自信不會弄錯，這十多年來，秀妍在窺見別人回憶的過程中，已經學會在影像出現的一瞬間，捕捉最重要、最關鍵的一刻，即使燈光再暗，只要被她看見，她一樣有辦法辨認出來。

這個男人的樣貌，跟剛才在影像中見到的一模一樣，但現在可以更清楚看見他的身型：個子不高，大約一米七左右，中等身材，穿了一件淺藍色襯衣，深棕色西褲，黑色皮鞋，打扮尚算斯文乾淨。

男人指了指餐廳，然後對藍眼妹妹說了幾句，妹妹點點頭，然後跟他一起進內，原來他們約了在這間餐廳吃飯，真巧耶！我也正好要進內呢，秀妍馬上小跑步趕過去。

當秀妍快接近他們二人時，男人突然拖著藍眼妹妹的手，把她往自己身體靠近一點，然後轉過頭來，向後掃視所有接近的人，當他跟正好跑過來的秀妍，四目交投時……

影像再一次從秀妍腦海中冒出，畫面非常清晰。

視角在漆黑的環境中，慢慢地一步一步靠近床邊，是剛才的老人院房間沒錯，時間同樣是晚上，只見視角雙手好像拿著一樣什麼東西，當到達床邊時，他舉起雙手，試圖把那個東西，往床上那個睡著的人的頭部伸過去。

但這時候，床上的人好像醒來了，果然還是笑婆婆！她揉揉眼睛，好奇地望住視角，然後就跟剛才第一段影像一樣，向視角喝了一聲。

視角嚇了一跳，手上的東西跌落地上，突然房間燈光全亮起來，視角回頭一望，藍眼妹妹身穿今晚那件紅底白色碎花長裙，站在門口，厲色地瞪著視角，旁邊還有一位老人院的看護姑娘。

視角隨即望向地下，那個剛跌落地上的東西……

一個紅黑色的匣子。

十一時正，原本臥在床上的安俊，不耐煩地坐直身子，盤起腿。

子正不就是十二時正嗎？還有一個小時……

等等！我為什麼要記住時間！我根本沒打算去……我不會去……我不會去……

「今晚子正，你回飯廳看一眼，就會明白。」

不行！佟兒這句說話，像著了魔似的，一直在腦海中徘徊。

必須忘記這句說話！最好的辦法，就是找夏蓮。

安俊跳下床，穿上拖鞋，打開門，沿著走廊摸黑前進，他小心翼翼留意房間的位置，數著數著就來到第三間房，他瞄了一眼門下空隙，亮著燈，他輕輕敲門，沒有回應，他把耳朵貼近門邊，沒有聲音。

夏蓮已經睡了？但燈亮著，她平時不關燈是睡不著的，難道不在房內？這麼夜了，不待在房間到哪裡去了？

安俊心裡好奇，決定試試打開門，門沒有上鎖，他把門打開，房內果然一個人也沒有，他走進去。

這房間比夏蓮自己的要小一點，大約只有三分二空間，家具擺設簡單得多，沒有大衣櫃，床也沒有六尺闊，只有一張書桌，一個書架，書架旁邊有個小小的衣物櫃，以及一張單人床。

安俊心裡感動，夏蓮對我實在太好了，讓出舒適大房間給我，寧願自己睡在這間簡樸的客房，雖則也不算差，但比起自己的房間，應該是豪華級跟普通級的區別吧！

夏蓮既然不在，安俊也不想逗留，正當他打算離開之際，一樣東西吸引了他的目光。

書架一共分三層，上面兩層放滿了各式各樣的書，唯獨最底一層沒有放書，只放了一個紅黑色的匣子。

他走近細看，匣子呈正方體，長闊高大約一尺，匣身紅色，匣蓋黑色，是漆器，而且是價格高昂的日本生漆，他輕輕觸摸匣身，木料是上等櫸木，很結實，匣子除了塗上紅黑二色外，什麼圖案也沒有，跟他以前見過的漆匣有些不同。

突然，安俊有份似曾相識的感覺，覺得這個匣子，好像在哪裡見過！

匣子不大不小，剛好雙手可以捧起，裡面到底放了什麼？

很想看……匣子裡面的東西……我好像認識的……很親切……

安俊蹲下身，把它從書架底層搬出放在地上，雙手按住匣蓋兩邊，然後慢慢向上揭開……

「你做什麼！」

背後突然傳來夏蓮的聲音，安俊趕快把蓋子重新合上，看也沒看一眼，就把匣子推回書架裡。

「阿蓮，妳去哪裡了？想死我了。」

安俊心虛地轉身把夏蓮拉入懷中，希望藉著擁抱，轉移她的注意力。

夏蓮被安俊這麼一抱，果然沒有再說話，她緊緊地摟著他，然後，踮起足尖，在他唇上深深吻下去。

很長很長的熱吻，安俊陶醉在她兩片柔軟的嘴唇中，拼命吸啜她伸出來的舌頭，夏蓮很少這樣主動，是被自己的擁抱融化了嗎？不理了！今晚就在這裡睡吧！

正當他想把夏蓮抱起放在床上時，她輕輕把他推開，然後拉他到房門口。

「明天一早，你馬上離開。」她情深款款地望住安俊，「我會親自送你出村口，今晚你要早點休息。」

「可是，阿蓮，為什麼……」

「不用多說，你只要記住，我所做的一切，都是為了你，就足夠了。」

她把安俊推出房外，好像很心急要關門似的，安俊心想，是因為發現自己偷看那個匣子？但明明什麼也沒看到！

正當夏蓮快把門關上，只剩一條隙縫時，安俊還是把握住最後機會，問了夏蓮一個問題。

「佟兒跟妳，是否有些誤會？」
她停止動作，隔著隙縫，露出半張臉，眼神依舊情深款款，只是，略添幾分憂愁。
「佟兒對我很好，」夏蓮平靜地說，「在這個家中，我跟她的感情，是最深的。」
就在這時，夏蓮以罕有嚴肅語氣，對安俊說。
「阿俊，你要記住，今晚無論發生什麼事，千萬別到處亂跑，知道嗎？」
說完她伸頭出來，在安俊唇上吻了一下，然後把門關上。
跟佟兒感情最深？看來夏蓮還不知道，她妹妹一直暗中挑撥離間，夏蓮她，心地實在太善良了！
所以今晚，自己應該聽夏蓮的話，趕快回房睡覺，不要到處亂跑。
安俊回到自己房門口，甫打開門，下意識地看了一眼手錶，十一時五十五分。
他本想進入房內，可是，他一隻手握著門柄，動也不動，仍舊站在走廊外。
「今晚子正，你回飯廳看一眼，就會明白。」
佟兒的聲音再一次在耳邊響起，為什麼？為什麼老是想起她的說話？
「阿俊……今晚無論發生什麼事，千萬別到處亂跑。」
夏蓮的聲音突然響起，跟佟兒的聲音相互抗衡。
我到底，該聽誰的？

彭家恐怖故事（四）

一九六八年八月十四日　子初

9

吃過晚飯，洗好碗筷，仲德一個人，坐在客廳思考。

到底是犧牲雯雯？抑或愛娜？

犧牲雯雯，三倍報酬落袋，自己亦大仇得報，但換來的可能是雯雯以後不再認他這個哥哥。

仲德內心矛盾，雯雯是他最疼惜的妹妹，自父母過世後，他一直肩負起照顧及保護妹妹的責任，十八年來，從沒一刻鬆懈，因為他將自己所有的愛，全部投放在雯雯身上。

可是，現在他所愛的人，不止雯雯一個。

三個月前，愛娜以夢中女神的姿態，突然出現在自己面前，之後更發展成為情侶，這段時間，是仲德一生人最快樂，最開心的日子，因為一直以來，他都以為自己不會得到女性青睞，注定孤獨終老，但結果卻交上一個令所有男人又羨慕又妒忌的大美女。

只是，幸福來得太快太突然，仲德有時也會撫心自問，自己是否配得起她？

愛娜長得太漂亮了，身材太誘惑了，人也太聰明了，普林斯頓畢業，絕非等閒之輩，試問一個又漂亮又有學識的女人，為什麼會看上……看上我這個長相古怪的鄉巴佬！

雖然愛情存有疑問，但仲德完全沒想過放棄這位才貌雙全的女子，愛娜在他的生命中，已經漸漸取代妹妹雯雯，成為最令他牽腸掛肚的女人。

所以，他根本不可能犧牲愛娜！

那麼，就只好按原定計畫，把雯雯她……她一定會體諒哥的。

不！不可以這樣！雯雯對自己同樣重要。

她明年就升讀大學，看見她長大成才，仲德心裡突然有份老懷安慰的感覺，希望雯雯畢業後，能做個有用的人，千萬別學她哥……往自己朋友背後插刀！

仲德嘆了口氣，移步到雯雯房門口，轉開門把，門沒有鎖，他輕輕推開門，進入房間。

他跟家彥所講關於妹妹的事，全都是事實，雯雯這幾個月，經常關自己在房裡，一個人不知道在做什麼，仲德的確很擔心。

而且，她為什麼想去爛泥灣村？

假如……假如沒有應承祝千濤的話……家彥他……或者……真的可以打開雯雯的心扉……

我後悔了嗎？不！不可能！我是多麼憎恨家彥，我是……

仲德太激動了，跪坐在雯雯房間地上，剛才一番內心掙扎，令他有點心跳加速，他要坐下來冷靜一下。

他靠在牆邊，坐在地上，視線剛好對正雯雯床底，仲德這時才發現，一件他以前從未見過的東西。

一個紅黑色的匣子。

匣子長闊高大約一尺，呈正方體，黑色匣蓋，紅色匣身，似是日本漆器，木質堅硬，一摸便知是上等貨色。

這個匣子，以前好像未見過，是雯雯帶回來嗎？但她為什麼把一個漆匣藏在床底下？平時幫她打掃房間，站著時根本看不見床底下有這個東西，若不是碰巧今晚一時激動坐在地上，匣子也不會被自己發現。

仲德嘗試從床底把它拖出來，但他趴在地上，雙手不好發力，要慢慢一點一點往外拉，正當他把匣子拉出一半時……

叮噹～叮噹～

一定是愛娜來了！雯雯提過她今晚會來！

仲德雙手撐地站起來，拍拍膝蓋灰塵，走到大門口，心急地打開門……

一名身穿整齊上班套裝，蓄著短髮，外貌成熟大方的陌生女子，站在門外。

「賈仲德先生，」女人笑笑地說，「我來找你妹妹。」

「妹妹不在，請問妳是誰？」

「沒相干，找你也一樣……」她撥了撥頭髮，露出一抹笑靨，「那個匣子，還在嗎？」

10

祝昕涵坐在餐廳靠窗一角，望向街外，街上行人雖多，但她要等的兩個人，遲遲未到。

搞什麼鬼？今次約會，明明是為他們而設，為什麼反而是我一直在等？

昕涵拿出手機，向秀妍及表哥發出訊息，秀妍倒是很快就回覆，說十分鐘內趕到，至於那個表哥，哼！給我送來一張吐舌鬼臉，這算什麼回覆？

昕涵今日穿上一件鬆身櫻花紅短袖棉質上衣，配襯一條米白色貼身短裙，腳上穿上一對橙紅色T字鉚釘高跟鞋，平時喜歡悉心打扮的她，今日只是隨便打個粉底塗了少少胭脂，雙唇也只是簡單地抹上薄薄的透明唇彩，一頭深棕略帶暗紅色的波浪捲曲長髮梳向右邊臉，好讓左邊臉面向大門。

不少進出餐廳的客人，每當在她身邊經過時，都會不期然轉頭回望這位公主小姐，不認識她的，會被她的美貌吸引，但認識她的，會跟身邊的伴侶竊竊私語。

「她，就是那個祝家么孫女？」

「原來真的是她，我在報紙上見過相片，她真人漂亮多了！」

「咦！她一個人呆在這裡，該不會在等男朋友吧？快！準備手機！」

昕涵早已習慣這樣的目光，身為祝家的人，從小到大，無論是路人抑或狗仔隊，自己總會成為別人的焦點所在，不！不單止我，祝家所有人都如是。

更甚者，自從幾個月前發生那件事後，整個祝家上下，瞬間成為所有市民茶餘飯後的話題，大家都很好奇，經歷那次事件之後，祝家會否變得四分五裂，會否從此一蹶不振，會否在一夜間，喪失爺爺辛辛苦苦建立的商界霸主地位。

昕涵低下頭，笑了笑，輕輕撫摸自己的手袋，那個小東西，雖然有點重，但是每天出門，她都會把它帶著。

有我在，祝家不會倒下，還會比以前更加昌盛。

爺爺，請放心，小涵不會辜負你的期望。

餐廳經理此時突然走過來，恭恭敬敬對昕涵說。

「祝小姐，要不要我們安排一間ＶＩＰ房給妳？」

看來他也留意到其他食客的目光，但昕涵搖搖頭。

「不必了，這位置挺好的。」

昕涵對ＶＩＰ房的安排，本身並沒意見，只是她顧及秀妍的感受，她不想秀妍覺得，跟她吃飯像跟貴族吃飯一樣，她想以一個普通人的身分，來跟秀妍相處，自從上次她們兩人經歷生死與共的一刻，昕涵已經跟秀妍成為好朋友，她不想因為自己的身分，給好朋友添壓力。

更何況，今晚這頓晚飯，是為了幫表哥追求秀妍而設的，表哥跟自己一樣，過慣這類生活，試問若要給秀妍留下一個好印象，自己跟表哥怎可以擺出一副上等人姿態？

昕涵心裡明白，秀妍她，不是貪慕虛榮的人，儘量做些簡單樸實的事，反而更容易幫助表哥博取她的歡心。

餐廳自動大門打開，昕涵見到秀妍匆匆走進來，啊！真的很美啊！她化妝後的樣子，比平時更加嫵媚動人！她也聽我的話，今晚穿得特別漂亮，真的有點嫉妒她纖瘦身型，她穿上這條吊帶黑色連身裙，簡直犯規啊！

我的好表哥！你等會兒一定很感激我，若不是我千叮萬囑，叫她今晚一定要化靚妝，穿得漂亮點，你也不會發現，你的心上人原來可以這麼美麗。

昕涵揮揮手叫秀妍過來，但很奇怪，她望了昕涵一眼，然後，一邊慢慢走過來，一邊目不轉睛地，盯住另一張枱的一對男女。

「發生什麼事了，秀妍？」昕涵好奇地問。

秀妍剛坐下來，沒有回答昕涵，只見她從手袋裡拿出一本小畫簿及一支素描筆，開始畫起上來。

「對不起，昕涵，請等我一會。」

秀妍修讀的是藝術系，擅長繪畫，尤其是素描，這些昕涵都是知道的，但料不到她連吃飯時間也用來練習素描，功課有這麼忙嗎？

昕涵朝她視線方向望過去，是一個男人跟一個妹妹，坐在距離三張枱的位置，男人大約三十來歲，頭髮三七分界梳得貼貼服服，看得出是一個很注重儀表的人，至於那個女孩……啊！頭髮比我還要長！坐下來髮尾已經碰到坐墊了，但保養得很好，這麼遠望過去，也見到她的頭髮柔順而有光澤，就像瀑布一樣，髮絲整齊地散落在項背上。

秀妍認識他們嗎？為什麼要偷偷把他們會面情況畫下來？用手機拍照不是更方便嗎？

哈哈……明白了，一定是手機沒電，又心急想把他們會面情況畫下來，秀妍真傻……

昕涵從手袋裡拿出手機，瞇起一隻眼，對好焦點，連拍了幾張照片，然後調皮地對秀妍說。

「我幫妳拍好照片啦！」她輕聲地說，「要不要我換個角度再拍幾張？」

只見秀妍突然嘟起小嘴，撒嬌地把頭挨在昕涵肩膀上。

「嗚……昕涵，妳真好！」秀妍像貓一樣用臉擦擦昕涵肩膀，嬌嗲地說。

這時畫也畫好了，昕涵瞥了一眼，咦！奇怪了，畫中有一張床，床上有一個老婆婆，一個男人站在老婆婆身邊，一個女孩站在房門口，秀妍在畫什麼？難道她剛才畫的對象，不是那對男女嗎？但這裡根本沒有床，也沒有老婆婆啊！

秀妍把小畫簿合上，連同筆一起收回手袋裡。

「對不起，昕涵，有時當我腦海中想到些什麼，就會急不及待想把它畫出來，這是老毛病，請不要介意。」

「沒問題。」昕涵雖這樣說，但心裡還是覺得很奇怪，「剛才我見妳一直盯住那對男女，手不停地畫，還以為妳玩跟蹤，妳認識他們嗎？」

「不，不認識，碰巧在餐廳門口遇見而已。」秀妍示意昕涵把臉湊過來，「只是，那個女孩，妳看見嗎？她的眼睛，是碧藍色的！」

「她一直背對著我，我看不見她的樣子。」昕涵搖搖頭，「不過現在戴顏色隱形眼鏡的人多的是，或者她故意想扮成外國人模樣，刻意選藍色戴吧。」

「我最初也是這樣想，但是……她那雙藍眼睛，像有生命似的閃閃發光，不像是隱形眼鏡的效果。」秀妍羨慕地說，「真的很想走過去，問問她那雙眼是真是假？」

「被妳這麼一說，害我也有衝動想走過去看看。」昕涵笑笑，「我只留意到她的頭髮很長，比我還要長，而且打理得很好。」

「對啊！剛才來時，我刻意走近她細看，她這麼長的頭髮，竟然沒分岔的！」秀妍撅著嘴說。

「看來，妳對她很有興趣喎！」昕涵側著頭，狐媚地問，「難道看上人家了？」

「當然不是！」秀妍解釋，「我只是覺得，那個跟她同坐的男人很可疑，直覺告訴我，那個男人一定有問題。」

「何以見得？」昕涵用手托著頭，微笑地問。

「昕涵，妳認為那個女孩多大？」

「唔……」昕涵望望女孩，「沒看過正面，不能作準，但要我猜，大約十五六歲吧！」

「哪有？我看只有十三四歲，根本就是初中生。」秀妍繼續她的分析，「妳看看那個男人，至少都過三十了吧，他跟那個女孩，說是父女又太年輕，說是兄妹又太年長，說是朋友嘛……又好像不太熟。」

昕涵再回頭仔細觀察二人，只見男人瞇起雙眼帶著微笑，拼命對女孩說了很多很多，女孩只是低著頭，沒有作聲。

「秀妍妳說得也有點道理，」昕涵同意，「那個男的好像想游說女孩做些什麼，但女孩不太願意，兩人看上去並不熟絡。」

「所以呢，根據我這個天才小偵探的分析……」秀妍好像發現外星新生命一樣，煞有介事地說，「那個男的根本是個大混蛋，想哄騙小女孩做些不道德的事！」

昕涵聽後思考片刻，秀妍的意思，是不是認為女孩是援交妹，那個男人是她的顧客？

雖然不敢否定這個推論，但這類不道德的交易，正常來說，不會在大庭廣眾下談價錢吧？而且，那位女孩，看她的衣著這麼純樸，完全不像出來混的。

更何況，昕涵聽得出，秀妍好像對那個男人沒什麼好感，奇怪了！不是不認識嗎？為什麼弄得像仇人一樣？

「不過，秀妍啊，就算他們真的是……我們也無能為力，妳總不會想走過去揍那個男人一頓吧！」

這時男人剛好從座位站起來，拿著電話朝大門走了出去，留下女孩獨自一人呆著，說時遲，那時快，秀妍突然起身，拉了一下自己雙手的手套，然後踏前一步，好像想走過去跟女孩對質，嚇得昕涵連忙一把拉著她。

「等等，秀妍，妳不是真的想過去教訓那個女孩吧？」

「昕涵，我有些重要事要問問她，很快回來，不必擔心。」

想不到秀妍的正義感是這麼強的！一定是想勸女孩不要被男人哄騙，這種好管閒事的性格，真不知是好事抑或壞事？咦！這性格，不是跟表哥很相似嗎？

哦！發現他們兩人的共同點了！昕涵心裡暗笑。

當秀妍正想離開座位走過去時，昕涵瞧見男人剛好重新進入餐廳，她眼明手快，把秀妍按回椅子上。

「他回來了！」昕涵指指門口，輕聲地說，「現在不是時候，等會兒趁女孩上洗手間，妳也一起進去，我在這裡幫妳監視那個男人舉動，要是他想找那女孩，我馬上致電通知妳！」

秀妍一臉感激望住自己，昕涵心想，只是舉手之勞，秀妍妳不用這麼感動啦，我所做的一切，其實也只是為了表哥……呵呵，一講曹操，曹操就到。

「我們又多了個幫手，」昕涵向秀妍眨了一下眼，示意她望向大門，「無所不能的霍爾大法師，終於來了！」

11

當家彥遠遠看見昕涵及秀妍時，不期然笑了出來。

這個表妹，一定是她叫秀妍悉心打扮，自己卻化了個淡妝，完全不像平日的她，她不想搶秀妍的風頭？細心的傻妹子！

不過，表妹這番心意，的確起到作用，家彥今晚才發現，原來秀妍打扮起來，可以這麼……性感迷人。

對上一次見秀妍，是小叔叔的葬禮，之後大家雖然保持電話聯絡，但都沒有出來見面，反而昕涵跟她卻見過好幾次，所以今次算是這幾個月來，自己跟秀妍首次碰面。

家彥選擇坐在她對面，旁邊是昕涵，這樣就可以正面欣賞她那雙閃閃發亮的大眼睛，她今晚這件吊帶連身裙非常好看，只是會否單薄了點？小心著涼喔！

「咳，咳！」一旁邊昕涵突然咳了兩聲，然後把餐牌遞過來。

「我已經點了菜，廚房準備中，霍爾大法師，你看看還有什麼想吃的，隨便叫吧！」

這個小涵！口氣說得好像她請客一樣！

「沒問題，多叫點辣的，愈辣愈好。」一家彥陰陰地笑，「秀妍妳沒問題吧？」

只見昕涵瞪大雙眼盯住家彥，一副不悅的表情，還是秀妍先開口。

「昕涵不吃辣的，」秀妍認真地說，「我看還是叫別的吧。」

「秀妍啊，妳別理他，他故意說說而已。」表妹斜眼瞄了表哥一眼，

「他那會不知道我不嗜辣，就等於我知他不吃甜一樣。」

「我不是不吃，」家彥連忙否認，「只是沒妳們女孩子這麼愛吃而已！」

「哈哈……你們兩個……很搞笑……感情一定很好……」秀妍笑笑地說。

「不是啦，我最討厭表哥了……咦！趁晚餐未到，我去去洗手間，失陪一會。」

昕涵說完起身就走，當從秀妍背後經過時，她向家彥打了個眼色，家彥當然明白她的用意。

「對了，秀妍，這幾個月，妳過得還好吧？」家彥把握機會發問。

「好呀，之前因為期末考試，所以比較忙。」秀妍回答，「現在學期剛完結，終於鬆一口氣，想不到這麼快就一年了。」

家彥仔細算算，秀妍跟小涵同年，去年九月入學，當時大家仍互不相識，想不到今年春天以後，她們就成為好朋友了。

當然還有我，我跟秀妍……雖然不是同學，也成為好朋友……

但是，就只能是好朋友嗎？

「對啊，妳跟小涵正在放暑假。」家彥試探地問秀妍，「呀！不如我們趁這個機會來一次外地旅行，當是慶祝妳們大學第一年順利過渡，好嗎？」

只見秀妍雙眼閃過一絲興奮光芒，她似乎對這個建議相當感興趣，但很快又回復冷靜。

「不了，這個暑假，我有事在忙，走不開。」

「都放假了，還有功課要做嗎？」

「不，不是大學的事，」秀妍對家彥說，「是我自己的事。」

這時候他留意到秀妍朝自己身後方向望過去，好像在看另一枱客人。

她的眼神，為什麼這麼擔憂？

「我有什麼可以幫到妳？」家彥關心地問。

「謝謝你，不過這件事，我跟姐夫可以應付，放心。」

大叔？家彥回想起剛才駕車時遇見文軒的情景。

「徐先生的確很值得信賴，老實可靠，應承你的事，總會盡力而為。」

「哈！你們為什麼互送高帽？」秀妍露出一副天真笑臉，「姐夫經常在我面前誇你，說家彥頭腦靈活，聰明又富正義感，將來一定是個好律師。」

「他真的這麼說？過獎了。」家彥微笑回應，「唉，其實今晚應該把徐先生也叫來，我們四個一起聚聚舊，可惜他早有約會。」

「約會？」秀妍瞪大雙眼。

「對呀，我來時經過一間咖啡廳，看見他約了一個女人喝咖啡。」家彥察覺秀妍神色有異，「咦，有什麼不對勁嗎？」

「這就奇怪了，」秀妍側著頭，不解地說，「他今晚明明沒約，甚麼突然跑出去了？」

秀妍邊說邊用戴住手套的左手，輕輕把耳邊的長髮撥向耳背，水汪汪的大眼睛依舊望住家彥，這個動作，很迷人。

家彥留意到她那雙黑色真絲手套，很襯她今晚的裝扮，只是……有一件事……他其實想問秀妍很久了。

「秀妍啊，為什麼每次見妳，妳都一定戴上手套？」家彥親切地問，儘量避免令她尷尬，「妳這雙手，是否受傷了？」

秀妍報以一個禮貌的微笑，好像早有心理準備回答這個問題。

「不是受傷，我只是懷念姐姐……戴上它，姐姐就好像在我身邊一樣。」

昕涵突然興奮地跑回來，甫坐下，便急不及待拉住秀妍的手臂。

「我見到了，我見到了。」她雀躍地說，「真的如妳所說，很特別啊！」

「什麼事令妳這麼高興？」家彥開玩笑問，「莫非見到一位英俊的白馬王子？」

「霍爾大法師，你可知道，在你身後，坐著一位很可愛的藍眼睛小姑娘？」

藍……眼睛！

「是秀妍先發現她的，我剛剛從洗手間出來，故意在她身旁經過，她真的擁有一雙大大的藍眼睛，望上去就像一個陶瓷娃娃，非常可愛！」

陶瓷……娃娃！

家彥趕快轉身，試圖搜尋那個像娃娃一樣的女孩，而就在他轉身的同時，距離大約三張枱的位置，他看見一對男女好像正在爭論什麼，只見女孩站起來意欲離開，但被男人伸手拉住，女孩掙開他的手，拔腿就跑，男人從後追上，而就在這時……

秀妍也衝出去了！她是朝那個女孩衝過去，奇怪！她認識那對男女嗎？就在她身體快要碰到女孩時，那個男人也趕上來了。

不行！那個男人眼神有點凶，不能讓秀妍獨自面對，雖然不清楚到底發生什麼事，但家彥決定跟上去，保護秀妍……

就在那一剎那，他跟女孩的眼神對上了！

家彥呆了，那雙藍眼睛……像湖水一樣透澈寧靜……似曾相識……

女孩也呆了，望住家彥，一動不動，然後不敢置信地，吐出一句話。

「家彥……哥哥？」

12

短髮女人不理會仲德，自顧自走入客廳，來回踱步，眼神掃視四周。

「妳怎可以隨便進入別人家中！」仲德嘗試阻撓，但女人已經坐在客廳沙發上，「妳再不走，我要報警了！」

「報警吧！反正警察遲早也要上來。」

「妳……這是什麼意思？」

「別急，別急。」她陰森地對仲德笑了笑，「要發生的事總會發生，你急也沒用。」

仲德把大門打開，不敢關上，現在孤男寡女共處一室，倘若他把門關上，這個女人便有機會誣揑他非禮甚至強姦，到時百辭莫辯，他才沒這麼笨。

他拿起電話，退至雯雯房門口，一方面想跟女人保持距離，另一方面想用身體擋著房間，不讓女人看見房內情況。

「那個匣子，還在嗎？」

她所指的匣子，一定是雯雯房裡那個！

剛才仲德把匣子從床底拉出一半，還來不及推回去，女人就來了，他既不能回房間把匣子妥善收好，又不能把房門關上惹女人懷疑，所以只好站在門口，用身體擋住女人視線。

其實仲德自己也不清楚，為什麼這麼賣力保護這個匣子，自從女人進屋開始，他一切都是依直覺行事，雯雯藏起匣子，一定有其原因，如果這個女人真的想要匣子，最好對付她的方法，就是不讓她達到目的。

「妳……到底是誰？」

一股莫名的恐懼感，突然從仲德心底湧上來，為什麼會這麼恐懼？眼前這個陌生女人，看上去相貌端莊，斯文大方，普通女人一名，為什麼自己會害怕起來？

「我叫陳嘉琪，幸會。」

嘉琪翹起腿，從手袋裡拿出一支唇膏及一面鏡子，開始替自己補妝。

「妳……妳剛才提起那個匣子……是什麼一回事？」仲德裝作若無其事，「我房間有很多匣子，妳是否想借用一個？」

嘉琪哈哈哈地大笑起來，笑聲充滿鄙視。

「雯雯的哥，你真幽默。」她張開紅唇，露出雪白的牙齒，「我今次來不是借匣子，我是來帶雯雯走的。」

仲德完全聽不懂她說什麼。

「你是在裝傻？雯雯是誰你還不知道嗎？」嘉琪搖搖頭，「那個故事，爛泥灣村發生的恐怖故事，你應該聽過吧？」

「妳為什麼會知道？」仲德驚訝，「這個故事……明明只有我父親……」

「明明只有你父親聽過的故事，為什麼我會知道呢，對嗎？」

嘉琪耐人尋味地笑了一下。

「如果我告訴你，這不是故事，是真人真事，你信嗎？」

「真人真事？這怎麼可能！」
嘉琪再一次哈哈地笑起來，笑聲很清脆，亦很刺耳。
「請問你父親，是村落的原居民嗎？」
「不是！父親十歲那年，跟隨爺爺嫲嫲，從另外一條村搬過去的。」
「在你父親搬進去前幾個月，村裡剛好發生了一件事。」嘉琪淡淡地說，「但因為只是一件很尋常的事，所以村民大多不放在心上，漸漸地忘記了。」
「發生什麼事？」
「一戶人家搬走了。」嘉琪繼續說，「當年村落與村落之間，互相遷徙是很平常的事，你父親不也是從另一條村搬過去嗎？那戶人家恰恰相反，從這條村搬出去了！」
「妳意思是，」仲德開始明白她想說什麼，「我父親聽到的故事，故事中所發生的一切，其實……就是這家人的遭遇？」
嘉琪點點頭。
「那麼這家人，就是姓彭的囉！」
「算你還有點腦筋。」嘉琪臉上露出一抹詭異笑容，「但整件事的重點，不是故事本身，雯雯的哥，你猜猜到底是什麼？」
仲德又打了個冷顫，這份恐懼感……眼前這個女人……
嘉琪以極其邪魅的眼神望住仲德。
「重點是，你父親是從誰口中聽到這個故事……那個說故事的人，為什麼要告訴你父親這件……真人真事？」

安俊在漆黑中摸索，沿著樓梯一級一級往下走。

他每走兩步便停下來，側著耳，仔細聆聽附近是否有腳步聲，他擔心夏蓮會從後尾隨。

因為，夏蓮和佟兒之間，他選擇了後者。

一股背叛的罪惡感，經血液蔓延至全身，令安俊渾身上下感到不自然，他發覺自己經常做賊心虛地回頭，看看夏蓮會否偷偷地跟在後面，但當發現背後沒人時，他的反應卻是既安心，又失望。

安心當然是自己的行為沒有被發現，但失望的是，他其實很想夏蓮突然出現，制止他繼續向前行，把他拖回房間去。

他自己也解釋不了，為什麼會聽佟兒的說話，他邊走邊安慰自己，現在只是跟佟兒，玩一個考膽量遊戲，小時候大家不是都玩過嗎？更何況，偷偷回飯廳看一眼，也不是什麼賠本的事，談不上什麼背叛不背叛。

從二樓睡房回去飯廳，需要再次經過那條長長的木製走廊，剛才來時走廊是亮著燈的，但如今全關掉了，眼前黑漆漆一片，安俊手上沒有照明工具，唯有小心翼翼摸著牆壁向前行，他記得來時，右手邊是一整排房間，左手邊則是一整排窗，所以現在往回走，左手邊就是房間，右手邊就是窗。

安俊望出窗外，雨好像停了，沒有啪啦啪啦在響，難怪四周靜了許多，他沿著左手邊牆壁向前行，這條走廊本來就很長，在漆黑中慢慢地走，感覺就更長，伸手不見五指之餘，亦看不清前方的路，只能靠著本能感覺，一步一步地摸索。

這時本能感覺告訴他，後面站著一個人……

安俊大約已走到走廊的一半位置，雖然雙眼開始適應周遭的黑暗，漸漸能看見一些東西，但只限眼前幾米距離，遠一點仍看不清楚。

站在這個中間位置，不論是向前望還是向後望，由於距離走廊盡頭實在太遠，安俊根本看不清楚，是否站著一個人。

可是，身體的本能卻告訴他，那個人就站在他的身後，走廊盡頭的位置，遠遠地監視著他。

是夏蓮嗎？不會，若果是她，一定直接跑過來，責問自己三更半夜在走廊上幹什麼？

所以最有可能的，就是佟兒！

本來這就是她的主意，她一定很焦急，想看看我這位未來姐夫是否上當，她要見證我走進飯廳。

一想到這裡，安俊反而鬆了口氣，在漆黑又寂靜的深夜裡，獨自走在空無一人的走廊上，真得很容易讓人胡思亂想，尤其是，這間屋給他的感覺總是……有點空洞，地方偌大，但人少，缺乏生氣。走廊是用木板砌成，雖然手工尚可，但已經歷一段日子，開始殘舊，走在上面會發出輕微的喀吱喀吱聲，剛才跟夏蓮走過時並不察覺，但現在他一個人踩在木板上，聲音就很明顯，假如佟兒跟在身後，她走過來時，一定會發出同樣的聲音。

安俊這時突然心生一個念頭，他決定反客為主，戲弄佟兒，他先假裝繼續向前行，當到達走廊盡頭，那扇桃木門前，就蹲下來不動，靜候佟兒跟上來，她踩在木板上的喀吱聲，有助安俊判斷她何時接近自己，待她來到門前，自己就突然跳起身嚇她一跳。

很無聊！的確，安俊承認，非常無聊！但騙他大半夜跑去飯廳的又是誰？假如能夠這樣結束今晚的惡作劇，安俊認為，也不失為一個好方法。

安俊慢慢地摸著左手邊牆壁，沿途經過多個房間，終於來到走廊盡頭，那扇桃木門前，他安靜地蹲下來，靜候他的獵物。

十秒……二十秒……三十秒……走廊沒傳來半點聲響……

安俊起初懷疑自己聽不清楚，他故意把耳朵貼近地板，靜靜細聽應該出現的喀吱聲。

四十秒……五十秒……六十秒……還是沒有聲響……

佟兒沒有跟過來嗎？這就奇怪了，她不是一直想……

這時走廊突然有動靜，沉重的腳步聲從遠處傳過來，一步一步踏在木板上發出喀吱聲，但是……太厚重了，太沉實了，這不是佟兒的腳步聲！

佟兒的身型這麼纖瘦，沒可能發出這樣的聲響，這似是一個壯年男人踏在木板上發出的聲音，這個人似乎就一直站在走廊的另一端盡頭，沒有行動，直至現在……

安俊不知所措的站在原地，他的推斷有誤，剛才跟在他身後的不是佟兒，是這個正走過來的人！本來，安俊是打算正面面對這個人，反正剛才已有心理準備對付佟兒，現在只是換個目標而已。

可是，當安俊站在桃木門前，望著漆黑的走廊遠處，慢慢地浮現出一個身影，雙腳……雙手……身體……隱隱約約……開始看見那個人的輪廓時……

安俊趕快打開身後的桃木門，逃入起居室，關上門，他其實未看清楚那個人的樣貌，但身體每一條毛管都豎起來了，頸後一陣發涼，這個人不管是誰，本能反應叫他馬上轉身就逃，否則一定後悔。

現在已經不能回房間去了，只能繼續往飯廳進發，途中經過那個小小的中庭花園，安俊聽到雨聲再次響起來，栽種在花園裡的植物，因雨水的降下而微微晃動，雖未致草木皆兵，但安俊已心有餘悸，他趕快繞過花園，來到飯廳。

終於到達目的地，剛才他跟夏蓮一家人，就在這裡用膳，雖然沒有亮燈，但眼睛已適應黑暗，安俊望了一眼，飯廳裡面半點異樣也沒有，跟他離開時一模一樣。

果然是惡作劇！安俊心裡又好笑又氣憤，雖然佟兒還是個小孩，但心腸太壞了，一而再再而三地捉弄他，他已下定決心，明天一早，就把她的惡行告訴她兄姐知道，這個年紀不好好管教，長大後就會變成騙子。

正當他轉身想離開時，他聽到飯廳深處，那張剛才他們用膳的長方形餐桌上，傳來唧唧嚼嚼聲。

一定是佟兒躲在那裡，好哇！不用等明早了，現在就捉妳去見兄姐！

安俊無名火起，毫不猶疑衝過去，想馬上把佟兒揪出來，但當他走到距離餐桌還有兩米距離時，他愣住了。

一位短髮女子坐在餐桌椅子上，背對著他，好像正在吃東西，他聽到的唧唧嚼嚼聲，就是她發出的，由於椅背很高，加上是實心木板做成，安俊從背後看，只能看見她的頭在椅背上突了出來。

難道是夏蓮？她何時來了？從房間來飯廳只有走廊一條路，剛才自己過來時沒碰見她，她是如何避開自己耳目來到這裡？

安俊踏前一步，再仔細看清楚，不！不是夏蓮！這個女人雖然同樣蓄著短髮，但頭好像比夏蓮略大一點，頭髮的香氣也有點不同，絕不是夏蓮！

奇怪了！這個家的女人只有兩個，佟兒長髮及腰，若不是夏蓮，會是誰？

這時候，短髮女子緩緩地轉過頭來，安俊也準備好向她打招呼，可是……

短髮女子的頭是一百八十度轉過來，身體卻沒有跟隨轉動！

安俊以為自己眼花了，他向右移開幾步，避開那擋住自己視線的椅背，這樣他就可以清楚看見女子的身體……

然而，女子並沒有身體……

女子只有一個頭顱，掛在椅背上……

「嗨！」頭顱微笑著，向安俊打了聲招呼。

彭家恐怖故事（五）

一九六八年八月十五日　子正

13

「好吧，尹小姐，」文軒攤開雙手，「妳到底想怎樣？」

「這張照片，你是從哪裡得來的？」

愛娜重複剛才的問題，眼神堅定。

「我有義務一定要答妳嗎？」文軒沉著回應，「照片是我的，妳不單不歸還，反而約我出來問些怪問題，妳不認為自己有點奇怪嗎？」

「徐先生，或者我換個方式問你！」愛娜輕輕呷了一口咖啡，「這張照片是誰給你的？」

奇怪了？她憑什麼這麼肯定，照片是其他人給我，而不是我自己的？

愛娜最初是問「從哪裡得來的？」，之後就問「是誰給你的？」，兩個問號都指向一個事實：她從一開始，就肯定照片不屬於我本人。

但她是如何得知的？文軒決定探探口風。

「好吧，既然妳這麼想知道，我就告訴妳。」他隨意編了一個故事，「照片中那個人……是我母親，這是我小時候，偷偷從她身後拍攝的，只此一張，非常珍貴，我一直把它帶在身邊，藉此懷念亡母，所以請妳做做好心，儘快把照片還給我。」

文軒看見愛娜先是嘗試忍笑，到最後還是忍俊不禁，哈哈哈地笑起上來。

「徐先生，你這個故事很爛。」她邊笑邊搖頭，「照片中人，不是你的母親。」

「妳又不是我，又沒見過我母親，憑什麼這樣說？」文軒雖然嘴硬，但心裡不是味兒，竟然這麼快就被她看穿！

愛娜再次從手袋裡拿出照片，在文軒面前舉起。

「這張照片，」她分析道，「拍攝時間是上世紀六七十年代，照片本身已經發黃發霉，脆弱易斷，稍為大力都可以把它撕開兩邊，根本不適合隨身攜帶，假如你真的是懷念亡母，應該要好好把它用相框鑲起，安放家中，而不是隨隨便便塞進衫袋褲袋，你這樣做，實屬不孝！」

「還有，這張照片只拍到側背面，而不是正面，你亡母身前一定有很多正面照片吧！若是懷念，為什麼不正正經經收藏一張拍到容貌的正面照片？難道你喜歡看母親的背面？」

文軒嘆一口氣，這個女人，聰明、美麗、機警、果斷，很難應付。

愛娜說完，沒有像第一次把照片收回手袋，而是把它放在文軒面前。

「這張照片，你拿回去吧。」她禮貌地笑了笑，「從你剛才的回答，我大約猜到是誰給你。」

她猜到？

「你今早去過老人院，而這張照片歷史悠久，又不方便隨身攜帶，因此只有一個可能……」愛娜眼神緩和不少，神情也沒有剛才那麼緊張，「是老人院其中一位老人家給你的。」

她果然發現了！

「雖然我暫時還不知道是誰，但很快就能查出來。」她向文軒意味深長地說，「只要我明早向那幾位相熟職員打聽一下，徐先生來老人院探望的是那一位親友，答案就一清二楚。」

「尹小姐，坦白說，誰給我這張照片，告訴妳其實無妨，只是……」文軒把照片收起，放進外套口袋中，「妳為什麼這麼在意這個人？這個人對妳很重要嗎？」

愛娜想了片刻，淡淡然說。

「因為，我有件重要的事，要問這個人。」

答案出乎文軒意料之外，愛娜有重要事想問笑婆婆？愛娜看樣子只有三十出頭，笑婆婆都七十九了，完全是兩個時代的人，她會有什麼事問笑婆婆？

文軒摸摸袋中照片，再望望眼前這個女人，她的行為雖然有點神祕古怪，但應該不是壞人，反正明日一早她就會查出真相，倒不如現在告訴她，看看她有什麼反應。

「算了，告訴妳吧，給我照片的是笑婆婆。」文軒深呼吸一口氣，「妳認識她嗎？」

愛娜的眼睛瞪得很大，嘴巴半張，兩頰肌肉繃緊，很明顯，這個消息令她相當吃驚。

這也是文軒今晚第一次，見到愛娜失去冷靜的時候。

「原來是她，真是命運作弄，天意！」愛娜突然吐出一句跟她年齡不符的說話。

「尹小姐，妳這是什麼意思？我不明白。」

「對不起，徐先生，我約了人，要先告辭。」她回復鎮靜，冷冰冰回答，「剛才我說有重要事想問她，現在已經沒需要了，照片的事到此為止，遲些我會再聯絡你，等我電話。」

「再聯絡我？為什麼要再聯絡我？」文軒好奇問，「照片已取回，我們以後也毋須再見。」

「不，我們會再見的。」愛娜站起身，「因為事情才剛剛開始！」

14

家彥跟這位藍眼女孩是認識的！

秀妍站在他們前面，一時望向家彥，一時望向藍眼女孩，暗自思忖，接下來她該如何辦？

剛才雖然一直跟昕涵及家彥談話，但其實秀妍不時留意住女孩跟男人的一舉一動，希望找個機會，接近他們其中一人。

因為，她打算用手觸碰他們，窺看他們的回憶。

來餐廳前看見的兩段回憶，一段是女孩的，另一段是男人的，兩段都涉及笑婆婆，這絕對不是巧合，他們兩人都認識笑婆婆，其中男人那段回憶，拿起匣子往婆婆方向伸過去，他到底想做什麼？秀妍擔心，他是想加害婆婆。

所以，一定要找到答案。

但是，他們坐得太遠了，秀妍幾次嘗試隔空窺視，也看不到什麼，唯一辦法，就是趁他們不為意時，走過去用手觸碰他們。

本來昕涵的提議很好，趁女孩上洗手間，自己便可以伺機觸碰她，豈料女孩卻突然站起來轉身離開，男人又跟著一起追上來，再不把握機會，他們就會跑掉了！

所以，秀妍決定假意擋在女孩前面，把她撞跌後借機扶她起身，這樣就可以碰到她，可是……

家彥這時候卻衝出來，衝出來也不要緊，最奇怪的是，女孩看見家彥，整個人完全僵住了，腳步也停下來，本來應該剛好撞上自己，反而剎停了，秀妍非常失望，也就在這時候，女孩開口了。

「家彥……哥哥？」

秀妍詫異地望住家彥，一時間不知說什麼，還是趕過來的昕涵先開口。

「霍爾大法師……你認識她嗎？」

家彥如夢初醒，以肯定的目光，望住女孩。

「妳是……雯雯？仲德的妹妹？」

女孩點點頭，臉上表情由最初的驚愕、意外、難以置信，漸漸變為喜悅、期待、熱切盼望。

「你們都認識的？」站在一旁的男人突然問。
「她是我朋友的妹妹。」家彥上下打量男人，「請問，你是誰？」
「既然你們是認識的，那我先走了。」男人轉身對女孩說，「好好考慮一下我剛才的建議。」
說完男人便離開了，秀妍本想追出去，但這個時候撇下昕涵及家彥，去追一個陌生男人，只怕會惹起他們的懷疑。
何況，那個藍眼女孩還在，在她身上，一樣可以找到線索。
「雯雯，妳沒事吧？」家彥親切地問，「我見過妳哥哥，他很擔心妳，最近生活過得好嗎？」
「我很好，沒事。」雯雯輕聲地說，「家彥哥哥是何時回來的？我哥沒提起過你啊！」
「幾個月前的事了，或者他太忙，一時忘記跟妳說而已。」家彥續說，「對了，那個男人是誰？你們剛才好像有些爭執，發生什麼事了？」
雯雯望向大門，確認那個男人已經離開餐廳後，回頭對家彥說。
「他叫周肇鋒，他想問我借一樣東西。」
「哦？借什麼東西？」家彥問。
「一個紅黑色的匣子。」
秀妍全身震了一下，紅黑色的匣子？不就是在回憶片段中，男人向笑婆婆伸過去，最後掉在地上那個匣子？
「匣子很多地方都買得到，為什麼要跟雯雯妳借？」
「因為這個匣子，跟外面的不同……但我不會借給他！」
雯雯說完，一滴淚珠在她眼角悄悄落下。
「你們剛才，就是為了這個東西，吵了一架，妳想離開，但被他拉住阻止，對嗎？」家彥溫柔地問。

雯雯點點頭，淚水開始如泉湧般不斷流出，把她一雙水汪汪的碧藍大眼，弄得更加楚楚動人，我見猶憐。

「我之前借過他一次，」雯雯一邊哭一邊說，「但他拿來做壞事，雖然他強調那次是誤會，但我不相信他。」

「他用匣子來做什麼壞事？」

「好像是，用匣子打一位老婆婆。」

秀妍已經按耐不住了，她蹲在雯雯前面，露出一個甜美的笑容。

「雯雯妳好，我是秀妍姐姐。」秀妍自我介紹，「姐姐跟家彥是好朋友，所以呢，姐姐有個問題想問妳，可以嗎？」

雯雯先是望了家彥一眼，見到他點點頭，然後回頭再望秀妍，露出一個同意的笑容。

秀妍還是頭一次這麼近距離欣賞她的雙眸，像蒼海，也像湖水，清澈透亮，閃爍迷人，很美。

「妳剛才說，那個姓周的男人，用匣子打一位老婆婆，妳肯定嗎？」

秀妍之所以這樣問，因為她心裡覺得奇怪，在回憶片段中，她看見男人走近笑婆婆，把手上的匣子伸過去，但這個動作，嚴格來說是沒有什麼威脅性，可是，這個男人卻偏偏選擇深夜，偷偷摸摸地，把匣子朝睡著的人伸過去，秀妍總覺得，有點不懷好意。

她希望能夠從雯雯口中確認，姓周的男人到底是想用匣子打婆婆，還是想做其他事情，不過，雯雯似乎也不敢肯定。

「我親眼看見他舉起匣子，好像是想打老婆婆，」雯雯低著頭說，「但我也不太肯定，總之，我覺得他是做壞事，所以決定不再借給他了。」

秀妍本想問她是否認識笑婆婆，但家彥卻突然在自己身邊蹲下，雙手搭在雯雯的肩上，眼神溫柔地望住她。

「那個匣子，現時在妳家嗎？」

家彥把搭在她肩上的雙手，沿手臂向下滑，滑至盡頭，握著她的手。

「嗯！」雯雯輕輕點頭。

「我想看看那個匣子，可以嗎？」

就在雯雯望住家彥，正想回答那一刻，秀妍再一次看見了……

影像在腦海中閃現，非常清晰，只見視角在深夜無人的街道上，不斷向前行，來到一處好像是垃圾房的地方，停下來，四處張望，沒有人，視角把手上用報紙及繩索包裹住的一件東西，放在一旁，然後轉身就跑。

視角一邊跑一邊低著頭，幾乎沒有看過街上的風景，當來到一幢建築物前面時，視角馬上鑽進電梯，抵達樓層後隨即抽出鑰匙，插入大門，然後打開……

秀妍伴隨視角角度，見到一幅詭異的圖畫。

只見客廳正中央位置，站著一個男人，上身赤裸，下身只穿著短褲，渾身濕透，他的頭髮全部垂下來，剛好遮住了眼睛及鼻子，只露出一張大口，他面向視角，咧嘴而笑。

他垂下的雙手捧著一個匣子，剛好放在他的胸前，雖然室內很暗，但憑借外面走廊照射進內的燈光，可以看得出，那是一個紅黑色的匣子。

那個渾身濕透的男人，慢慢地把匣子伸向前，遞給視角。

影像中斷，秀妍聽到雯雯發抖的聲音。

「那個匣子……家彥哥哥……我可以帶你去看……只是……要小心……」

「……那是一個被詛咒的匣子！」

安俊嚇得軟攤在地，他想爬到一處可以避開頭顱視線的地方，但雙手雙腳像麻痺一樣沒有反應。

頭顱依舊微笑著，定睛地望住他，嘴巴發出吧唧吧唧的咀嚼聲，跟平時吃東西聲音相比，特別吵耳，安俊最初不明白，以為頭顱可能一次塞太多食物入嘴，所以發出的聲音比較大，可是，他很快就知道問題出在哪裡。

聲音是從頭顱下頜近脖子位置發出，因為……

頭顱沒有脖子，咀嚼聲音直接從下面中空地方傳出來……

安俊別過頭來，他根本不想看，他只想儘快逃離現場，但雙腳仍然不聽使喚，好像失去知覺一樣，在這情況下，安俊才不得已要盯實頭顱，因為只有確定頭顱的位置，留意頭顱的動作，自己才會安全，若果不望住它，它突然跑到自己身邊，那就不妙！

咀嚼聲停止了，安俊回頭再望頭顱，頭顱的笑容沒變，之不過……

頭顱將剛才咀嚼完的食物，吞了一口，食物經由下頜來到本應是脖子，但現在是中空的地方，然後，跌在椅子上……

整張椅子上面，都是頭顱咀嚼過的食物殘渣……

太噁心了！安俊掩著嘴，很想吐，那個頭顱以為自己能夠吃東西嗎？不行！不能再留在這裡，雖然雙腳仍沒知覺，但就算在地上滾，也要滾離這個鬼地方！

「還好嗎……」一把女聲響起。

誰？誰跟我說話？安俊心裡雖然極力否認，但在場已經沒有第二個可能。

那個頭顱，正微笑著，聲音從她的嘴巴及下頜以下的中空部分，傳入安俊耳朵。

「放心……很快會沒事的……安俊。」

她……頭顱……竟然知道自己的名字！這怎麼可能！

「妳……怎會知道我的名字？」安俊壯著膽子問。
「呵呵呵……你來我家作客……哪有主人家不知道客人的名字？」
「妳……妳……到底是什麼東西？」安俊近乎歇斯底里。
「我？我當然是個好東西……」
只見她突然脫離椅背，整個頭顱憑空掛在大氣中，安俊完全不懂反應過來。
她邪魅地望了安俊一眼，然後，慢慢飄過來。
「你認為，在這個家中，我最像誰……」她一邊飄一邊問。
安俊望住她，飯廳雖然沒有亮燈，但隨著她漸漸靠近，她的樣貌，變得愈來愈清晰……
這個在空氣中漂浮的頭顱，她的樣貌……出奇地漂亮，梳妝整齊乾淨，臉部皮膚充滿血色及彈性，雙眼炯炯有神，單看臉孔，完全不似是一個死人的頭顱。
但最令安俊意外的，是她居然跟夏蓮有七分相似！
同樣擁有一把齊肩短髮，同樣的丹鳳眼，只是，夏蓮髮型更貼臉，眼睛更修長，至於不同之處，夏蓮是瓜子臉，她臉型則較圓，眉毛也較粗，但總體而言，她跟夏蓮極為相似。
兩張臉如此神似，除非……
「呼！你猜中了。」
她飄到安俊眼前大約兩尺位置，停下來。
「我的名字，叫秋雁。」她的臉上仍然掛著笑容，「夏蓮……是我的姐姐。」

彭家恐怖故事（六）

一九六八年八月十五日　丑初

15

我的完美計畫泡湯了！

昕涵腮子鼓得脹脹的，撅著嘴，駕著車子跟在家彥後面，本來打算今晚製造機會給表哥和秀妍，想不到中途殺出一個陌生男人，還有……那個叫雯雯的女孩。

昕涵記起了！她是表哥讀中學時，班裡一位同學的妹妹，雖然自己未曾親眼見過她，但當時聽表哥提過，說什麼藍眼睛的洋娃娃，現在回想起來，當時表哥形容她的樣子，跟剛才的她幾乎一模一樣，女孩就好像從沒長大過。

她吃了防腐劑嗎？

計計數，如果是表哥中學同級同學的妹妹，今年也差不多要升大學了，估計年紀至少十七八歲，絕不是我之前估計的十五六歲，更不是秀妍猜的十三四歲，但她的外型，說是初中生也有人相信。

表哥跟她算是青梅竹馬？唉！之前還一直擔心，秀妍會被別家男人搶走，想不到現在要反過來擔心，自家表哥會被可愛的洋娃娃劫走！

昕涵用力踩一下油門，避免自己的車子落後家彥太遠，她不知道雯雯家的正確位置，雖然開了衛星導航，但看地圖一向不是她所長，還是用最古老的方法——跟車尾，來得直接有效。

這個藍眼女孩，和那個狡猾的男人，其實跟昕涵半點關係也沒有，她根本沒必要跟去，只不過……秀妍也想去。

家彥跟女孩認識，去看看匣子也算是情理之中，可是，秀妍為什麼要去？

昕涵看得出，秀妍很喜歡那個女孩，對她特別親切，這就奇怪了，她們明明是第一次見面，但剛才言談之間，秀妍好像很了解女孩似的。

認識秀妍這幾個月以來，昕涵發覺，她往往能夠比其他人，獲得更多額外的情報，知道更多的事情，但又不清楚她是從什麼渠道，收到這些訊息。

昕涵嘆一口氣，其實比起藍眼女孩和神祕匣子，秀妍這個人，才是真真正正的謎團啊！

但是，不論秀妍是一個怎樣的人，昕涵不會忘記，她始終是自己的好朋友。

既然一個是好朋友，另一個是表哥，那麼，他們要去拜訪被詛咒的匣子，我也只好奉陪到底。

更何況……倘若那個匣子真的很危險，那麼，保護他們兩人的責任，就落在我身上。

她望望放在旁邊的手袋，裡面那個小東西……

你會保護我……及我身邊的人……對嗎？

這時昕涵見到家彥的車子，駛入其中一條小路，拐了個彎，她尾隨進入小路，發現家彥已將車子停泊在一旁，並向她指了指前面其中一幢住宅。

與此同時，昕涵留意到左手邊方向，一塊空地旁邊的草叢中，竟然停泊了一架名貴房車，旁邊還站著一個人。

頹廢的模樣，瘦削的身型，昕涵一眼就認出是誰。

祝若思，三堂哥！他為什麼會在這裡出現？

16

若思站在車子旁邊，望住昕涵，心裡不是味兒。

她果然跟家彥在一起。

從小到大，她都是那麼親近表哥，對他們三個堂兄，雖說不上冷漠，但每次見面時，總是平淡地問候幾句便算，而且從不主動聯絡，跟她對表哥的態度，可謂天淵之別。

家彥在美國畢業後，本來決定留在當地發展，可是，不知什麼原因，卻突然回來了。

他們該不會真的交往吧？

若思不敢再想下去，他承認，他對昕涵有一份很微妙的感情，可能因為從小到大，昕涵對他的無視，對家彥的親密，激發起他的好勝心，大家同是姓祝的，為什麼堂妹偏偏對一個外姓的親戚那麼好？

而且，現實點說，家彥是他們三兄弟的敵人，是父親最忌憚的人，昕涵不應該跟敵人走得太近，他擔心，對付家彥的手段，可能會殃及池魚。

若思今晚本來受大哥所托，前來看看仲德決定好沒有，如沒有，就要威迫利誘他就範，可是，一來到仲德家門口，若思便發現今晚來了很多訪客。

首先是一名陌生女人上門找仲德，到現在仍未離開，若思之前未見過她，不知道是否大哥臨時派來的，之後又見到一名戴著漁夫帽，穿起長風褸，身材健碩的男人進入住宅，他也是來找仲德嗎？還是這裡住客？

然後，家彥帶著兩個女孩來了，不！三個，昕涵就跟在後面。

若思躲在草叢暗處，向剛下車的堂妹，輕輕叫了一聲，然後揮揮手，接著把手指按在嘴唇上，示意她不要張揚。

雖然不知道家彥為什麼會來，但若思擔心陰謀一旦敗露，等會兒上面必定大混亂，他不想昕涵受到傷害，故決定冒著被揭穿身分的風險，叫停昕涵。

昕涵望了若思一眼，臉上露出疑惑的表情，然後向家彥揮揮手，示意他們先行。

「三哥，你躲在這裡幹什麼？」

雖說是堂兄妹，但對獨生女的昕涵來說，堂哥就是兄長，故她一向直接叫他們大哥二哥三哥，若思很喜歡，覺得這樣叫很親切，很溫暖。

「剛跟朋友吃完海鮮，太飽了，在附近散散步，走到這裡，碰巧遇見妳。」若思胡亂編了個藉口。

「表哥剛剛也在，為什麼不打聲招呼？」眼尖的昕涵直截了當問。

「不了，不想見到他。」

「三哥，」昕涵搖搖頭，「你這樣不行的，大哥二哥還會裝個模樣，你連門面也不裝，外人看上去，只會覺得你不識大體。」

「我不在乎，反正公司的事，我沒興趣。」若思假裝若無其事，「對了，妳為什麼跟表哥在一起，還有那些人，她們是誰？」

「沒什麼，只是為了一件很無聊的事。」昕涵用腳尖在地上畫了個圈，「三哥你還有話要說嗎？沒事的話，我先走了。」

昕涵說完正想離開，卻被若思一手拉住。

「等等，昕涵，不要上去！」若思焦急了，「陪我在這裡走走吧。」

「不了，我還有事要做，遲些再跟你……咦！」

昕涵瞪大雙眼，用銳利的眼神盯住若思。

「你怎麼知道我是要上去？我有跟你提過嗎？」昕涵把他的手甩開，「你……認識姓賈那家人？不對……你在這裡……不是散步……」

昕涵往草叢隱蔽之處瞥了一眼，若思的名貴房車就泊在那裡。

「難怪要把車子藏起來，你是在監視！」昕涵雙手揪起若思的衣領，「快說，你到底有什麼事隱瞞？」

「妳叫秋……雁？」

安俊聲音在發抖，抖得連自己也認不出是自己的聲音。

「對啊，很有詩意的名字，對嗎？」

秋雁在安俊面前自轉一圈，清爽飄逸的短髮隨風揚起，由於距離太近，部分髮尾觸到他的鼻尖，他連忙把頭別過去。

安俊開始回想起佟兒的說話。

「你搞錯了，我們是一家四口。」

佟兒沒有說謊！

「誰告訴你我只有一個姐姐？二姐說的嗎？」

夏蓮的確有兩個妹妹，一個叫秋雁，一個叫佟兒。

「假如我跟你說，我們一家四口都是怪物，你還願意來嗎？」

眼前的秋雁，很明顯是一隻怪物，那麼……

夏蓮她，也跟秋雁一樣，頭顱會飛出來嗎？

「我呢，口味跟姐姐很相似，不論吃的、穿的、用的，大部分都一樣……」秋雁向安俊眨了一下眼，「……包括男人。」

安俊全身雞皮疙瘩。

「所以呢，一個男人，我們兩姐妹共同享用，你話有多好！」秋雁繼續說。

她不會是想打我主意吧？

跟秋雁對話的同時，雙腿漸漸回復知覺，終於可以逃跑了，不過，要看準時機，要趁秋雁不為意時，馬上拔足狂奔。

「你知道嗎？原來頭顱脫離軀體之後，感覺暢快多了，想吃多少就吃多少，不用擔心拉屎太多；想去哪裡就去哪裡，飛行總比走路快；視覺、聽覺及嗅覺也敏銳起來，你未踏進飯廳，我已聽到你在走廊的腳步聲。」

「所以，真的要多謝姐姐。」秋雁愉快地說，「反正我也不想要我的身體，現在難得的自由。」

安俊張大了口，完全不懂反應過來。

她到底想說什麼？

「哈哈哈，看你這麼驚慌的樣子，姐姐似乎什麼都沒告訴你，怪可憐的！」

一直在空氣中停頓的秋雁，突然飄到安俊左邊臉頰，跟他臉貼臉，安俊還沒來得及避開，秋雁已經用舌頭，在他耳邊舔了一下。

「我的身體……爽嗎？你跟姐姐做愛時，覺得我的身材……正嗎？」

這……是什麼意思？

「你啊，壞壞的，嘴巴一邊親吻姐姐，但下面……我的身體反應，一流吧？」

安俊嚇得整個人冷汗直冒，毛髮直豎，不能再等了！他閉上雙眼，用盡全身力氣轉身就跑，但恐懼掩蓋了理智，本來應該往大門口方向逃出去，但他卻往相反方向——那條長走廊奔去，當他打開桃木門，拼命往前跑時，才發覺自己走錯路。

就在這時，他聽到前方有腳步聲。

很沉重，一步一步踏著木板，向著安俊走過來，這腳步聲！他認得，就是剛才來時，在走廊另一端，那個不知名物體走過來的聲音。

安俊望著漆黑的走廊遠處，慢慢地浮現出一個身影……雙腳……雙手……身體……漸漸看清楚那個人的輪廓……

一具體格強壯，皮膚黝黑的壯年男人身體，出現在安俊眼前……

只說身體，因為這個壯年男人，沒有頭顱！

安俊看得目瞪口呆，這是在拍戲嗎？先是一個會飛的頭顱，然後是一具會走動的身體，而這個身體……強壯，孔武有力，等等，好像在哪裡見過？

嘻嘻嘻嘻～嘻嘻嘻嘻～

後面傳來一陣竊竊笑聲，中空的聲音響遍整條走廊。

「大哥，都是由我們動手吧！」秋雁慢慢地飄過來，「姐姐一定下不了手。」

話剛說完，無頭身體突然從背後拿出一樣東西，在漆黑中閃閃發亮，安俊看清楚，是一把大斧頭！

「嘿嘿！這把大斧頭，不是用來砍柴，是用來砍人頭！」秋雁笑笑地說，「放心！大哥很有技巧的，一下就解決，不會痛！」

安俊知道自己前後受敵，沒法逃脫，突然醒覺走廊旁邊的一排窗戶，對了！打破玻璃窗逃出去，這是目前唯一辦法。

他跑到其中一扇窗面前，嘗試用拳頭或肩膀打它撞它，可是玻璃比想像中厚，任他怎樣打，也沒法造成一絲裂痕。

無頭身體拿著大斧，一步一步逼近，秋雁的譏笑聲響遍整條走廊，安俊知道，自己已經逃不了，隨著大斧落下，他短暫的一生將會結束！

彭家恐怖故事（七）

一九六八年八月十五日　丑正

17

「那個說故事的人，才是重點。」

嘉琪嘴角上翹，以略帶嘲諷的語氣對仲德說。

「一個陌生人，為什麼要對你父親，說出這件根本沒有其他人知道的……真人真事？」

「我不想再聽妳胡言亂語，請妳馬上離開！」

仲德說得有點激動，這個女人，好像一直想暗示些什麼，他討厭這種猜謎遊戲。

「雯雯的哥，難道你從沒質疑過，那個說故事的人，其實一直在利用你父親嗎？」

「妳這是什麼意思！」

「不過沒所謂了，事隔那麼多年，那個人就算沒死，恐怕也差不多行將就木，目的如何已經不再重要。」

嘉琪陰險地對仲德笑笑。

「重要的是，雯雯仍然健在……」

「妳敢動她一條毛髮，我跟妳拼命！」

仲德愈說愈激動，他走到嘉琪跟前，指住她說。

「還有，」仲德繼續，「妳多次強調故事是真人真事，可是……假如故事是真的，那麼姓彭那家人，就全是怪物！妳覺得這個世界上，真的有怪物嗎？」

「怪物？」嘉琪呵呵地笑起來，「生活方式稍微不同，就被稱作怪物？人類的生活方式就很正常嗎？到處都是背叛欺騙，為了私慾而做出一些損人利己的行為，這算不算是披著人皮的怪物？」
仲德語塞了，他想起自己，為了報復而出賣朋友，甚至犧牲自己的親妹妹也在所不惜，難道……
我也變成了一隻怪物？
嘉琪一邊說一邊站起來，走了兩步，回頭向仲德露出一個神祕的笑容。
「更何況，他們之前也是正常人。」
然後，她繞過飯桌，走到雯雯房門口。
「所有一切的開端，都因為這個匣子。」
太大意了！仲德剛才一時激動，忘記了匣子的存在，離開了自己一直緊守的崗位。
但她是何時發現匣子藏在雯雯房裡？
嘉琪大步走入房，蹲下來，然後打開那個紅黑色匣子。
「很久不見了，可愛的匣子！」
說完她又把匣子重新合上，然後站起來。
「妳來這裡，到底想幹什麼？」仲德咆哮。
哈哈哈哈～
嘉琪清脆但空洞的笑聲，傳遍整間屋內。
「兩件事，」她豎起一隻手指，「第一件事，剛才已經跟你說了，我要帶雯雯離開。」
「沒可能！」
仲德舉起手上握著的電話，作勢要朝嘉琪打過去。
「第二件事，」嘉琪沒有理會仲德，豎起兩隻手指，「我想問你借一樣東西。」
她詭異地對仲德笑了一下，這個笑容，令仲德全身發抖，不寒而慄。

「妳……想借那個匣子？」他望望房內，匣子仍放在地上。

令人意外地，嘉琪搖搖頭。

「那個匣子，對我已經沒有任何作用，反而，你對我的用處更大。」嘉琪向他走近一步。

「妳想怎樣？」仲德後退。

「本來，我也不想這樣做，」嘉琪眼神突然變得憐憫起來，一副委屈的樣子，「可是，只有這樣，雯雯才會跟我走，而且，他已等不及了！」

這時門口突然站著一個男人，戴著漁夫帽，穿起長風褸，身材健碩，看起來孔武有力。

可是，當仲德認真細看男人的樣貌時……發覺他根本沒有樣貌！在漁夫帽底下，是一張塑膠人皮面具，頭髮也是假的。

男人從身後慢慢拿出一件東西，握在手上，是一把鋒利的斧頭！

仲德突然想起故事中，那具沒有頭顱的身體……

「妳……到底是誰？」仲德一邊問，一邊暗中撥打手上的電話。

「我？」嘉琪冷冷的，陰陰的對仲德笑了笑，然後一步一步逼近，「一個如此詳細知道故事的人，還會是誰？」

仲德一步一步後退，頸背一陣發涼……他此刻終於明白，為什麼自嘉琪進屋後，對她有一份莫名的恐懼感……

因為……她也是故事的一部分……

「可憐的哥，你今晚做得最錯的事，就是把大門打開。」嘉琪向門口那個漁夫帽男人笑了笑，「省卻了他很多工夫。」

電話已經接通，是警局！正當仲德想求救時，卻被嘉琪一手把電話搶過來。

「喂，警局是吧，對對對！我是來報案的，這裡發生了命案，請馬上派人來。」

嘉琪說完，把電話隨手掉在地上，然後走到仲德面前，微微抬高頭，眼角瞄瞄牆上的鐘，午夜十二時正。

「我想問你借的東西是……」她向仲德微笑，但笑容相當邪惡，「……你的頭顱。」

嘉琪說完，臉上的笑容突然僵住了，表情再沒有任何變化，這時，仲德留意到她的頸項中間位置，漸漸浮現出一條淺淺的紅線……不！不是紅線！是一條紅色的血痕，血痕愈來愈深，開始有血慢慢滲出，這是什麼一回事？

仲德後退一步，那條血痕，圍住嘉琪的頸項一圈，就好像一條染血的頸鏈，血不停地流，頸的下半部全是血，然而，嘉琪的面色，依舊紅潤飽滿，她的雙眼，依舊炯炯有神。

接下來的一分鐘，仲德一世也不會忘記。

嘉琪的頭突然沿血痕撕開，連皮帶肉向上飄起，頭顱在半空中漂浮，血一滴一滴在淌，但絲毫沒減弱頭顱的活躍度，只見她自轉一圈，雙眼眨了兩下，然後徐徐地飄到仲德眼前。

「嗨！」頭顱微笑著，向仲德打了聲招呼。

仲德淒厲地尖叫一聲，驚慌得失去理智，他想往大門跑，但門口被那個漁夫帽男人擋著，他無奈地走近窗戶，想打開窗逃出去，曾經有一刻，他希望這只是一場惡夢，然而，當他回過頭來，看見男人正好站在他身後，斧頭剛好落在他的頸項上，他知道，一切已經太遲。

原來，人在斷氣前，仍會有知覺，知道自己的頭顱，剛剛飛離自己身體的一刻。

哈哈哈哈～哈哈哈哈～

還會，聽到惡魔對自己的愚昧無知，發出嘲諷的笑聲。

18

當家彥一行三人來到仲德家門前，門是敞開的。

一陣濃濃的血腥味，從屋內透出來，他們慢慢走近門口，馬上被眼前的景象嚇傻。

一具屍體，平躺在客廳的地上，沒有頭，鮮血不停從頸項流出，染得一地都是血，從屍體的裝束及腳上的高跟鞋來看，應該是女性沒錯。

而就在這具無頭屍體旁邊……有另一具無頭屍體……

屍體安靜地坐在挨近窗口的角落，背靠牆壁，兩腳伸直，同樣沒有頭，但從身上的衣著及腳上拖鞋來看，是一個男人。

雖然不想承認，但家彥很清楚，這個坐在地上的無頭男人，就是今早才拜託他，要他好好跟妹妹談談的老朋友！

到底發生什麼事了？是誰這麼殘忍？

雯雯淒涼的哭聲響遍全屋，她衝過去，蹲在仲德旁邊，伸出一雙顫抖的手，輕輕握著屍體的手臂。

「哥……哥……」

家彥走上前，從後抱緊雯雯。

「不是的！他不一定是仲德，等會兒警方來到檢驗指模，才能確定身分。」

這只是安慰說話，眼前這具屍體，但凡認識仲德的人，一眼就認出來，騙不了雯雯，騙不了自己。

可是，家彥此刻寧可相信自己認錯人，寧可相信這具屍體，只是一名跟仲德身型相若的人，而不是自己所熟悉的仲德。

雯雯虛弱無力地倒在家彥懷中，淚流不息，家彥抱緊她，輕輕撫摸她的頭髮，面對這突如其來的打擊，一向冷靜的家彥，也感到有點不知所措。

等等！秀妍呢？她不是跟在後面嗎？剛才進屋後沒留意到她的位置，也沒聽到她的叫聲，難道她看見眼前的血淋淋景象，嚇暈了？

家彥猛然回頭，焦急地四處張望，秀妍不在屋內，家彥往門外一看，才發現原來她根本沒有進屋。

秀妍站在門外走廊，整個人躲在大門後，只探出頭，從門隙中偷偷地窺看屋內情況。

可憐的秀妍！一定是嚇傻了！也難怪，屋內這兩具慘不忍睹的無頭屍體，對正常一個女生而言，哪個不會被嚇得花容失色！

雯雯因為親人關係，傷心大於恐懼，才能坐在屍體旁邊哭泣，但秀妍呢？她根本不認識屋內的人，對她而言，只是兩具恐怖的屍體，她被嚇到躲在門後，絕對合情合理。

可是，為什麼她的眼神，卻這樣……迷惘。

家彥留意到，秀妍的眼神，先是望住那具女屍，露出一副大惑不解的表情，然後盯住仲德，眼神空洞，缺乏焦點，好像神遊太空一樣，但很快就回過神來，露出一副迷惘、狐疑、不明所以的表情。

秀妍她，與其說是恐懼，不如說是困惑，為什麼會有這樣奇怪的反應？

家彥把雯雯扶起來，想回到門口跟秀妍會合，這時他瞥了那具女屍一眼。

「這個女人，妳認識嗎，雯雯？」

雯雯搖搖頭。

「我沒見過她，但……沒有樣貌，很難辨認。」

「是仲德的朋友嗎？」

「哥沒有女性朋友的……」雯雯突然臉色鐵青，「愛娜姐！」

她立刻走近女屍旁邊，彎下腰，小心察看。

「不，不是愛娜姐……」她一邊搖頭，一邊鬆一口氣，「愛娜姐高一點，胸飽滿一點，腰也瘦一點，這個女人身型雖然不錯，但跟愛娜姐比，差太遠了。」

「請問，愛娜姐是誰？」家彥問。

「她是哥的女朋友……」

這時門口突然傳來高跟鞋的噔噔聲，家彥最初以為秀妍終於鼓起勇氣進來了，可是，進來的卻是另一個女人。

這個女人身材真是一流，白色暗花貼身包臀連身裙，把她豐滿的胸，纖幼的腰，修長的腿，全部表露無遺……

咦！等等！這個女人，不正是剛才約了文軒大叔那個女人！

「愛娜姐！」

只見雯雯第一時間跑到愛娜面前，抱著她，指指地上仲德的屍體，然後拼命地哭。

就在這時，家彥看到繼秀妍之後，今晚第二個奇怪的反應。

這個女人，愛娜姐，甫進門便望住自己跟雯雯，還有地上那具女屍，當她開始明白那具是無頭屍體時，她用手掩著嘴巴，雙眼瞪得很大，好像想看清楚這具屍體到底是誰，然後……

雯雯衝上前把她抱住，指指仲德的屍體，她也順勢望過去……

震驚，哀傷，不敢置信，所有表情全寫在臉上，然後……

她回頭，望向仍舊站在門外，不敢進入屋內的秀妍……

那個眼神，幽怨、淒迷、悵惘，卻又……充滿盼望。

愛娜為什麼會回頭望秀妍？她以為仲德的死，跟秀妍有關？沒可能，要懷疑也應該懷疑現場唯一一個男人身上，怎會懷疑一個站在門外，嚇得不敢進內的弱質女子？

更奇怪的是，愛娜自進屋後，她的眼神，先後跟我、雯雯、女屍、仲德、以及秀妍對上，當中停留在秀妍身上的時間最長，這個反應也太奇怪了吧，她不緊張死去的男友，不緊張男友的妹妹，反而，頻頻回望一位首次見面的女子？

家彥心想，有可能她進屋前，已經對站在門口偷窺屋內情況的秀妍，有不好的觀感，所以對她存有先入為主的偏見。

「這裡，到底發生什麼事？」愛娜問雯雯，「他們是誰？」

雯雯簡單介紹了家彥及秀妍的身分，與及此行目的，愛娜點點頭。

「即是說，他們今次前來，是想看看那個匣子。」她望了家彥一眼，然後又回頭盯住秀妍。

「對了，那個匣子！」雯雯說完趕快跑回房間，雙手把匣子抱了出來。

這是家彥第一次看見匣子，正方體，紅黑色，用料雖然名貴，但看不出有什麼特別之處。

「雯雯，這就是那個……被詛咒的匣子？」

「嗯！」雯雯應了一聲，「還有，被詛咒的故事。」

家彥不明白她在說什麼。

「匣子跟故事，是分不開的。」

雯雯藍色的眼珠夾雜著紅色的血絲，一滴淚水沿臉頰流至下巴。

「那個故事，還未完結……」

安俊站在窗前，盡最後努力拼命敲打，但他知道，自己已經逃不了，隨著大斧落下，他短暫的一生將會結束！

阿蓮，我應該聽妳的話，安分地留在房間，對不起，我辜負了妳！

舉起斧頭的風聲在耳邊響起，安俊流著淚，閉上眼，等待揮落那一瞬間。

就在這時候……

其中一扇玻璃窗突然從外面打開，只見佟兒站在窗外，雙手拉著安俊的衣領。

「快！跳出來！」

自以為必死無疑的安俊，本能地往外縱身一跳，也多虧佟兒在外面出盡力氣拉他，結果在斧頭落下前，整個人成功竄出窗外，佟兒馬上把窗關上，拉著安俊，往村口方向逃去。

「你要馬上離開，」佟兒邊走邊說，「以後也不要回來。」

「等等，阿蓮她，還在屋內！」安俊想回頭，但被佟兒阻止。

「二姐不會有事的！」

安俊停下腳步，拒絕再向前行，有些事，他必須先弄清楚。

「阿蓮她……真的跟秋雁一樣……頭顱會飛出來？」

「這個問題的答案，不是很清楚了嗎？」佟兒盯住安俊，不客氣地說，「我已經警告過你，我們一家都是怪物，但你偏不聽。」

「那個……到底是什麼東西？為什麼頭顱可以自己在空中飄浮？沒有頭顱的身體又可以自由行走？」

「現在不是問問題的時候，」佟兒拉著他，指指前方，「快離開這裡，再遲恐怕來不及……」

「等等……」安俊甩開佟兒的手，用懷疑的目光望住她。

「叫我深夜往飯廳看一眼的，是佟兒妳，」安俊後退一步，「我去了，遇到秋雁及無頭人……大春，他們想把我殺掉，所以……我明白了……妳負責引我過去，他們負責下手，這就是你們的全盤計畫，對嗎？」

「不是這樣，」佟兒搖搖頭，「我叫你去飯廳，是想救你。」

「別騙我，妳這個小魔鬼，我已看穿妳了。」安俊激動地說，「如果阿蓮一家都是……怪物……那妳呢？妳不也是怪物？妳跟他們是一夥的！哪會這麼好心救我？」

佟兒站在原地，一動不動，雨早停了，伴隨是微微涼風，把她秀髮吹起。

「我是怪物……但跟他們不同。」

安俊愣住了，他不明白佟兒的意思。

「我……本來可以放手，任由他們把你處置，這也是我最初的想法。」佟兒吞吐地說，「可是……我始終做不到……我放不下……」

「妳這是什麼意思，給我說清楚一點！」

「你對於我，有某種特殊意義的存在。」佟兒望住安俊，「我不能說這是愛，但是，我不能眼巴巴看見你被他們殺了，我還是過不了自己這關。」

「妳……妳把我弄糊塗了，什麼叫特殊意義的存在？若果妳說，妳是因為愛我而救我，這我還可以理解，雖然妳的年紀還很小……但妳又說這不是愛，那到底是什麼原因？」

「這個我不想向你解釋。」佟兒搖搖頭。

「好吧，那麼夏蓮他們都底是什麼東西？為什麼要殺我，這個妳可以說了吧？」

佟兒抬起頭，望住安俊，嘆一口氣。

「我大哥，每隔幾年，頭顱就會開始萎縮，就像一個洩了氣的皮球，到最後根本沒法使用，所以，一定要找替代品。」佟兒平靜地說，「方法是，利用二姐的美色，勾引男人來我們家，然後，把男人的頭斬下來，安放在大哥的頭上。」

安俊全身打了個冷顫，她在說什麼？

「這個方法，已經試過幾次，新人頭的樣貌，會漸漸變回大哥以前的模樣，雖然變得不很完整，但一直沒有被鄰居發現。今次，因為他的頭顱快到更換時間，所以大哥一直催促二姐，快點把你帶回家。」

佟兒低下頭，感慨地說。

「可是，二姐今次，真的愛上你了。」

安俊腦海中浮現出夏蓮的芳容。

「二姐她，一直不想帶你來，即使最後來了，也希望保住你的性命，所以才跟你互換房間。」佟兒繼續說，「她以為，把你藏在她的房間，大哥便不會知道。」

「但是，大春……知道了？」

佟兒點頭。

「頭顱離開身體的時間，大約在子正時分，大哥的身體，會按照本能尋找他的下一個腦袋，二姐本來打算，利用附在枕頭上洗髮水香氣，擾亂已經沒有鼻子的大哥，可是，她忽略了三姐的存在，三姐的嗅覺，一向很靈。」

「我本來，不想理你的死活，可是，我不忍心看見二姐這麼傷心，而我自己也……所以我叫你去飯廳，是想你看見三姐，那時候大哥正好拿著斧頭去你的房間。」

「大哥跟二姐平日都是以人型姿態出現，只有三姐，因為她沒有身體，當你看見她時，一定被嚇得魂飛魄散，衝出大門逃往街外去。」

「但我始料不及的是，你這隻蠢豬！居然往回跑到大哥面前！」

安俊抓抓頭，心想，那個時候，任誰都會方寸大亂吧？

「可是，我還是不明白，為什麼秋雁會沒有身體？若果她突然想出外走走，沒有身體很不方便吧，總不能每次只用頭顱飛出去！」

「這是因為，姐姐的身體，也會萎縮！」

安俊張大嘴巴，不懂反應過來。

「姐姐的身體，每隔幾年就會萎縮，都最後完全不能使用，情況跟大哥一樣，所不同的，只是頭顱和身體的分別。」佟兒一邊說，一邊若有所思低下頭，「因此，大哥每隔幾年就要換頭，姐姐每隔幾年就要換身體。」

「我明白了，秋雁的身體已經萎縮，不能使用，所以只剩下頭顱？」

佟兒哀傷地搖搖頭。

「三姐她不喜歡身軀的束縛，她恨不得把身體毀掉！所以，她的頭顱最經常脫離身體。」佟兒閉上雙眼，「但奇怪的是，她身體的萎縮速度，反而比二姐慢得多。」

「等等，佟兒，妳這是什麼意思？」安俊驚恐地問。

佟兒打開雙眼，冷冷地盯住他。

「意思就是，沒有身體的是二姐，不是三姐！」

安俊全身強烈地抽搐，雙腳一軟，跌坐在地上。

「二姐的身體，很早就萎縮枯掉了，碰巧三姐極度討厭自己的身軀，所以……」

「不要再說了！」

安俊雙手掩耳，他此刻終於明白，秋雁剛才的意思。

「我的身體……爽嗎？你跟姐姐做愛時，覺得我的身材……正嗎？」

「你啊，壞壞的，嘴巴一邊親吻姐姐，但下面……我的身體反應，一流吧？」

一股噁心感從胃裡湧上來，安俊在地上不停地吐。

「快，趕快離開這裡。」佟兒拉他站起來，「要不然二姐一來，你又會動搖！」

「阿俊……」

佟兒話音剛落，安俊背後隨即傳來一把熟悉的聲音，他回過頭，看見夏蓮正慢慢走過來，雙手捧著一個匣子。

這個匣子……不就是客房那個？

「阿俊……你愛我嗎？」夏蓮雙眼通紅，痴心地望著他，「即使我是一隻怪物。」

安俊望住夏蓮，依然是那麼美麗動人，他有點心軟，可是……

「阿蓮……妳的身體……」

「我也是迫於無奈，」夏蓮低下頭，輕聲地說，「但這樣做，總比在外面隨便殺人好。」

夏蓮此時轉過頭，望向佟兒。

「佟兒，我不知該如何感謝妳，是妳救了阿俊，當我仍在猶疑，今晚是否要跟阿俊私奔時，妳已察覺到秋雁及大哥的舉動，我……真不知道用什麼來報答妳。」

私奔？原來夏蓮今晚思前想後，心不在焉，就是計畫跟我私奔？

「我現在什麼也不在乎，我只希望，能夠永永遠遠跟自己所愛的人，離開這個地方，一生一世，長相廝守。」夏蓮含情脈脈地望向安俊。

「二姐，這樣做真的好嗎？」佟兒回復她一貫的冷傲，「我們一家人一直開開心心的生活，妳為了這個男人，甘願離棄我們？」

「當妳明白什麼是愛情時，妳都會這樣做。」夏蓮甜甜地笑了，「妳今日之所以救他，也是因為以往的經歷，妳放不下，對嗎？」

安俊望向佟兒，已經是第二次聽到了，她以往的經歷？她放不下？到底是什麼一回事？

夏蓮這樣說，是暗示佟兒以前認識我嗎？但我今日才第一次見她，假如彼此相識，為什麼我會完全沒有印象。

等等！不是完全沒有印象，那個匣子，夏蓮手上捧著的那個匣子，我也是今日才第一次見，可是，卻有一份似曾相識的感覺。

難道我以前真的認識佟兒？我的記憶……我的過去……

我的頭……突然很痛……很痛……

「可是，妳不能走！」佟兒搖搖頭，「妳的身體會慢慢萎縮下去，終有一日，就只剩下頭顱，沒有大哥及三姐幫妳，妳根本找不到另一個身體！」

「我不打算找，」夏蓮語氣堅定地說，「這個詛咒，是時候在我們身上結束了。」

她向前走了幾步，把那個匣子，交到佟兒手上。

「姐姐現在把這個匣子交給妳，妳把它帶到一處偏僻地方，不要讓它再禍害其他人，然後，一個人安安靜靜地生活下去，知道嗎？」

夏蓮摸摸佟兒的頭。

「佟兒，這件事，其實根本與妳無關，妳大可不必理會這裡所發生的一切，記住，安安靜靜過妳以後的日子，不要再跟大哥及秋雁糾纏，知道嗎？」

安俊見到佟兒眼泛淚光，她哭了。

「但這樣，妳的身體……會死去的。」

「死去就死去吧，即使只有頭顱，阿俊還是愛我的，對嗎？」

安俊猶豫了，假如夏蓮跟剛才秋雁一個模樣，自己還會愛她嗎？

我會跟一個頭顱談戀愛嗎？

雖然，安俊相信只剩下頭顱的夏蓮，會跟現在一樣美麗，一樣迷人，可是……

等不及安俊回答，夏蓮已一手拉著他，轉身就走。

「等等，阿蓮，我們要去哪裡？」

「一處很遠很遠的地方。」

「留下佟兒一個，不怕嗎？」

「不怕，佟兒她，跟我們不同。」

安俊心裡正猶豫是否要跟夏蓮走，他回頭望望佟兒，希望她能夠給出答案。

佟兒站在原地，雙手捧著匣子，漆黑沒能把她一身粉藍色吞沒，她白皙光滑的皮膚，在漆黑的夜色中顯得格外搶眼，像明月，像星光，更像夜之女神降臨，美麗莊嚴、卻略帶神祕靜謐。

夜風再一次把她的長髮吹起，她沒有叫喊，亦沒有追上來，她只用一雙淚眼，默默地盯住夏蓮跟自己，那份目光，像有千言萬語不能說，更像千愁萬緒不能言。

佟兒……她的眼神……她的雙眼……

為什麼……為什麼……

彭家恐怖故事（完）

一九六八年八月十五日　寅時

小孩：「姐姐，故事完了嗎？」
姐姐：「嗯，完了，喜歡嗎？」
小孩：「喜歡，但我覺得好恐怖，怕怕！」
姐姐：「哈哈哈，小冬瓜，你是男孩子來的，怎可以這麼膽小？」
小孩：「姐姐……為什麼我覺得，故事好像還未完？」
姐姐：「故事，到這個階段是完了，將來發生的事，是另一個故事。」
小孩：「為什麼故事發生的時間及地點，跟我住的村落一模一樣？」
姐姐：「因為……故事就發生在這裡……而這個地方……我以前也曾經住過……」
小孩：「姐姐以前也住在這裡？何時的事？為什麼我不知道呢？」
姐姐：「就在小冬瓜搬進來前幾個月，我離開了。」
小孩：「姐姐，我可以將這個故事，說給家人聽嗎？」
姐姐：「嗯……好吧。」
小孩：「姐姐，為什麼故事中那家人，全部變成怪物？」
姐姐：「因為……那個匣子……他們打開了……」
小孩：「就是那個紅黑色的匣子？」
姐姐：「嗯。」
小孩：「為什麼打開匣子，就會變成怪物？」
姐姐：「因為那個匣子，被詛咒了……所有打開的人，都會被詛咒……」
小孩：「詛咒是什麼東西？」
姐姐：「詛咒是……姐姐下次有機會，再給小冬瓜解釋，好嗎？」

小孩：「姐姐，妳又要走了？」

姐姐：「嗯。」

小孩：「姐姐下次幾時回來？」

姐姐：「這個……我自己也不知道。」

小孩：「……」

姐姐：「什麼事了，小冬瓜？」

小孩：「我……不捨得。」

姐姐：「傻豬，不要哭，應承你，下次回來，再講一個故事給你聽，就講……姐姐自己的故事，好嗎？」

小孩：「好啊！好啊！我要聽姐姐自己的故事！」

姐姐：「那麼，姐姐要走了，小冬瓜，再見！」

小孩：「……」

姐姐：「為什麼一直望住姐姐，但又不跟姐姐說再見？」

小孩：「姐姐，妳雙眼，為什麼會是藍色的？」

姐姐：「哈哈！甚麼突然這樣問？」

小孩：「因為，這幾日聽姐姐講故事，望住姐姐雙眼，覺得很美，我也想要藍色的眼睛！」

姐姐：「呵呵！小冬瓜也想要藍眼睛？」

小孩：「想呀！有什麼方法？教我！教我！」

姐姐：「那……好吧，你聽住了。在很久很久以前，有一條古老的村落，村落旁邊有一片大湖，當地有一個傳說，如果你心中思念著某個人，但又不能跟他相見，你只要望向大湖，誠心地為那個人祝福，那個人，就會出現在你眼前，但代價是，你的雙眼，會被湖中仙子，染成湖水一樣的碧藍色。」

小孩：「哼！姐姐妳騙人！哪有人望住湖水，眼睛就會變色的！」

姐姐：「普通人當然不能，但姐姐可不是普通人喔……」

小孩：「哦！難道姐姐就是湖中仙子？」

姐姐：「哈哈哈，姐姐當然不是仙子，姐姐只是……一個被命運詛咒的人。」

碧眼少女的回憶片段

爛泥灣村　一九六八年

19

昨晚發生的事，簡直是一場噩夢。

兩具無頭的屍體、一則詭異的故事、一個古怪的匣子。

這還不計入昨晚出現過的人物：被斬下頭的仲德，泣不成聲的雯雯，若有所思的秀妍，突然亂入的愛娜，以及遲了上來，心事重重的昕涵。

家彥把花灑扭到最大，儘量用冷水令自己保持清醒，昨晚通宵在警署接受調查，今早拖著一身疲勞回到酒店，很睏，很想睡，但在睡之前，他要先整理好目前已獲知的訊息。

兩具無頭屍體，男死者證實是……仲德，這點並不意外，但女死者竟然是五年前，一位名叫陳嘉琪的失蹤女人。

五年前不知所終，五年後卻突然以屍體方式出現，不單令警方感到不可思議，即使像家彥這種曾經遇過稀奇古怪事件的人，也感到匪夷所思。

此外，對於兩名死者，還有幾點可疑之處：

第一，案發現場找不到頭顱，是被凶手帶走嗎？凶手為什麼要帶走兩個頭顱？

第二，兩名死者頸上斷開的傷口不盡相同，仲德是被利器斬開，女死者卻是被硬生生撕開，案發現場找不到凶器，凶手是用兩種手法把二人殺害嗎？

第三，案發現場到處都是女死者的毛髮及衣服纖維，大門亦沒有被毀的痕跡，證明是仲德開門給她進來，仲德認識這個女人？

第四，女死者身上，完全沒發現仲德的指模、毛髮或衣服纖維，證明仲德生前碰也沒碰過她，初步排除仲德殺了女人後自殺的可能。

昨晚到底發生什麼事？相信只有仲德最清楚！可惜，他已經不能作供。

雯雯哭了一整夜，暫時住在愛娜家中，家彥非常同情她，父母早已不在，如今連至親的哥哥也離去，雯雯所受的打擊一定很大。

不過，雯雯仍然竭盡全力，利用昨晚在警局等候落口供的時間，把那個恐怖故事，從頭到尾對家彥及秀妍說一遍。

這是家彥頭一次聽畢整個故事，他相信秀妍也是第一次聽吧，看見她聽得如此入迷，家彥心想，原來秀妍的膽子挺大的。

至於那個匣子，在昨晚警方來到之前，已經被他偷偷地拿了出去，現時就放在自己的酒店房裡，只不過，從昨晚到今早，家彥把匣子看了不下數十次，橫看豎看，極其量只是一個手工精緻，用料上乘的漆匣子，完全看不出有什麼古怪之處。

不過，這個匣子，跟故事中提到的那個匣子，不論外型、顏色及大小，都是一模一樣，難道匣子跟故事，真的有關連？

雯雯似乎不知道匣子有什麼作用，看來目前唯一知道用處的人，就是餐廳那個男人——周肇鋒。

他這麼緊張想得到這個匣子，一定有其原因，家彥沒有辦法，昨晚跟雯雯商量後，決定假意應承他的要求，把他引來酒店房間，逼他套出匣子的祕密。

於是，今日下午，在這間酒店套房內，一場解開匣子神祕之謎的大會，即將展開。

主角自然是雯雯及肇鋒，昕涵說她下午有事忙，趕得及就來，家彥心想，這件事本來就不關表妹事，她不來也是好事，家彥不想她蹚渾水。

但最令家彥意外的，是秀妍堅持要來。

秀妍完全是局外人，不論屍體、匣子、故事，通通跟她沒半點關係，為什麼她要自告奮勇？

不過從她昨晚聽雯雯說故事時，聽得如此入神，她好像對匣子及故事很感興趣。

既然秀妍來了，守護大叔自然也來了，又是另一個局外人，不過家彥已習以為常，過往經驗，秀妍去哪裡，他就跟到哪裡，有時候，家彥頗羨慕大叔，不單跟秀妍同住，還很得她的信任，假如……她也這麼信任自己，這將會是一件多麼幸福的事。

好像還差一個人，啊！對了！尹愛娜，仲德的女朋友，她跟秀妍一樣堅持要來，說是擔心雯雯，只不過，家彥覺得，這個女人相當古怪，尤其是昨晚她老是找機會盯住秀妍，家彥對這個女人認識最淺，昨晚才第一次見面，等會兒有機會，可能要向雯雯打聽她的背景。

洗完澡，家彥坐在沙發上，靜心思考，對於昨晚發生的怪事，目前仍然茫無頭緒，他拿出手機，想撥個電話給昕涵，問問她意見，可是不聽話的手指，卻自動搜尋秀妍的電話並按下去。

家彥連忙關掉電話，真的嚇一跳……

不知道秀妍她，這時候在做什麼？

20

手機鈴聲喵喵喵的響起，秀妍揉著惺忪的睡眼，望望手機，是家彥？為什麼剛打來又收線？不理了！她關掉手機，然後再把頭埋在軟綿綿的枕頭中。

在警局折騰了一整晚，今早才跟姐夫回家，秀妍累得很，可是，她下午一定要出席那個解開匣子之謎的大會，三分鐘！就讓她多睡三分鐘！等會兒便有足夠精神面對大家。

回憶……回憶……即使再次墜入夢鄉，秀妍仍不停想著回憶片段……漆黑的房間……睡在床上的笑婆婆……把匣子伸過去的周肇鋒……站在門口的雯雯……還有……那個捧著匣子邪笑，全身濕透的男人！

秀妍嚇得從夢中驚醒，冷汗直冒，她坐直身子，拍拍腦袋，仔細再回想那個全身濕透的男人。

在片段中，秀妍看見他雙手捧著一個紅黑色的匣子，放在胸前，然後微微伸向前，遞給視角，亦即是雯雯。

雯雯家中的匣子，應該就是這個紅黑色匣子，她似乎曾經想把它扔掉，但被這個渾身濕透的男人帶回來了，很詭異的景象，他到底是誰？

男人頭髮垂下來，遮住了包括眼睛及鼻子的上半張臉，雖然看不清楚模樣，但肯定不是那個叫周肇鋒的男人，哪會是誰？雯雯死去的哥？但從雯雯驚慌的反應來看，這個男人似是不認識的。

古怪的事實在太多，除了這個男人，昨晚那兩具屍體亦然，今次亦是秀妍頭一次碰到這種狀況，是我的能力失靈嗎？不像是，那為何我會有這種荒謬的感覺？

要馬上跟姐夫商量一下！秀妍趕快跳下床，離開睡房，文軒正坐在客廳沙發上，仔細看著昨晚她畫的那幅素描畫——笑婆婆、周肇鋒、賈淑雯，三人在老人院對峙的場面。

「秀妍啊，這幅畫，就是妳見到那個男人的回憶？」

「對啊！」秀妍步入洗手間，開始洗臉，「你看見嗎？他把匣子向笑婆婆伸過去，很奇怪，為什麼三更半夜要這樣做？」

「從妳畫出來的情景分析……」文軒再仔細地看那幅素描，「三個人的表情似乎有點僵，好像……鬧得有點不愉快！」

「那個男人根本就是壞蛋！」秀妍開始刷牙漱口，語音不正地對文軒說，「雖然不知道他想做什麼，但一定不是好事，幸好雯雯及時趕到，否則不堪設想。」

「唔……這個男人雖然可疑，不過在未弄清他的動機之前，還是不宜妄下判斷。」文軒繼續，「妳昨晚說，這是妳看見的第二段影像，屬於那個男人，那第一段影像呢？有沒有畫出來？」

「沒有，時間不夠。」秀妍把頭從洗手間伸出來，「而且第一段比較簡單，就是那個姓周的男人，帶雯雯摸黑去探望笑婆婆，不過，從雯雯反應來看，她似乎跟笑婆婆並不熟稔。」

「唔，這件事，真的愈來愈古怪。」文軒拍拍旁邊的座位，「秀妍，快過來，姐夫有件事一定要問個明白。」

「關於昨晚那兩具屍體嗎？」秀妍用毛巾抹抹嘴巴，然後坐在文軒身邊，「我也正想跟你討論這件事！」

「妳也察覺到了，」文軒點點頭，「昨晚的情況……妳站在屍體旁邊，竟然沒有將死者具現化，這不是很奇怪嗎？」

「是的，我也這麼認為。」秀妍今早沒帶手套，只見她雙手緊握，開始回想昨晚見到屍體那一幕的情景。

當她發現屋內地上躺著兩具屍體時，先是嚇了一跳，本能地想立刻轉身離開，因為她擔心自己站在那裡，會令死者具現化，這是她身上詛咒其中一樣最可怕之處，可是，當她站在門外，從門隙中窺視屋內的情況時，她馬上察覺，這兩具屍體，跟以往自己見過的，有點不同。

那具女屍，死透了，一點執念也感應不到，就好像生前從來沒有思想，沒有情感一樣，對秀妍而言，這具女屍就好像一塊木頭或石頭，完全感受不到她的思緒。

這還是秀妍頭一次，遇到半點思想情感也沒有的死者，她生前難道是一個木頭人？抑或是一具行屍走肉？她完全沒有記憶嗎？

至於那具男屍，賈仲德，情況就更古怪了。

「秀妍，妳意思是，妳看見賈仲德臨死前一刻的……影像？」

「嗯……可以這麼說吧，但影像很模糊，很虛弱，就好像透過磨砂玻璃看風景一樣，朦朦朧朧的，而且片段不停跳動，缺乏連貫，不時跳格播放。」

秀妍合上雙眼，抬高頭，努力組織起她見到的影像。

「有兩個人，站在視角前面，站得比較近的是個女人，短髮，但我看不清她的樣貌，另一個站得比較遠的是個男人，穿上長大衣，頭上戴了一頂帽子，手上好像拿著一把什麼東西，但看不清楚。」「我見到女人，靠近視角說了些什麼，然後突然間，她的頭，好像脫離身體飛出來了，但我不敢肯定，因為實在太模糊了，之後視角轉身想爬出窗外，但不成功，然後發現那個男人就站在身後，然後……就沒有然後了。」

文軒皺皺眉頭。

「那個女人的頭……脫離身體？」

「我真的不敢肯定，」秀妍搖搖頭，「有可能是氣球或球形物體之類東西，突然向上飄起，影像跳動得很厲害，我可能中間漏看了什麼。」

「先不理會那兩個人是誰，」文軒擔憂地說，「但那位賈仲德，警方證實，死亡時間就在你們入屋前十到十五分鐘，以秀妍妳的能力，這麼一具新鮮的屍體，按理應該馬上把他具現化出來，站在家彥他們前面，可是，妳卻只看見殘餘影像，並沒有把他呈現出來……」

「不單如此，姐夫，」秀妍打斷他說，「我還有一種以前從沒試過的感覺，聽起上來很瘋狂，很荒謬，但又很真實。」

「妳感覺到什麼？」
「那個男人，好像……還沒死去！」
「這怎麼可能？」文軒大叫，「法醫也驗過了，不會搞錯的！」
「不，不是指肉體上還未死去。」秀妍瞪大雙眼，「我是指，他的精神，他的記憶，好像被困住了，因此沒有因為死亡而殘留在這個世界上。我的能力，是可以感應到死者飄散在空氣中的執念，可是這次，我只能依稀看見他臨死前一刻的影像，卻沒法將他具現化，這是因為……我感覺到……他的精神還未死去，他被囚禁了，被囚禁在其他地方！」
「被囚禁在其他地方？」文軒攤在沙發上，嘆一口氣，「秀妍妳的形容，真是愈來愈神奇了！」
「所以，我們等會兒要做的事很多。」秀妍伸出左手，豎起第一隻手指。
「首先，我們要知道匣子的來歷及作用，那個姓周的男人這麼緊張它，一定有陰謀！」
秀妍豎起第二隻手指。
「第二，想辦法查出匣子跟故事的關連性，現實中這個匣子，是否就是故事中那個，我們一定要查出來！」
「等等，秀妍，我還未聽過那個故事。」
「我等會兒告訴你，現在先別打斷我……」
秀妍豎起第三隻手指。
「第三，賈仲德臨死前見到的那對男女，很有可能是凶手，我們有必要從他身邊的人調查一下，至於為什麼沒能將死者具現化，暫時先別理會，可能在調查過程中，會發現答案。」
秀妍豎起第四隻手指，露出一個狡猾的笑容。
「第四，要調查一下姐夫，昨晚是否跟那個身材很好的女人約會！」

冷不防秀妍突然這樣說，文軒嚇得彈直身子，臉色大變。

「我昨晚不是解釋過嗎？那個女人，尹愛娜，她在老人院拾起了笑婆婆那張照片，然後無厘頭的打電話約我出來，說了一大堆不明所以的東西，之後把照片還我後就走了。」

「不過我萬萬想不到的，是這個女人，居然就是今次命案死者的女友，而死者又是家彥的好友，而碰巧妳跟家彥又一起上門拜訪死者，之後她又跟著來了……總之，所有的人和事，好像突然間全扯上關係。」

秀妍笑了笑，嘻嘻，捉弄成功！

「對了，姐夫，為什麼你今次願意跟我一起去調查？你不是一直主張，我不要多管閒事嗎？」

「本來就是，不過，正如妳所說，這件事牽涉到笑婆婆，我們就不能坐視不理。」文軒認真地回答。

秀妍心裡非常感激姐夫，說實話，如果沒有姐夫的幫忙，單憑她一個人的力量，調查起來會非常艱難。

當然家彥也會幫手，還有昕涵……

想起來了，昕涵昨晚是最遲一個上來，上來後又心事重重，她在煩什麼？

21

淵澄氣急敗壞直闖千濤的辦公室，祕書如何擋也擋不住。

「大哥！大哥！」

淵澄拿著手機衝到辦公桌前，向坐在電腦面前的千濤展示，千濤示意祕書離開。

「大哥！今早的新聞！」淵澄緊張地說，「賈仲德家裡發生命案，他死了！」

「我知道。」千濤淡淡地說，「昨晚老爸告訴我了，表哥……家彥他昨晚去了姓賈的家裡，還有昕涵，他們整晚在警局接受問話。」

「什麼，連昕涵也……」淵澄把椅子拉過來坐下，「他們昨晚怎麼全跑去那裡了？」

「我也不知道出了什麼問題，」千濤皺起眉頭，「聽聞除了家彥昕涵，還有三個女人在現場，本來昨晚我派若思過去，打算逼姓賈的儘快就範，結果……」

「若思出事了？」

「不，他沒事，」千濤擺擺手，「他被昕涵纏住，費了一番工夫才離開現場，離去時剛好警車到達，幸好沒被警察當場捉住，否則老爸肯定把我們罵慘了。」

「被昕涵纏住？不正是他一直想要的嗎？哈哈哈！」淵澄狂笑三聲，繼續問，「大哥，那具無頭女屍，是你派過去的人嗎？」

「當然不是！」千濤猛力搖頭，「我完全不知道她是誰，也不知道她跟賈仲德兩人為何會被殺，不過，整件事似乎朝我們有利的方向發展。」

淵澄露出一副疑問表情，千濤笑著解釋。

「我們原先的計畫，是希望利用賈仲德的妹妹，鬧出桃色糾紛，令家彥身敗名裂，雖然現在計畫已經無法執行，但家彥卻因為朋友之死，捲入這起謀殺案中，你沒看到昨晚大姑媽趕去警局時，那副既急且怒的樣子，是多麼的有趣！看來賈仲德這個人，死了比在生還有價值！」

淵澄沒有回應，他低頭沉默，好像在擔心什麼似的。

「甚麼了，淵澄？家彥現在惹麻煩了，我們卻完全置身事外，你不高興嗎？」

「其實……大哥……我們並不是完全置身事外！」

今次輪到千濤露出一副疑問表情。

「那個死去的女人……新聞說名字叫陳嘉琪……我是認識的……」淵澄吞吞吐吐地說。

千濤瞬間露出驚愕的表情。

「陳嘉琪……五年前……我在夜店認識……該晚我們在一起……」淵澄愈說愈小聲。

千濤已經壓不住內心的怒火，大力拍了一下枱面。

「你……你……五年前你才得十八歲……有沒有需要這麼早就……」

「成人禮啊，大哥！而且是她主動搭訕在先……我也沒想過她這麼豪放……你知道嗎？她在床上要我不停叫她的名字，所以我才這麼有印象！」

「不用告訴我，我不想知道！」千濤舉起一隻手，制止他說下去，「我來問你，你肯定死去的陳嘉琪，就是你認識的陳嘉琪？同名同姓大有人在。」

「其實我並不肯定，只是……」淵澄像下定決心似的，抬起頭對大哥說，「大約三個月前，我認識的……陳嘉琪……來公司找過我一次！」

這時辦公室大門突然打開，淵澄跟千濤做賊心虛，同時「嘩」的一聲叫了出來。

進來的不是別人，正是他們的堂妹——祝昕涵。

22

昕涵站在門口，以犀利的眼神望著千濤及淵澄。

唉！事到如今，唯有這麼做了。

昕涵決定，故意扮作知情，向千濤及淵澄套口風。

為了知道這三兄弟到底有什麼陰謀，昕涵昨晚費盡心機想逼若思說出來，可惜若思始終不肯透露半點內情，只反覆強調，不關昕涵事。

不關我事，即是關表哥事！三哥你這是間接承認吧！你們做得這麼鬼鬼祟祟，除了密謀對付表哥之外，我實在想不出其他可能。

昕涵本想出席下午的匣子大會，可是，三兄弟的矛頭對準表哥，有必要先搞清楚他們到底有什麼陰謀，為了表哥，也為了秀妍的幸福，只好犧牲自己了。

當然，還為了祝家的團結，為了爺爺的囑咐。

「大哥，二哥，請恕我冒昧打擾。」昕涵禮貌地鞠一個躬，「昨晚表哥的事，你們都知道了？」

千濤和淵澄互望一眼，千濤先開口。

「昕涵，老爸跟大姑媽都很氣，為什麼表哥會捲入這起凶殺案中。」千濤先發制人，「傳媒已開始追查表哥跟死者的關係，這件事或多或少會對祝家有所影響，昕涵，妳跟表哥關係好，還是快勸說他趕緊跟死者劃清界線，免得連累我們。」

「大哥，死者是表哥的好朋友，為警方提供有用的情報，協助警方緝拿凶手，是正常不過的行為。」昕涵冷靜回應，「而且，只要我們內部團結，支持表哥，傳媒也不會查到什麼對祝家不利的證據。」

「妳這是什麼意思，昕涵？」輪到淵澄開口，「妳想說我們祝家不夠團結？」

「我是怕，我們中間有人會故意洩露一些，對表哥不利的假消息。」

「昕涵，妳是否有些誤會，」千濤一本正經地說，「表哥出事，等於祝家出事，我們沒人願意見到祝家再次動盪不安。」

「是嗎？那為什麼三哥昨晚會在現場出現？」

昕涵暗自思量，此舉實在兵行險著，因為若思昨晚根本沒說什麼，但她要扮作好像知悉一切，雖然若思很大機會，已跟千濤及淵澄提過昨晚見過堂妹，並強調沒有對她洩露任何陰謀詳情，可是，兩位堂哥信不信，又是另一回事。

昕涵決定打一場心理戰。

「這個問題，答案不是很明顯嗎？」淵澄意淫地笑了一下，「他跟蹤妳啊！他一直很想好好地跟妳談談，昨晚明月高掛，不正是一個理想的談心時間嗎？」

早料到二哥會這樣說！若思對自己的心思，昕涵清楚不過，但目前首要解決表哥的事，若思方面，唯有遲些再給他開解吧。

「二哥，我昨晚駕車來到賈家時，三哥的車早已泊在那裡。」昕涵微笑反擊，「我昨日一整天沒見過三哥，他是從哪裡知道，我昨晚會將車駛到賈家住所門前？既然他先到，他又如何從後跟蹤我？」

「若思跟我提過，他昨晚約了朋友在西貢吃海鮮。」千濤馬上接住昕涵的話，「可能碰巧撞見而已，不用大驚小怪。」

「大哥二哥，其實你們是否認識賈仲德？」

雖然兩人儘量裝作若無其事，但臉部細微的表情變化，已被昕涵收入眼底，大哥的額頭皺了一下，二哥的嘴角動了一下，猜中了！

三哥昨晚果然是去找姓賈的，可是，他們三兄弟，何時聯絡上賈仲德的？跟對付表哥又有什麼關係？

「昕涵，我可以告訴妳，那兩名死者，跟我們祝家一點關係也沒有！」千濤說時語氣沉重，「妳有時間在這裡向我們問東問西，倒不如快點找家彥說清楚，叫他不要再管這起凶殺案，那兩名死者是什麼身分，我們全不在乎。」

咦！奇怪了！我只是問他們是否認識賈仲德，為什麼扯到那名女死者來了？

昕涵眼珠轉了一圈，望住千濤，再斜眼瞥了淵澄，後頸一陣發涼，她終於明白什麼一回事。

他們不單認識賈仲德，還認識女死者！

他們原先的計畫，難道就是要把那個女人殺掉，然後，插贓嫁禍表哥殺人？又抑或，死的其實是賈仲德，那個女人只是意外？

為了對付表哥，他們居然連殺人的事也敢做？不會的！不會的！我這三位堂哥即使如何憎恨家彥，也未致於做出殺人插贓這種喪盡天良的事。

殺人者必定另有其人！

「昕涵，我跟淵澄等會兒有個重要會議要開，妳還是先走吧，記得提醒表哥，不要再插手這起案件。」

很好！我也正想離開！昕涵向兩位堂哥告別後，馬上駕車離開，朝家彥下榻的酒店進發。

他們三兄弟的陰謀，到底應不應該告訴表哥知道？

假如，三兄弟真的打算殺人後插贓嫁禍，殺一個就夠了，為什麼要殺兩個？當中是否出了變故？

還有那個神祕的匣子，那個詭異的故事，跟三兄弟的陰謀有關嗎？

那個故事……到現在我仍未聽過的故事……

會否就是一切事件的開端？

「我」是從哪裡來？不記得了。
「我」是誰？不重要了。
「我」現在最需要的，是找尋一處清靜的地方，沒人打擾，沒事煩惱，然後……然後安安靜靜地死去。
戰爭的殘酷，沒有親身經歷過的人，無論如何也感受不到，日以繼夜堆疊如山的屍骸，令人作嘔的血臭味充斥整條街道，無論你走到哪裡，那股血腥味就彷似無數流離失所的冤魂一樣，纏住你揮之不去。
「我」本以為，「我」會在這場戰爭中死去，至少，這場戰爭比起「我」記憶中的所有戰爭，規模大得多，死的人更多。香港淪陷那一天，「我」看見一排一排日軍士兵操入城內，「我」以為，「我」的命運將會就此終結，伴隨「我」一生那個恐怖詛咒，也會隨著「我」的離去，永永遠遠消失在這個世界上。
可是，「我」還是沒能死去。
「我」的詛咒，阻止「我」死亡，正確來說，是阻止「我」受外來之力而死亡，「我」曾經有一次中了槍，腹部位置，血流不止，「我」以為今次一定能夠死去，「我」躺在街邊一角，靜靜期待死亡來臨的一刻。
然而，只是過了一分鐘，血停了，不再流了，再過一分鐘，子彈居然從傷口處退出來！「我」親眼看著它慢慢從體內，一點一點地逼出來，最後清脆地跌在地上，「我」拾起它，一邊看一邊哭，連子彈也殺不死「我」，「我」還有什麼方法可以死去？
日軍佔領期間，「我」嘗試過很多種不同的自殺方法，但全都不成功，詛咒令「我」身體迅速復元，無論如何自殘，瞬間就回復到自殘前的健康狀態，企圖透過外來之力結束自己生命，看來只會徒勞無功。

尤幸的是，這個詛咒，似乎沒有停止「我」的成長，這些年來，「我」一天一天長高，身體一天一天發育，漸漸由女孩脫變成少女，吃喝也跟常人一樣，偶然也會發燒臥病在床，辛苦得要死，在外人眼中，「我」跟正常人無異。

如此一來，除了等待年華老去，油盡燈枯那一天來臨，「我」實在沒有其他辦法，提早結束自己生命，詛咒阻止一切外力令「我」非自然死亡，但沒有停止「我」體內的細胞生長老化，也沒能制止「我」生病，自然死亡，看來就是這個詛咒想要達到的目的——它要「我」乖乖地坐著等死，但在正式死去之前，「我」卻必須承受詛咒所帶來的另一項痛苦……一項毀滅性的痛苦。

所以，當戰爭結束後，「我」一個人來到這條村落，靜靜等候壽終正寢的一刻，「我」的家人在戰爭中全部死去，這其實是好事，若果他們還在，「我」反而會有所牽掛，現在的「我」，可以放心做自己想做的事。

沒有人知道這個祕密，也沒有人會為意這條小村落中，有這麼一隻怪物存在，這隻怪物，會安安靜靜地在這裡生活，然後，慢慢等待死亡的來臨。

可是，命運最喜歡捉弄人。

就在「我」搬進來的那一年春天，「我」遇上他。

單看他的樣貌及身型，絕對是軍人沒錯，高大健碩，孔武有力，臉上的傷疤是他奮勇作戰的證明吧！左邊臉幾乎全毀了，是子彈造成的嗎？不對！更像是炮彈引發的燃燒氣流所灼傷的，這種傷勢，在「我」記憶中見過很多次。

戰爭已經結束大半年，應該是退役回鄉吧？他的家鄉，就是這條爛泥灣村？

「請問，可以給我一杯水嗎？」軍人問。

「我」當時正坐在自家門前發呆，見他背著一個大背包，手裡挽著兩個看上去頗重的袋子，滿頭大汗，「我」於是跑回屋內，倒了一大杯水給他，他伸出左手接過。

他的左手沒了尾指及無名指，拿杯子時就像夾子一樣，三隻手指夾住。

「謝謝妳，請問，這裡是爛泥灣村嗎？」

「我」點點頭，再倒一杯水給他，他看上去很渴似的。

「真的很感激妳，小妹妹，妳今年幾歲？」

「十四歲。」

「啊！還很小，妳……父母在家嗎？為什麼只有妳一個人？」

「父母死了。」

「對不起……我不應該問的，這個年頭，很多父母都死於那場戰爭中，留下未成年的子女，我在戰場中見過不少……」

他慢慢走過來，以乎想把杯子還「我」，這時「我」才發現，他的右腿跛了。

「杯子還給妳。」他一瘸一拐地走近，遞過杯子後繼續說，「對了，我今次來這裡，其實是想找一位朋友，他就住在這條村子。」

「我」好奇地望住他。

「我那位朋友，姓彭，他剛剛生了一個兒子，名字叫大春，妳認識他嗎？」

碧眼少女的故事　命運的邂逅
一九四六年春

三妹：「姐姐，找到沒有？」

二姊：「還未，妳到底把它藏在哪裡了，秋雁？」

三妹：「哈哈哈，傻的嗎？告訴妳就不叫尋寶遊戲了！」

二姊：「哼，妳以為姐姐這麼好欺負？給我十分鐘，一定能夠找出來。」

三妹：「姐姐，都是妳最好，肯陪我玩，大哥說幼稚，說得自己好像是大人一樣，他只不過十四歲，很大嗎？很了不起嗎？」

二姊：「秋雁，不許這樣說大哥，他除了讀書，還要打魚，很辛苦的，有空閒時間，就讓大哥多多休息吧，我跟妳現在能夠這麼寫意地玩耍，全靠大哥辛勤努力工作，自從父母過世後，整個家就靠他了，所以妳要感謝大哥才對。」

三妹：「是的，是的，姐姐總是偏幫大哥，我知道了。」

二姊：「看！找到了！我就知道妳會把梳子藏在樹枝上面，妳以為姐姐不會爬樹嗎？」

三妹：「妳試爬爬看，我可是費了一番工夫，才把它掛在樹枝上面的！」

二姊：「好！看我的……哈哈，拿到了，不過秋雁，妳只得十歲，竟然能夠爬得這麼高，妳不畏高嗎？」

三妹：「當然不會！我不知道多喜歡坐在樹頂看風景，高高在上，俯瞰一切，姐姐，姐姐，妳說如果人能夠像鳥兒一樣，在空中自由自在飛翔，這有多好！」

二姊：「所以大哥說妳幼稚，倒是事實……好了，還剩下鏡子，妳把它藏在哪裡？」

三妹：「妳猜猜看……」

二姊：「我看妳，這麼高爬上去藏起梳子，一定費了不少氣力，落地後應該不會跑得遠……唔……鏡子應該就藏在大樹底下！」

三妹：「好厲害！」
二姊：「當然，妳這個懶鬼，這麼辛苦爬樹後，我不信妳還會跑到另一個地方，把鏡子藏起來，所以一定是埋在這裡……咦！甚麼會是一個匣子？」
三妹：「哈哈，姐姐，妳打開看看！」
二姊：「啊，鏡子就放在裡面，但妳從哪裡找來這個匣子？」
三妹：「就在樹底下，我想把鏡子埋在泥土時，就挖出這個匣子，於是索性把鏡子藏在裡面，把整個匣子重新埋掉！」
二姊：「這個匣子，看上去很名貴似的，像是外國貨色，到底是誰把它埋在這裡……」
大哥：「喂！妳們兩個，還想玩到幾時？是時候回家吃飯了。」
三妹：「大哥，大哥，我和姐姐找到這個匣子，好像是貴價貨，能賣錢嗎？」
大哥：「唔……這個匣子挺堅實的……不錯，不錯，灌滿水後，用來盛魚不錯！」
二姊：「可是，匣子是有人埋在樹底下的，我們就這樣拿走，行嗎？」
大哥：「埋在樹底就表示不要了，管他的！老子放在家裡也沒人知道，走吧！」
三妹：「好啊，大哥，我想看灌滿水後，魚在匣子裡游來游去的樣子，一定很有趣。」
大哥：「大哥現在回去就弄，啊！記得叫佟兒也一起來，她整天關自己在房裡，足不出戶，這樣是不行的，我們四兄妹，有福同享，有趣的東西，當然要一起看！」
三妹：「好，我現在就過去找她！」

夏蓮的回憶片段　恐怖的開端

一九六零年夏

23

匣子大會即將開始，秀妍望望四周，氣氛有點嚴肅。

她跟姐夫坐在一張兩人沙發上，對面是雯雯及愛娜。

「我說過，我們會再見的，徐先生。」愛娜微笑，視線先是望向姐夫，然後再望住我。

「尹小姐，妳好。」文軒客氣地回敬，「只是想不到再次跟妳見面，會在這樣一個場合。」

昕涵還是趕不及來，雖然她在手機上留言，正瘋狂超速中，但看樣子仍塞在路上吧！

家彥坐在床邊一張椅子上，那個匣子就放在床上，打開的，裡面空空如也，什麼都沒有，家彥看上去沒睡好，眼袋有點深，他雙手交叉翹在胸前，定睛望住站在我們中間的那個男人。

周肇鋒沒有坐下，他選擇站在大家面前，一臉氣憤的樣子，這也難怪，剛才見他滿懷歡喜來到酒店，發現原來除了雯雯，還有這麼多人在場，臉色馬上一沉，他知道上當了。

「周先生，今次約你前來，是希望你能告訴大家，這個匣子到底是什麼一回事？」家彥禮貌又不失尊嚴地對肇鋒說，「這個東西，可能關乎我一位朋友的死亡真相，所以，我懇請你，把你知道的全部事實，告訴我們。」

肇鋒先是瞪了雯雯一眼，嚇得雯雯把臉埋入愛娜懷中，然後狠狠地回望家彥。

「告訴你們，我有什麼好處？」

「這樣吧！」家彥從口袋裡拿出一張支票，「這個金額，應該值得你把匣子的祕密，告訴我們吧？」

肇鋒把支票拿過來，看了一眼。

「告訴你們無妨，但我不要這張支票，我要這個……」他指了指放在家彥身旁的匣子。

「周先生，不如這樣，」家彥一隻手輕輕按著匣子，「支票你先收下，等你說完匣子的祕密後，我再看情況，決定是否把匣子借給你。」

肇鋒望了一眼支票上的銀碼。

「這樣，我要雙倍！」他舉起手上那張支票，「這個祕密相當驚人，值得兩倍價錢！」

太貪心了，分明是勒索！家彥，不要應承他！

雖然秀妍心裡叫家彥不要理睬他，但家彥卻毫不猶疑從抽屜拿出支票簿，再簽了另一張支票，遞給他。

「這就差不多，」肇鋒望住兩張支票，滿意地笑起來，「既然你們這麼想知，我就成全你們，反正當你們知道了，絕對沒一個願意把這個匣子留在身邊！」

他把支票收好，用一股低沉的語氣開始說。

「這個匣子的作用，就是把人的頭顱，活生生地摘下來！」

全場靜默。

秀妍望著家彥，一隻手仍然按著匣子，慎防被肇鋒搶走，但他的表情告訴自己，剛才肇鋒的回答，已大大超出他的認知範圍。

其他人的反應也一樣，姐夫呆呆地瞪起一雙小眼睛，雯雯像受到驚嚇似的，眼角馬上瞧了瞧那個匣子，秀妍最初以為，雯雯死也不願意將匣子交給肇鋒，應該是知道匣子的作用，但現在看來，她只知道那個匣子有古怪，扔掉了會被送回來，並不知道它的真正用處，姓周的似乎真的沒對她說過。

反應最奇特的應該是愛娜，因為她……根本沒反應，就好像沒聽見一樣，事實上，她好像對匣子興趣不大，來到酒店後，正眼也沒瞄過一眼。

「把人的頭顱，活生生地摘下來，這是什麼意思？」

家彥第一個從驚魂中回過神來，看見他把原本放在匣上的手縮回，秀妍心裡偷笑。

「就是字面的意思，」肇鋒有點洋洋得意，「這個匣子，有能力把一個活人的頭顱，在不知不覺間摘下來，跌落匣子裡面！」

又是一片沉默，大家似乎正在消化肇鋒剛才的說話。

「等一等，周先生，」輪到文軒發問，「如果你說，把人的頭劈下來，然後放在匣子裡面，我理解，但你意思是，一個活人的頭顱，自己跌落匣子裡？這怎麼可能！」

「哈哈哈，宇宙之大，怪事之多，非徐先生你所能理解。」肇鋒再次瞇起雙眼，展露迷人的笑容，「你們聽過轆轤首的典故嗎？」

轆轤首？什麼來著？

「聽過。」家彥簡單地應了一下，然後指指自己的腦袋。

「有一名僧人，深夜在山中迷路，借宿某戶人家，豈料這家人全是轆轤首，晚上睡覺時，頭顱全部從頸項飛脫出來，他們原本打算把僧人吃掉，但被機警的僧人發覺，他偷偷把帶頭的那個轆轤首身體藏起來，然後跟那群轆轤首糾纏到天亮，因為他知道，當天一亮，轆轤首若未能及時返回自己身體，便會死亡，結果最後，其他轆轤首見事敗，匆忙取回自己身體逃去了，只有帶頭那個，遍尋不獲自己的身體，天一亮，便死掉了。」

啊！原來是這個故事！秀妍記得小時候聽過，開始有點印象，但這個故事的名字，不是叫「飛頭蠻」嗎？因為頭顱飛出來了，所以才叫「飛頭蠻」呀！「轆轤首」？很難唸啊！

「這個故事，世界各地都有類似的版本，大同小異，有些叫轆轤首，有些叫飛頭蠻，總之，就是用來形容頭顱會飛出來的妖怪。」肇鋒進一步解釋。

啊！明白了，即是說，自己小時候聽過的飛頭蠻，就是轆轤首。
「這隻妖怪，相傳有兩個版本，一個是頭部直接從身體飛出來，另一個是飛出來後仍連接著一條幼細的頸項，認真來說，前者叫飛頭蠻，後者才叫轆轤首，剛才的故事，叫飛頭蠻可能更貼切一點。不過，以上這些都不是重點，為方便起見，我還是統一稱呼這類頭顱會飛出來的妖怪，叫轆轤首。」
行了！行了！快點入正題吧！
「這個匣子，叫轆轤之匣。」肇鋒盯實那個匣子，雙眼漸漸放光，「因為它能把活人的頭顱給摘下來，變成轆轤首！」
第三次全場沉默，這次秀妍自己也震驚了。
一個活人的頭顱……脫離身體……不是死亡……而是變成轆轤首……
「透過匣子變成的轆轤首，不單頭顱可以自由飛翔，連身體也可以自由走動，只不過，身體沒有眼耳口鼻的幫助，只能靠觸覺去辨別方向，行動時可能會有些笨拙，但熟習了一樣可以健步如飛。」
頭顱在天上飛，無頭身體在地上走，這個匣子把人變成這個模樣……分明是一個害人的匣子……
「周先生，這匣子聽上來相當恐怖，為什麼你反而想借用？難道你不怕……頭顱被摘下來嗎？」
家彥的問題正中秀妍所想的，這東西擺明是邪物，為什麼肇鋒那麼緊張要得到它？
只見肇鋒狡猾地笑了笑。
「因為，我正是要把頭摘下來。」
秀妍全身震了一下，這個人，腦子是否有毛病？哪有人想把自己的頭給扯下來！
「我太太，患有不治之症。」肇鋒神情突然顯得哀傷，「所有醫生都束手無策，現在唯一希望，就是這個匣子，只有利用這個匣子的能力，我太太才能起死回生。」
「我太太的身體已經壞死了，但頭腦還是清醒的，只要利用這個匣子，把頭給摘下來，擺脫病弱敗壞的身體，我太太……就可以存活下來！」

這個男人，腦子果然有毛病！

「跟典故中的不同，透過匣子變成的轆轤首，不受身體的束縛，可以永永遠遠以頭顱的狀態活下去，我太太已經同意了，她不想離我而去，即使只剩下一個頭，也想活下來。」

「但是，要你跟一個……飄來飄去的人頭生活，你不怕嗎？」文軒狐疑地問。

「只要你真心愛一個人，無論她變成什麼模樣，你都會甘心情願。」肇鋒一本正經地說。

本來應該很感動的告白，秀妍聽上去全身雞皮疙瘩，假如這句說話出自姐夫口中，說服力或者會大一點，可是，這個一時笑起上來瞇起雙眼，一時苦起上來滿臉憂愁的男人，秀妍覺得，他的表情跟他的說話不太吻合，直覺告訴自己，他有所隱瞞。

「周先生，你說這個匣子能夠把活人的頭給摘下來，請問如何做到？」

家彥此刻把身旁的匣子抱在身上，秀妍驚訝他竟然如此大膽。

「很簡單！只要打開匣蓋，用雙眼定睛望住匣子底部，你的頭顱就會自動脫落，跌進匣子裡去！」

家彥冷笑一聲。

「這個匣子，由昨晚到現在，我從底部、頂部及側部看了不下數十遍，難道我的頭顱，已變成轆轤首嗎？」

肇鋒拿起茶几上的冷水瓶，為自己倒了一杯水，喝了一口。

「我的表達能力有這麼差嗎？」肇鋒搖頭嘆氣，「我是說，用雙眼定睛望住匣子底部，不是隨便瞄一眼就算，如果你有膽量，盯住匣子底部三十秒，保證你人頭落匣！」

秀妍屏住呼吸，雙手握成拳頭，不要試！千萬不要試！無論肇鋒所說的是不是事實，根本毋需用這種愚蠢的方法去證實，倘若他說謊，你試了，就顯得自己愚笨，但倘若是真的……那就更加不能試！

「怎麼樣，你不是一直懷疑我的說話嗎？」肇鋒再喝一口水，以挑戰的語氣對家彥說，「假如你認為我是胡言亂語，為什麼不敢試？反正不是真的，你盯住三十秒也好，三十分鐘也好，根本不會有事，還是……你沒這個膽量？」

家彥！千萬不要中激將法！

「你說得對，我是懷疑你。」家彥嚴肅地說，「我不信盯住匣子底部三十秒，我的頭就會掉下來，所以我現在就親身示範，以證明你剛才所說的，全是一派胡言！」

家彥說完，回頭對著秀妍微笑一下，秀妍還來不及叫他停手，他已經將整個頭埋在匣子裡。

「你這樣把頭伸進去，我看不清楚你到底是張開眼，還是閉上眼。」

肇鋒突然走近家彥，好像想確認他有否睜開雙眼，但就在這時……

事情發生得太突然，正當肇鋒往家彥方向走過去時，一直坐在旁邊，默不作聲的愛娜，突然站起來，整個人撞向肇鋒，他步履不穩後退幾步，手上水杯也因撞擊力過猛而飛脫出來，整杯水倒在愛娜身上，然後落地發出清脆的玻璃碎裂聲。

所有人都愣了，連本來埋頭在匣子裡的家彥，也抬起頭來，他應該看不到剛才發生的情況。

「啊！對不起，周先生，你有被水濺到嗎？」

明明所有水全倒在愛娜身上，她不會感覺不到吧！

「愛娜姐，小心地上的玻璃！」

雯雯馬上把愛娜拉開，以免她踩到玻璃碎片，然後，跑到家彥身邊，拿起匣蓋，把匣子重新蓋上，剛才明顯不夠三十秒，雯雯似乎不想家彥再試下去。

秀妍再望向愛娜，她剛才的舉動……

為什麼？為什麼要故意撞向周肇鋒？

24

晚上六時正，夕陽西斜，但天色仍然光亮，夏天的夜晚總是姍姍來遲，家彥跟雯雯回到西貢，站在已被警方封鎖的仲德家門前。

剛才酒店那一幕，家彥錯過了，他當時正好低下頭望著匣子底部，沒有留意房內其他人的動靜，事後秀妍告訴他，是愛娜突然站起來，把原本想靠近他的肇鋒撞倒，自己反被肇鋒手上的水濺得一身都是。

愛娜抹抹乾淨後馬上告辭，本來雯雯是應該跟她離開，可是，只見雯雯在愛娜耳邊低聲說了幾句，然後走到家彥面前，拉著他的手，就來到目前所處的位置。

雯雯主動要求家彥陪她重臨舊居，雖然不明白她為何要來，但既然是雯雯請求，家彥也沒理由推搪，只希望她不要觸景傷情就好。

肇鋒本想把匣子搶過來，但家彥堅持不讓，兩人爭持不下，最後由文軒出面，匣子暫時放在他家三天，待確認匣子的能力後再作決定，肇鋒搶不成，怒目瞅了家彥一眼，悻悻然離去。

家彥明白大叔的想法，如果這個匣子，真的如肇鋒所言，有能力把人的頭顱摘下來，這麼恐怖的匣子，就更加不能落入肇鋒手上，不對！應該說，不能落入任何人的手上，這匣子根本就是一件殺人凶器，按道理應該要儘快銷毀才行！

只可惜，剛才的測試，明顯不足三十秒，之後家彥本想再嘗試，但雯雯已經把匣子蓋上，望住自己搖搖頭，家彥也只好作罷。

若果匣子真的能夠把人頭摘下來，那麼仲德跟那個女死者的死因，可能就有一個全新的解釋，雖然這個解釋警方絕對不會接受，不過……一切還是要先確認匣子的能力，才能下定論。

文軒大叔把匣子帶走，該不會是想親身測試吧？不過大叔做事向來深思熟慮，他可能有其他辦法，去驗證匣子的真偽，那就不必替他擔心。

「下次不要這麼傻了。」

家彥側頭一望，站在旁邊的雯雯微笑地說。

「無論那個匣子的故事是真是假，你都不應該照他的說話去做。」

哈哈！這個傻妹子，居然反過來教訓我！

「有時男人之間的戰爭，妳們女孩子是不會明白。」家彥笑笑地回應，「剛才是一場心理戰，不理姓周這個男人，說真話抑或說謊話，他在賭一局，賭我們中間沒有一個人，夠膽嘗試他所說的驗證方法，假如我們真的沒一個敢試，我們就輸了。」

「你不怕那是個陷阱嗎？」雯雯神色變得有點難看，「假如他所說的是真話，故意引你入局，那你的頭豈不是……」

家彥搖搖頭。

「有兩個原因，我覺得他沒說出真相。」

「第一，現場這麼多人，除了妳，其他人對他來說都是陌生人，倘若我的頭顱真的掉下來，一定會造成轟動，他很難控制這班陌生人，不把這次恐怖意外事故說出去，至少肯定有人會馬上報警吧！只要一報警，他的匣子就完蛋了，所以，他一定不會容許我出事。」

「第二，他要匣子的目的，是想救患病的妻子，但哪有人會這麼蠢，把自己救妻的獨門方法，說給一班沒相關的外人知道？要明白，這個方法本身就很邪門，像他這樣無所謂地對幾個陌生人公開，我覺得相當可疑……」

「家彥哥哥懷疑他要匣子，不是用來救妻？」雯雯問。

「這個，我也不敢肯定。」家彥繼續說，「他妻子患病可能是捏造，亦有可能是事實，但假如是事實，我在想，是否還有其他原因，令他這麼想把妻子的頭顱保存下來，保存頭顱的意義，除了救活妻子，還有沒有其他的可能性？」

「你意思是，他這麼想得到匣子，可能還有其他目的？」

家彥先是點點頭，然後搖搖頭。

「如果他只是因為其他目的，沒有跟我們坦白，這還好辦。」家彥摸摸後頸，「我擔心的是，他一知半解，這個匣子真正的祕密，可能連他本人也不知道。」

家彥看見雯雯很認真地拼命思考，不禁笑出聲來。

「雯雯啊！看來妳真的對這個匣子，一點也不認識！」家彥笑說，「周肇鋒完全沒跟妳提過匣子的用途嗎？」

雯雯沒有作聲，她走到靠近海邊一個欄杆旁邊，斜斜地輕倚著。

「他沒跟我提過，」雯雯低著頭說，「我跟他，其實也不算熟稔，每次都是他來找我，問我借匣子。」

「妳跟他，到底是何時認識的？」家彥問，「這段日子，他經常約妳出來？」

雯雯抬起頭，望住被斜陽染紅的白雲，今晚黃昏的景色，特別美。

「跟他認識的事，說來話長，」她輕輕嘆了一口氣，「至於出來見面，也只有四次而已，第一次在學校門口，之後兩次是老人院，最後一次就是昨日的餐廳，你也見到了。」

「雯雯，妳不應該單獨面對他，」家彥擔心地說，「更不應該一個人去赴約，這樣做很危險，妳知道嗎？仲德他……生前很關心妳。」

雯雯沒說話，她離開倚著的欄杆，沿著海旁一條又長又直的石磚路向前走，家彥跟在後面，望住她一把比小涵還要長的秀髮，看著她孩子氣地邊走邊跳，這個妹子，性格本來就是開朗活潑，但這兩日重遇她，正如仲德所言，她比以前憂鬱了，臉上滿是悲傷，是什麼事令她變成這樣？

家彥插在褲袋的手機突然震了一下，是誰來電？他拿出手機望著螢幕。

今晚八時，來我家商量對策，姐夫和昕涵也在，地址是……

是秀妍！這是她第一次主動致電，雖然明白只是為了案情分析，但家彥心裡還是有點激動，等會兒又可以見到她了。

「今晚，看來只有我一個人吃飯。」

雯雯悶悶不樂地吐了一句，突然轉過頭來，溫柔地望住家彥，一雙碧眼在斜陽餘暉映射下，分外奪目。

「家彥哥哥，你今晚陪我吃飯，好嗎？」

家彥馬上看看時間，現在是六時三十分，秀妍約他八時，從這裡駕車到秀妍家大約需要半小時，七時三十分離開便行了……換句話說，還可以陪雯雯一個小時，如果只是吃個簡單便飯，一小時足夠了。

今次事件很多謎團，其實都跟雯雯扯上關係，家彥明白，想知道答案，最好的方法，就是直接問雯雯，她是如何認識周肇鋒？匣子為什麼會在她家出現？她何時聽過那個故事？一邊吃飯一邊問，可能會更容易從雯雯口中，套出更多線索。

「好吧！妳想吃什麼？我請客。」

「不用了，來我家吧。」雯雯甜甜地笑了，「這些年來，我已學會煮飯燒菜，手藝不錯，你也來嚐嚐吧。」

「來妳家?但是,妳家不是被警方封鎖了嗎?」家彥好奇地問。

「是,但我有另一個家,我今次叫家彥哥哥陪我過來,其實是想帶你到那裡去。」

雯雯指了指遠處一幢孤零零,外表破舊的房子。

「三個月前,我從母親的遺產中,繼承了這幢房子!」

25

傍晚回家的路上,到處都塞滿車輛,淵澄一邊駕車,一邊回想今午跟大哥及昕涵的對話。

昕涵是否已洞悉他們的詭計?聽她的語氣好像是,不過,也有可能是她故弄玄虛,昕涵向來不笨,淵澄有時甚至認為,她比家彥還要聰明,她故意虛張聲勢,乘機套我們口風,也不是沒可能的事。

她似乎已懷疑我們認識賈仲德,這個倒沒所謂,仲德過去曾經以家彥同學身分,跟我和大哥見過幾次面,要不然大哥也沒能這麼快聯絡他,若說是認識,我們的確認識。

大哥很精明,給仲德的錢並沒有透過旗下私人帳戶處理,而是找了一名替死鬼手下代辦,就算這件事被揭發,倒楣的只會是那隻替死鬼。

而最重要一點,這宗買賣,仲德仍在考慮中,技術上來說,還未成交,既然未成交,他的死關我們屁事!

所以當務之急，反而是那具無頭女屍，如果……如果她真的是我認識的陳嘉琪，那麼警方是有可能查到我的頭上來，雖然已是五年前的事，但……還是先做一些預防工夫較為穩妥。

車子駛進自家豪宅停車場，淵澄泊好車，鎖好車門，朝電梯方向走去。

「嗨！」

一把清脆但空洞的聲音在身後響起，停車場沒有其他人，聲音明顯是向自己打招呼，淵澄轉過頭來。

陳嘉琪……自己認識的陳嘉琪……就站在一輛七人座私家車後面，伸出頭來，向自己打招呼。

「嗨！親愛的！想我嗎？」

淵澄承認，最初是被她嚇得有點不知所措，因為沒想過會在停車場碰見她，可是，仔細一想，她活生生地站在自己眼前，不就證明，那具無頭女屍陳嘉琪，不是我所認識的陳嘉琪囉！

心頭大石馬上放下，淵澄輕鬆地呼出一口氣，既然我並不認識那具屍體，那也毋須擔心警察會找上門，剛才的憂慮一掃而空。

「想妳想死了，」淵澄輕佻地說，「這麼多年不見，什麼風吹妳來？」

「你啊，壞壞的！」嘉琪躲在私家車後面，「三個月前人家來公司找你，你卻裝作不認識，叫祕書打發我走，你真沒良心！」

淵澄邊笑邊打量她的臉孔，居然跟五年前一模一樣，美麗得來帶點邪氣，一顰一笑充滿媚態，正是自己喜歡的類型。

「那裡是公司來的，我怎能在那地方跟妳相認呢？」淵澄慢慢走近嘉琪，「不過我很好奇，妳是如何知道我的辦公地點？我記得那一晚……我沒對妳說過我的身分。」

「呵呵！你太看輕自己了！」嘉琪清脆的笑聲再一次響起，「大名鼎鼎的祝淵澄先生，英俊瀟灑風流倜儻，誰家女子會不認識？」

這句讚美說話雖然膚淺，卻正中淵澄下懷，因為每次提起祝家最俊美的男孩，外人只知家彥，卻忽略了同是美男子的淵澄，這令淵澄好不甘心，這麼多年來，自己一直被家彥壓住，難得有位舊相好這麼欣賞自己，淵澄對她的戒心再一次放下。

「事隔這麼多年，妳突然來找我，一見面就賣口乖，」淵澄走到私家車前座位置，「是否有事相求？」

「哈哈哈，你不單英俊，還很有頭腦。」嘉琪仍然躲在車後，不願出來，「沒錯！我今次來找你，是想借助祝家的力量，幫我做一件事。」

「妳想……做什麼？」

淵澄已經等不及了，一個箭步衝到車後面，正面對著嘉琪。

「呵呵，很心急嗎？親愛的！」

淵澄看著眼前的嘉琪，她的身型……她的高度……為什麼跟印象中有點不同？

「妳……好像比以前胖了點……矮了點……」

「怎麼樣？失望嗎？」她說完馬上把頭埋在淵澄胸口上，整個人貼著他，一隻腳纏著他的大腿。

「合適的身體……很難找的……」

「妳說什麼？」

「我說……」嘉琪張開紅唇，在淵澄耳邊咬了一口，「合適的身體……很難管理的……」

原來如此！女人年紀大了，身型的確很難控制，畢竟老了五年，胖一點也是正常。

可是，人會比以前矮嗎？

「你不喜歡，豐滿身型的女人嗎？」她再次在耳邊挑逗，「你未試過，怎知道喜不喜歡？」

的確！淵澄已感覺到，她胸前兩團肉峰的壓迫感，看來，手感還不錯！
「那我們現在就……」淵澄一手拉住她，想把她拉回自己寓所。
「等等，先應承我一件事。」嘉琪欲拒還迎，「幫我查一個人的下落。」
「如果妳要查的人是男人的話，那我可不會幫妳喔！」
「哈哈哈，放心，女人來的，」嘉琪把嘴湊近淵澄耳邊，「這個人的名字叫——賈淑雯。」

說來湊巧，姓彭那戶人家，就住在「我」家旁邊，男主人叫彭國新，他剛生了一個男孩，叫彭大春，胖胖的，眼睛小小，很像父親。

「我」帶陌生人來到鄰居住處，受到彭姓夫婦熱情款待，不單對陌生人如是，對「我」也如是。

自從搬入這條村落以後，可能見「我」一個人獨居，彭姓夫婦經常前來問「我」有沒有什麼需要，尤其是彭先生，熱心地幫「我」修補家中每一處破爛的地方，主動送「我」一些日常家用品，他人很好，「我」亦很感激他，可是，他實在太熱情了，而「我」並不需要這些多餘的關心。

「我」來這裡，是希望靜靜地等死。

陌生男人跟彭先生是童年好友，兩人同是在這條村長大，後來男人搬家了，間中也會回來探望，這是戰後兩人第一次見面，很自然，兩人當晚把酒談歡，不醉無歸。

對「我」而言，「我」的任務已經完成，晚飯過後，「我」回到自己住處，繼續「我」的孤獨生活，「我」不想跟任何人扯上關係，因為「我」不想他們知道「我」身上的詛咒，與其被別人遺棄，倒不如被自己遺棄。

可是，自那一天開始，陌生男人經常來探望「我」。

他暫時住在姓彭的家裡，由於行動不便，他經常坐在屋前的空地上乘涼，這樣子「我」每次出門，便不得不跟他打聲招呼，他禮貌地向「我」問好，久而久之，就直接走過來找「我」談話，就這樣，「我」開始對他有更深的了解。

他名叫潘華，今年廿四歲，他身邊的所有人，全死在那場愚蠢的戰爭中，包括他的父母，他的兄弟，他的妻子，如今，他是孤零零的一個人生活。

他經常獨個兒坐在空地上，抑頭望天，說是想念以前的親人及朋友，他慨嘆，當他們在自己身邊時，他覺得一切都是理所當然，從來沒想過，一夜之間，所有親人及朋友，可以全部消失在眼前。

他現時的處境，跟「我」十分相似，同樣是沒有親人，同樣是孤單一個，「我」開始同情他，想了解他多一點：他的喜好，他的習慣，他的脾氣，不知道什麼原因，本來很討厭跟陌生人打交道的「我」，對他並不抗拒。

「我」望著他身上的傷疤，他的左臉，他的左手，他的右腿，全拜那場戰爭所賜！「我」開始有點心痛，他亦似乎對自己身體的殘缺，顯得有點介懷，但都最後，他還是安慰「我」說，比起死亡，能夠活著已屬幸事。

慢慢地，「我」發覺「我」開始喜歡跟他談話，他告訴「我」很多以前童年有趣的事，也告訴「我」在戰爭中很多殘忍不堪的經歷，我們有時會坐在空地上聊至深夜，然後各自回家，當「我」回家後，很多時都會興奮得睡不著覺，心裡總記掛著他所說的每一句話。

然而，有一件事卻令「我」感到很困惑，或者說，很擔心。

他每天除了跟「我」坐在空地上聊天，就是跟彭國新在家裡開會，「我」說開會，是因為他們真的把門窗都鎖好，窗簾拉上，兩個人神神祕祕的不知道商量些什麼，而每次開完會後，他們卻分別露出兩副截然不同的表情：彭國新的臉上是不滿及無奈，而他的臉上，是興奮及焦急。

「我」試過問他，但他笑而不語，「我」沒有再追問下去，因為怕他覺得「我」多事，奇怪了！「我」何時開始關心起別人的感受？何時開始在意他對「我」的看法？何時開始，一見到他臉頰就會熱起來……

「我」覺得，「我」病了……

碧眼少女的故事　心內的漣漪

一九四六年夏

三妹：「姐姐，姐姐，我昨晚做了個怪夢！」
二姊：「什麼怪夢？」
三妹：「我夢見自己的頭顱離開身體，飛了出來，在空中自由自在地飄浮。」
二姊：「咦！和我昨晚做的夢一樣！」
三妹：「什麼！姐姐也夢見頭顱飛出來了？」
二姊：「對啊，我還夢見自己在走廊上飄飄之際，撞見大哥的頭顱，我們兩人……兩個頭撞在一起，還一起從半空中跌落地上……」
三妹：「哈哈哈，好有趣喔，我也要玩撞頭！希望今晚能夠再做同一個夢。」
二姊：「我反而不希望再夢見，昨晚那個夢，感覺怪怪的。」
三妹：「什麼怪怪？我覺得挺好的。」
二姊：「秋雁，難道妳不覺得，昨晚的夢很真實嗎？而且，今早睡醒後，頸項感覺有點酸酸的，摸上去還有少少痛。」
三妹：「姐姐，這只是妳睡姿不好，怪誰？」
大哥：「早晨啊，兩位可愛的妹妹，吃了早餐沒有？」
三妹：「大哥，大哥，你昨晚有沒有夢見二姐？」
二姊：「秋雁！」
大哥：「咦！妳怎麼知道的？我昨晚真的夢見阿蓮，就在那條長走廊裡，我跟她撞在一起倒在地上……但很奇怪，好像只有頭顱相撞，身體卻沒撞到。」
三妹：「呵呵，看來我們三個人，昨晚做了同一個夢！」
大哥：「什麼？妳們也夢到了？」

二姊：「大哥，你昨晚夢見自己在走廊時，是否覺得只有頭顱在漂浮，下面卻……沒有身體？」
大哥：「說起上來，好像是！」
二姊：「大哥，你今早起床時，有沒有覺得頸項酸酸的，用手指按下去還有點點痛楚？」
大哥：「有！我正奇怪是否因為昨日打魚太累了，頸項酸酸痛痛的……」
二姊：「大哥，我有點擔心，我們三個人做同一個夢，不是巧合。」
大哥：「阿蓮，只是一場夢而已，不用大驚小怪。」
二姊：「不，大哥，你有沒有發覺，自從兩個月前，我們把那個匣子帶回家後，頭顱飄浮的夢，間中就會出現在我們的夢境裡。」
三妹：「啊！我記起了！當日我們把匣子盛著水，放魚進去，看著它們游來游去，大家都看得很開心啊，有什麼可疑？」
二姊：「難道你們沒有察覺……當我們望住匣子裡的魚游來游去時，那個匣子裡的水……突然好像變成一個湖……一個很大的湖……我們看見的，是在湖中游來游去的魚，而不是匣子裡的魚！」
大哥：「這個……我還以為是我的錯覺，原來阿蓮妳都看見了！」
三妹：「姐姐，妳不會以為那些魚有古怪吧？當日我們四個一起看……咦！對了，找妹妹來問問，不就一清二楚了嗎？現在我們三個都做同一個夢，假如妹妹也夢到，那麼那些魚……還有那個匣子……一定出了問題！」
大哥：「這就好辦，我過去叫她……哈哈，她剛好走過來，喂！佟兒，快過來這邊，有件事想問問妳。」
四妹：「……」

三妹：「佟兒，姐姐來問妳，妳昨晚有夢見自己的頭顱飛出來，在空中飄浮嗎？」

四妹：「沒有。」

三妹：「那睡醒後，頸項有沒有一陣酸痛感覺？」

四妹：「沒有。」

三妹：「那過去兩個月，有沒有夢見……關於頭顱飄浮的夢？」

四妹：「沒有。」

二姊：「佟兒，告訴二姐知道，這兩個月來，妳有沒有感到身體出現什麼異樣，又或者不舒服的感覺？」

四妹：「沒有。」

三妹：「看！我說姐姐妳太多疑了，我們是一家人，一家人做同一個夢，不行嗎？」

二姊：「或者妳說得對，可是……既然是一家人，為什麼只有佟兒，沒有夢到……」

夏蓮的回憶片段　詛咒的蔓延

一九六零年秋

26

房子比預想中大，剛才從遠處看過來，原以為只是一幢兩層高的破房子，但原來房子後面，還有一片荒廢了的農地，農地的另一端，還有一間小屋子，雯雯說，那間屋子是鎖著的，用來放沒用的雜物。

「原來你們家還有第二幢房子。」家彥喝了一口茶，「但我好像從未聽仲德提過？」

雯雯把剛煮好的餸菜拿出來，家彥這時才發覺，她真的很會燒菜，短短三十分鐘，已經弄了三道菜加一大窩麵出來，而且還很香。

「因為哥根本不知道。」雯雯把碗筷放在枱上，「這幢房子，是母親兩年前臨終時，交托律師把鑰匙好好保管，待兩年後我滿十八歲時，再把鑰匙交到我手上。」

「即是說，仲德本人完全不知情？」

雯雯點頭，她盛了一碗熱騰騰的麵，雙手捧給家彥，家彥連忙謝過。

「但是，若按常理，妳母親如果有任何遺產，應該傳給長子才對！」他繼續問，「為什麼反而留給妳，而且還……刻意瞞住仲德？」

雯雯幫自己盛了另一碗，坐下來，低著頭，小聲地說。

「因為，房子不是母親的。」她閉上那雙碧藍眼睛，開始回想。

「房子的原主人，是一位神祕人，大約四年前，這位神祕人，把這幢房子及屋後那片農地，先轉讓給母親，然後吩咐她在我十八歲生日時，把房子再轉入我名下。」

「那個人有兩項特別要求，第一，不能透露他的身分；第二，所有當事人，包括母親及律師，在我正式承繼房子前，不得向任何人洩漏這項消息，連我哥也不例外。」

雯雯吃麵時，小心翼翼用手撥開耳鬢的長髮，避免跌落湯窩裡。

「以上都是律師跟我說的，我三個月前才正式承繼這棟房子，母親早已不在，我一直在想，母親本來應該是希望親手把這棟房子交給我，可惜她等不及了，於是兩年前便委託律師處理。」

「我問過律師，那個慷慨把房子讓給母親的人，是否我們家的親戚，律師只說，他們要信守委託人的承諾，身分不能透露，只一味說抱歉。」

家彥此刻終於明白，最近幾個月，雯雯顯得有點心不在焉，鬱鬱寡歡的原因。

「這間房子雖破，但連同屋後那片農地，按現時市值計，價值不菲。」家彥說出他的看法，「雯雯妳最近幾個月一直心事重重，為的就是這幢房子吧？一下子獲得意外的財產，卻又不知該不該告訴仲德，生怕他一旦知道後，不知會往何處想？」

雯雯點點頭，夾了一塊牛肉，放進家彥的碗裡，他嚐了一口，又香又滑，味道也很好，雯雯燒的菜，果然很有水準！

「但問題來了，」家彥繼續，「這個神祕人到底是誰？為什麼這麼大手筆，願意把如此值錢的屋與地，贈送給妳？」

雯雯搖搖頭。

「我不知道，也很想知道，」雯雯帶點傷感地說，「本來這幾日已經下定決心，要跟哥坦白，但哥偏偏這時候……」

「雯雯，不要難過。」家彥安慰她，「對了，關於那個故事，妳到底是從哪裡聽來的？仲德提過，他沒有跟妳說過這個故事。」

「我不是聽來的，是讀來的！」雯雯深呼吸一口，然後擺出一副認真表情，「我在這間房子，發現那本……那本記載爛泥灣村故事的筆記本！」

家彥知道自己一定驚訝得張大了嘴巴。

「雯雯，妳意思是，妳承繼了這間房子後，在這兒發現一本筆記本，而筆記本又剛好記載了那個故事？」

雯雯吃了一口麵，點點頭。

「這也太巧了！雯雯，妳可曾想過，是有人刻意把筆記本放在這裡，目的就是想妳知道這個故事？」

「由我承繼這間房子的第一天開始，筆記本就放在抽屜裡，若果說有人在這之前故意把筆記本留在這裡，除了已過世的母親，就只有律師及那位神祕人可以做到！」

「雯雯，那位律師及律師行的名字，可以告訴我嗎？讓我去調查一下。」家彥一臉正經地說，「還有那本筆記本，妳有帶來嗎？」

雯雯寫下律師及律師行的名字，交給家彥，然後從手袋中，拿出一本黑色，手掌大小的筆記本。

「啊，就是這本？雖然是黑色，但看上去很像女孩子會用的筆記本，輕薄小巧的，我可以打開看看嗎？」家彥拿著筆記本問。

「當然可以。」雯雯簡單地回答。

家彥打開筆記本，只見一排一排秀麗整齊的字跡，直覺來看，似女人的手寫字，可是家彥也見過男人寫出這些美麗清晰的字，單憑字跡來分析，很難判斷是男人或女人。

不過他注意到，筆記本款式保守平實，不似現時市面上流行的花俏類型，若從年齡層推算，似乎這位寫得一手秀麗文字的筆記本主人，是一位有點年紀的老派人。

這下總算知道雯雯是從哪裡得知這個故事，以及為何這幾個月來一直鬱鬱寡歡，仲德你泉下有知，可以了卻其中一件心事。

接下來，便要問她匣子的來歷。

「雯雯，那個匣子，妳是從哪裡得來的？」

雯雯一雙滿懷心事的碧藍眼眸，望住家彥。

「如果我說，匣子是自動送上門，你信嗎？」

她伸手過去想幫家彥再盛一碗麵，但被家彥婉拒。

「不，我飽了！」家彥擺擺手，「雯雯，為什麼說匣子是自動送上門？」

「就在我正式接管這間房子後約一個月，」雯雯開始收拾碗筷，「一天早上，我趁哥不在家，偷偷跑回這裡，打算執拾一下，然後就發現匣子放在客廳中央位置。」

「匣子本來不屬於這間房子嗎？」

「嗯，」雯雯捧起一疊高高的碗筷走入廚房，「我接管後第一個月來過幾次，只發現筆記本，沒發現匣子，不過最初我以為是自己看漏眼，匣子其實一直存在，所以也不以為意。」

「我打開匣子一看，裡面什麼都沒有，當時心想只是一個普通的匣子，於是就放在一旁不理。」

「唔……即是說，有人趁妳不在時，偷偷把匣子放在這幢房子裡，而時間點就在妳接管房子後約一個月。」

「可能吧！不過這個匣子，很邪門！」

雯雯放下手上的碗筷，拉家彥坐在一旁，表情帶點恐懼，聲音有點顫抖。

「我曾經試過兩次把匣子扔掉，原因是覺得它不太實用，可是……兩次都被一個男人捧回來，就在舊居的客廳中！」

「男人？誰？」

「我從未見過他，但他的外貌，很詭異……全身濕透，就好像剛剛游泳完似的，上身赤裸，下身只穿著短褲，頭髮因為濕透，所以全垂下來，擋住了眼睛及鼻子，我只看見他露出一張大口，咧嘴而笑。」

家彥聽得有點毛髮直豎。

「妳這個形容……分明就是鬼嘛！妳有沒有眼花看錯？」

「前後兩次了，絕對不會弄錯！」雯雯搖搖頭，認真地說，「第一次我是扔在家門口的垃圾桶，第二次則跑到老遠的垃圾站去扔，兩次他都把匣子帶回來，雙手捧起，然後遞給我，好像想跟我說，匣子是扔不得的。」

「那妳有沒有證實一下，那個東西是人是鬼？」家彥問，「例如走上前摑他一巴掌，又或者指住他當場喝罵，看看他有什麼反應！」

「我哪敢！」雯雯急得有點想哭出來，「第一次見到他，我完全愣住了，雙手本能地接過匣子後，他就消失不見。」

「所以第二次，我刻意把匣子扔到很遠很遠的垃圾站，一邊走一邊四處張望，扔了後馬上跑回家，豈料一進門，那個男人又再出現我眼前，今次嚇得我幾乎大叫出來，但奇怪的是，當我想大叫之時，男人又消失不見了，而我發現雙手，再一次捧著那個匣子。」

雖然事情相當詭祕，但總算解釋了匣子為什麼會在雯雯家出現。

「被詛咒的匣子……雯雯妳形容得很貼切。」家彥同意地點頭，「因為無論妳如何扔掉它，那個像鬼一樣的男人，都會把它帶回妳身邊。」

家彥手機突然嗶嗶響了兩下，他拿出來一看，首先見到的是螢幕上顯示時間，八時二十分！糟了！跟雯雯談得太入神，完全忘記了時間！

然後就是一段簡短溫馨的提示訊息。

偉大的霍爾大法師，假如你繼續沉醉在溫柔鄉，那我身邊這位紅顏閨蜜，只好另覓他人作嫁衣裳。

可惡的表妹！被她發現我遲大到了，不！還來得及，現在駕車趕過去，九時前應該到！

「對不起，雯雯，我有事要先走了。」

家彥連忙拿起外套，穿上鞋。

「這麼趕，去哪裡？」

「還記得今日下午，那個胖大叔和漂亮姐姐嗎？」家彥解釋，「我跟他們，還有表妹，今晚會一起研究這件奇怪的案件，我已經遲到了，所以要儘快趕過去。」

「原來如此，那一起去吧！」

咦？

「既然跟案件有關，那我也一定要去。」雯雯脫下圍裙，隨手披了一件外套，「而且，我還未說我跟周肇鋒是如何認識的，家彥哥哥，你也想知道吧？」

27

當家彥把雯雯也帶來時，秀妍並不感到驚訝，事實上，她反而期待再次見到這位藍眼妹妹。

秀妍總覺得，這位憂鬱的小女孩，她的眼神，隱藏著許多悲傷，她的記憶，埋藏著許多真相。

假如能夠看見她更多的記憶……或者，可以更快查明整件事的來龍去脈。

昕涵抿著嘴，一臉不悅坐在一旁，秀妍見狀，故意扮作貓，把頭挨在她肩膀上鑽啊鑽啊，然後俏皮地向她不停眨眼，逗得昕涵終於笑出來了。

家彥把之前和雯雯的對話再重述一遍，由神祕人送贈房子、筆記本上記載的故事、匣子突然憑空出現、到最後那位像鬼一樣的男子，正如秀妍預期，雯雯並不認識該名男子。

「聽你們所說，」文軒對家彥及雯雯微笑，「看來一切的怪事，都是由承繼房子開始，真是有趣。」

「我也這麼認為，」家彥同意，「不過，房子跟神祕人的事固然可疑，但那個周肇鋒的出現，也同樣令人生疑，雯雯，可以講講你們是如何認識嗎？」

雯雯點點頭，開始講述她跟姓周的認識過程。

「兩個月前，就在發現匣子之後幾天，那個男人，周肇鋒，毫無預警之下突然出現在我面前，他在學校門口等我，跟我說起關於匣子的事，向我形容匣子的外型及顏色，並想借用它！」

「我當時大吃一驚，他為什麼知道我有這麼一個匣子？難道他也知道我承繼了那座房子嗎？我初初以為他是借匣子為名，謀奪房子為實，所以最先是一口拒絕，騙他我根本沒有這個匣子，然後趕快離開。」

「但事後我在想，把房子贈給我的神祕人，會否就是他？即使不是他，但他知道那個匣子的存在，而匣子是在那座新房子裡發現，那麼，他會否也跟神祕人有關連？」

「於是，我想從這個人身上，看看能否查出神祕人的真正身分，這就是為什麼當他第二次找我時，我應承跟他見面。」

「這太危險了，雯雯！」家彥擔心地說，「妳應該跟仲德商量一下。」

「不行，這個人，可能跟我承繼的房子有關，」雯雯搖搖頭，「兩個月前，我還未下定決心，把房子的事告訴哥知道，所以，我只能單獨跟他見面。」

「那麼，第二次見面，他又想問妳借匣子嗎？」秀妍問。

「不，他帶我去見一個人，一位老婆婆！」

秀妍和文軒幾乎同時倒抽一口氣。

「他說，老婆婆住在老人院，由於行動不便，所以只好我過去。」

「他帶妳去見笑……去見婆婆，想做什麼？」秀妍太緊張了，幾乎露出口風。

「第二次見面，我們傾談時間比較久，」雯雯對秀妍說，「他跟我解釋了，為什麼會知道我擁有那個匣子……原來是因為……」

包括秀妍在內的四個旁聽者，屏住呼吸。

「因為……這個理由我現在說出來也感到很荒謬……」雯雯閉上雙眼，「他說……因為我擁有一雙藍眼睛，而匣子以前的主人，也是一位碧眼少女！」

所有人靜默，不懂反應過來。

「他說他翻查了很多古籍，才得出上述結論。」雯雯繼續說，「而最決定性的證據，是婆婆這個人證。」

「那個……婆婆……為什麼會是人證？」秀妍今次說得很小心。

雯雯先是望住秀妍，再望望其他人，然後輕聲地說。

「他告訴我，婆婆年輕時曾遇過一位碧眼少女，他帶我過去的原因，就是想婆婆證實，我到底是否當年那位少女！」

秀妍和文軒幾乎同一時間站起來，把家彥和昕涵嚇了一跳，文軒向秀妍望了一眼，秀妍也向姐夫報以一個意味深長的眼神。

「可是……雯雯……就算那位婆婆，年輕時真的遇過一位碧眼少女……」文軒緊張地追問，「那也是很多年前的事了，即使妳同樣擁有一對碧眼，亦絕不會是當年的那個人！」

雯雯點點頭。

「我也是這樣對他說，不過他認為，我可能是當年那位碧眼少女的後人，所以，他堅持帶我去見婆婆，看看婆婆能否認得出來。」

「那麼，婆婆怎樣回答？」秀妍也心急了。

「我們很晚才到老人院，婆婆都睡了，但周肇鋒一定要當晚弄清楚。」雯雯一臉嫌惡表情，「結果把婆婆吵醒，婆婆說不認得我，也不記得以前曾經見過一位碧眼少女，還大罵了外甥一頓！」

「外……外甥！」

秀妍跟文軒異口同聲的叫了出來，再一次嚇得家彥和昕涵瞪大雙眼，好奇地望住他們。

「對啊！我聽見周肇鋒稱呼她做姨媽，婆婆自我介紹時，也叫周肇鋒做外甥！」

這就對了！秀妍心想，自己所見到的第一個影像，跟雯雯所說的完全吻合！

但萬萬料不到的是，這個周肇鋒，居然是婆婆的外甥！

所以，他是從姨媽口中，得知碧眼少女的事？但他為什麼對這位少女如此著迷？

「那之後，妳再有沒有去探望婆婆？」秀妍追問，因為還有第二段影像。

「有！」雯雯點點頭，「過了一個禮拜，他第三次找我，今次則重提借匣子的事，我開始有點好奇，他到底想借匣子來做什麼？與此同時，我對碧眼少女是匣子主人一事，也相當感興趣，畢竟我自己也是碧眼……」

「於是，妳就借給他了？」家彥問。

「嗯！」雯雯望住家彥，「我對他說，借你可以，但你要告訴我匣子用來做什麼，他就對我說，妳跟我再去一趟老人院，自會明白。」

「我跟他來到老人院，又是晚上，看來他是故意挑這個時間！他借故叫我問看護姑娘一些住院的規則，豈料我一轉身，他就抱著匣子不知去哪裡了！」

「我馬上想到婆婆，跟看護姑娘連忙趕過去，打開門，只見他燈也不亮，摸黑把匣子伸過去婆婆面前，好像想用匣子敲她的頭，但婆婆當時是睡著的，我於是喝止他！」

「妳覺得，他在利用匣子做壞事？」家彥問。

「其實當時我不知道他想做什麼，只是直覺認為，他想用匣子打婆婆……」

「不過現在我們全都知道了！」文軒突然插嘴，「那個匣子，如果真的可以把人頭摘下來，那麼把匣子伸過去就只有一個可能……」

「不行！」秀妍氣得叫了出來，「那個周肇鋒，不會想把自己姨媽殺掉吧？」

「正確來說，不算殺掉。」文軒補充，「只是把人頭變成轆轤首而已！」

雯雯低聲繼續說。

「我一打開門，只見他驚惶失措地把匣子掉在地上，就好像做了虧心事被人識破一樣，我怒目瞪著他，他解釋，只是想幫姨媽收拾床上的雜物，所以才把匣子抱過去，這時候，婆婆醒了，把他拉住不放，然後叫我和看護出去。」

雯雯剛才的描述，總算解釋了自己所見到第二段影像的前因後果，只是，周肇鋒為什麼要這樣對自己的姨媽？

要知道答案，看來只有親口問笑婆婆了。

「這就是我之前三次跟周肇鋒見面的經過，」雯雯低著頭，「在這三次交談中，我已經肯定，他並不知道我承繼房子的事，看來他真的是循碧眼少女這條線，認定我就是那個匣子的主人。」

「所以，既然他跟神祕人沒有任何關係，我亦毋須再跟他糾纏，第四次見面，是最後一次，過程你們也知道了。」

秀妍同意地點頭，這時家彥突然拍了一下手掌，好像剛想起什麼似的。

「啊！雯雯，還有一件事。」他說，「妳好像跟仲德提過想去爛泥灣村一趟，但那條村已經沉在水底了，妳知道嗎？」

「我知道，」雯雯用手撥一撥頭髮，「那條村子沉沒的位置，就是如今萬宜水庫的一部分，我的意思其實是，想去水庫看看。」

「原來如此，那我明天一早陪妳去吧！」家彥像放下心頭大石，「仲德生前很擔心妳這句說話，因為他不知道妳是從哪裡聽到這個故事，既然現在一切都清楚了，換作是他，一定也會陪妳去的。」

久未出聲的昕涵突然站起身，拍拍秀妍肩膀。

「好呀！萬宜水庫風景優美，秀妍啊，妳也陪表哥一起去吧！」

「什麼……我？」秀妍有點意外。

文軒笑笑，對秀妍說。

「對啊，秀妍，妳跟他們一起去散散心吧！」

「可是……婆婆……」秀妍望住姐夫，用眼神代替說話，她原本打算明天一早探望笑婆婆，問關於周肇鋒及碧眼少女的事。

「別再婆婆媽媽了，」文軒看穿她的心事，暗示說，「我一個人可以搞定的，水庫的空氣很好，環境清新，妳就跟家彥及雯雯，出外走走，多呼吸新鮮空氣吧。」

雖然不太明白姐夫和昕涵，為什麼老是想我跟著去，不過，跟著去其實也有好處。

今次是大好機會，再次近距離接觸雯雯，如果……如果能夠看見雯雯的記憶深處，她所遺忘的回憶……

或者，就能把那些散落一地的回憶碎片，一塊一塊重新拼砌出來，構成一幅完整的圖畫。

日子一天一天過去，「我」跟他的距離一天一天拉近，「我」不知道為什麼，開始每天想見到他，有一次他跟姓彭一家出市區購物，事前沒有跟「我」提過，結果「我」一整天呆在空地上等他，本來心裡是有點氣，但當見到他從老遠拖著跛腳，一瘸一拐跑過來時，「我」馬上怒氣全消，然後……

他拿出一隻翡翠手鐲，給「我」帶上。

由那一刻開始，「我」終於明白，什麼叫愛情。

跟他交往這段日子，「我」覺得非常開心，「我」從來沒想過，像「我」這樣一隻怪物，可以跟普通人一樣享受愛情，沉醉在甜蜜浪漫的氛圍中。

可是，剛好相反，自從他跟「我」交往後，卻比以前顯得心事重重，昔日無所不談，暢所欲言的他不再復見，取而代之，是變得沉默寡言。

那一年的夏天過得特別快，轉眼間已經吹起陣陣秋風，尤其是晚上，風有點寒，他約「我」來到我們慣常談天的空地上，抬頭望星，「我」望著他，知道他一定有說話想跟「我」說。

果然，他吞吞吐吐，把這幾個月所擔心的事，全說出來。

「妳覺得，我現在的樣子，是否很難看？」

「我一直以為，自己會孤獨終老，所以之前無論身體樣貌如何殘缺，我也不太在意。」

「可是，自跟妳交往後，我……漸漸介意起來……我的身體每一處都是傷疤，左手廢了，右腿也瘸了，我……完完全全是一個廢人，但是妳，花容月貌，正值人生最光輝，最青春的時刻，我……配不上妳。」

原來這幾個月，他滿臉煩惱就是為了此事！

「我」告訴他，「我」從不介意他的樣貌，就算他整張臉毀了，雙腿全跛了，「我」一樣喜歡他。

「妳會這樣說，是因為妳還年輕。」他搖搖頭，「妳才十四歲，是最憧憬愛情，最易被愛情蒙蔽的年紀，待妳長大後，就會嫌棄我這個殘廢之人。」

「我」不會！「我」不會！「我」再次肯定的告訴他，無論他變成什麼模樣，「我」一樣喜歡，不會嫌棄！

「就算妳真的不嫌棄，以後日常生活，要妳照顧我這個廢人，日子一久，難免會發出抱怨之聲，嫌惡之情肯定寫在臉上，我不想這種事情發生，所以我想……」

不要！不要分手！「我」是絕對不會離棄你的，因為……「我」自己就是一隻怪物！你擔心「我」嫌棄你，事實上，是你嫌棄「我」才對！只要……當你知道「我」的真正祕密，你一定會嫌棄「我」！

「放心，不是分手！我說過，待妳十八歲成年後，會正式迎娶妳，我說過的話一定算數！」

「可是，我現在這個模樣，將來一定會成為妳的累贅！所以我想……換另一副模樣。」

「我」聽傻了！換另一副模樣？什麼意思？

「不止模樣，身體也想換掉。」他繼續說，「換一張正常的臉，換一副正常的身體，到時候，我就可以跟妳四處遊玩，不用老是困在這條村子裡。」

「我」問他到底想說什麼，他神情突然變得嚴肅起來。

「我跟日軍打仗時，收集過他們一些情報，其中一個消息很有趣，是關於他們當地一個傳說。」

「他們有一件神器，傳聞能夠醫好身體上任何一處的傷疤，連殘廢的身體也能痊癒，就好像替一個人更換全新一塊皮膚，你之前所有舊傷都會消失不見，我很想得到這件神器！」

「我」已經忍不住了，開口制止他說下去！

「那只是一個傳說，世間上哪有這麼神奇的東西！更何況，你知道這個東西藏在哪裡嗎？」

「其實我今次前來找阿國，不單單是聚舊，而是要拜託他幫忙，確定那件神器的正確位置，阿國他，一向對古書古籍很有研究。」

他摸摸「我」的頭，繼續說。

「上次妳問我們神神祕祕在商量什麼，我沒有回答妳，是因為我們還沒找出它的位置，可是昨日，終於被我們找到了！現在我可以對妳說，我們一直祕密商議的，就是如何能找出這件神器。」

「我」回想起他們開會後，兩副完全迥異的表情，彭國新的臉上是不滿及無奈，而他的臉上是興奮及焦急。

「如果我們推斷沒錯，它現時就藏在日本境內高野山附近。」他的興奮之情溢於臉上，「阿國人很好，全靠他我才能這麼快確認位置，可是，他一直不相信神器的存在，覺得這只是一個神話，是天方夜譚，他叫我不要去，但我實在等不及了。」

「以前的我，根本不屑理會這些怪力亂神之說，可是，自認識妳以後，我很介意我這個樣子，所以我打算明早出發，預計用半年時間尋找。」

「我」拼命搖頭。

「不要……不要去，太危險了，我根本不在乎你的外表，你毋須為這些小事而去冒險！」

「我」期待他答應「我」不要去，但他只是緊緊握著「我」的手。

「明年夏天，無論找不找到神器，我一定會回來。」他在「我」的唇上吻了一下。

「妳，一定要等我回來。」

二姊：「妳……秋雁……妳……」

三妹：「怎麼樣？厲害吧？」

二姊：「我是在做夢嗎？為什麼秋雁妳的頭，可以……脫離身體……在空中飄浮？」

三妹：「姐姐，妳都可以的，還記得幾個月前，我們做的夢嗎？」

二姊：「那個……頭顱飄浮的夢？」

三妹：「姐姐，原來那個不是夢，是真的！當我們晚上睡著時，頭顱就會不自覺地離開身體，在屋內隨意飄蕩，很好玩耶！」

二姊：「……所以秋雁妳今晚故意叫姐姐來陪妳睡覺，就是想我看妳頭顱飄離身體的一刻……」

三妹：「姐姐，我其實已經開始掌握到，如何控制頭顱脫離身體，不過奇怪的是，好像一定要子正時分，才能成功將頭跟身體分離，我之前在早上和下午嘗試過，都沒有效果，唉！這麼好玩的把戲，居然只有深夜才能進行，多浪費！」

二姊：「秋雁，妳……是何時發現這件事的？」

三妹：「上個星期，晚上睡不著，胡思亂想時，想起之前那個夢，結果頭顱就不自覺地飄出來了，姐姐，妳也快來試試看！」

二姊：「秋雁，妳現在快點回到自己身體，明日一早，我馬上帶妳看醫生。」

三妹：「姐！為什麼？我又沒病，幹嘛要看醫生？」

二姊：「妳這還不算病？難道想永遠變成這個樣子？那個匣子……一定是那個匣子……是它把我們弄成這樣！」

三妹：「姐！妳要帶我去看醫生，請問妳如何對醫生說明我的病況？說妹妹的頭顱飛出來嗎？妳以為醫生看見我這個病況，會不會馬上報警，叫警察把我轟斃！事到如今，姐姐以為，我們還能像平常人一樣生活嗎？」

二姊：「……」

三妹：「而且，我發覺變成頭顱也有好處，姐姐，妳可曾記得，我下巴位置本來有一條淺淺的疤痕，是我小時候爬樹時弄傷的，但現在妳看，消失了！還有我的右腳膝蓋，不是上個月在村口弄傷一大塊嗎？妳看，傷口變得完好無缺！我發現，每次當我把頭顱移離身體，臉上及身上的傷疤都會慢慢消失，姐姐，妳說這是不是個好東西？」

二姊：「妳……即使妳身上的傷痕完全復元，但也不能……不能這樣，難道妳想以後每逢半夜，頭顱就自動飛出來嗎？若被鄰居發現，我們只會被當成怪物看待！」

三妹：「噓！妳不說我不說，誰知道？平時日間大家都是正常的，晚上關上大門，鄰居根本不會知道，我跟大哥已經商量好，一起發掘更多在這個狀態下的潛能，除了傷口痊癒之外，還有沒有其他更厲害的能力。」

二姊：「什麼！大哥也……」

大哥：「阿蓮……」

二姊：「哇啊！大哥！什麼連你都……只剩下一個頭顱！」

大哥：「阿蓮，這真是好東西啊！我十隻手指頭，因為長期打魚累積出來的厚繭，居然全部消失了！還有身體上的陳年傷疤也全部癒合，妳不信可以看看我的身體，它就躺在隔壁房間……等等，讓我嘗試把它叫過來，我好像……能夠控制沒有頭顱的身體……」

三妹：「嘩！原來還可以控制身體？我甚麼沒想過呢？我也要試試！」

二姊：「瘋了！你們全都瘋了！」

大哥：「阿蓮，不要這樣說，妳還未感受到變成這個模樣的好處，一旦感受到，妳也會不捨得放手。」

三妹：「快！快！姐姐快變成跟我們一樣吧！」

二姊：「我……才不會……」

三妹：「現在這個時間是最合適的，按道理姐姐頭顱早已飛脫出來，為什麼沒有呢？」

大哥：「或者讓大哥幫幫妳……」

二姊：「大哥，不要咬我的頭髮……我……呀！！！！！！！！」

三妹：「看！成功了，姐姐妳跟我們一樣了！」

大哥：「阿蓮，妳不是常常抱怨左手臂那個難看傷疤，令妳夏天不敢穿短袖上衣嗎？很快，那個傷疤就會消失不見。」

二姊：「我不要……我不要……我不要變成這個樣子……」

三妹：「姐姐，很快妳就會習慣的，哈哈哈哈！」

夏蓮的回憶片段　轆轤的誕生

一九六零年冬

28

笑婆婆今早的胃口特別好，吃完老人院安排的早餐仍不夠，把文軒帶來的麵包蛋糕全掃清光。

「咦！秀妍今日沒來嗎？」笑婆婆坐在床上邊吃邊說，「那秀晶老公，沒你的事了，請回去吧！」

婆婆妳也太偏心了！就算秀妍沒來，也不應該下逐客令吧！

秀妍今早前往萬宜水庫，臨行前千叮萬囑自己一定要好好侍奉婆婆，不能粗心大意，唉！她最近為笑婆婆的事太勞心了，真的需要放鬆一下，跟家彥出去走走是好事，家彥對秀妍有意思，待她一向很好，這個自己跟昕涵早就看出來了，現時恐怕只有秀妍這個傻妹子還未察覺。

文軒心想，其實秀妍這個年紀，也應該開始接觸一些年紀相近的異性，從小到大，她都很倚賴秀晶，整個世界也只有秀晶，秀晶不在了，她就開始倚賴我這個姐夫，或者現在正是時候，讓她出外面認識更多的朋友。

家彥這個孩子，正直善良，陽光樂觀，對秀妍一直細心溫柔，雖然感情的事沒人說得準，他們最後能否走在一起仍屬未知之數，但至少有他在秀妍身邊，我這個做姐夫的，也會感到放心。

當然，文軒不會忘記今次來老人院的主要目的：打聽關於周肇鋒及碧眼少女的事。

「婆婆……」文軒開門見山，「那個周肇鋒，真的是妳外甥？」

笑婆婆瞪了文軒一眼，緩緩地點頭。

「肇鋒是我妹妹的兒子，一個不學無術，終日胡思亂想的壞傢伙。」

有這麼糟糕嗎？不過，笑婆婆的形容，又的確一語中的。

「他這麼大一個人，不去好好找份正經工作，終日沉迷一些什麼超自然古老禁忌的傳說，又老是研究賭錢必勝術，希望以最小的付出得到最大的回報，他這份人的性格，就是心存僥倖，不勞而獲，好吃懶做，百事無成，本來也不想提起他，不過既然秀晶老公你問到，我就隨便說兩句吧！」

這麼狠的批評也是隨便說兩句？那認真起來怎麼辦？

「婆婆，他是否有一位妻子，身患絕症，所以要遍尋良方治病？」

「他的妻子的確長期臥床，」笑婆婆嘆一口氣，「但是否絕症就不清楚了。」

笑婆婆一雙小眼睛，開始上下打量文軒。

「秀晶老公，你何時開始對我的外甥感興趣？」

「這個……」文軒覺得還是坦白說出來較好，「秀妍最近認識一位新朋友，名字叫賈淑雯，這位雯雯妹妹，跟妳的外甥似乎不太咬弦，秀妍覺得，妳外甥在欺侮雯雯，所以拜託我，一定要向婆婆問清楚這個人的底細。」

笑婆婆突然停止咀嚼，若有所思地把手上蛋糕放在一旁，以罕見嚴肅的眼神，定睛望住文軒。

「雯雯……那個藍眼睛的小妹妹？」

太意外了，笑婆婆竟然記得！

「是的！婆婆，大約兩個月前，妳外甥帶著藍眼妹妹，先後兩次來探望妳，還記得嗎？」

笑婆婆倒了杯水，喝了一口。

「記得，半夜三更才來，弄得人家一整晚睡不好。」

「婆婆，妳外甥帶這位藍眼妹妹上來，到底想做什麼？」

笑婆婆深呼吸一口，緊握杯子。

「他說，想證實一下，這位藍眼妹妹，是否我以前認識的一位碧眼少女。」
「婆婆妳以前，也認識一位碧眼少女？」文軒追問。
「我這一生，從來不認識什麼碧眼紅眼黃眼少女！」婆婆斬釘截鐵的說。
「那就是妳外甥搞錯了？」文軒有點失望。
笑婆婆突然沉默起來，臉色也開始變得難看，文軒心想，是否自己剛才說錯話開罪了她，雙方靜默了大約三十秒，笑婆婆終於開口。
「有一件事，不知道該不該跟你說，本來覺得只是小事，但可能跟秀晶母親的詛咒有關，所以我還是告訴你吧？」
甚麼扯到秀晶母親來了？
「我這一生，的確沒見過什麼碧眼少女，」笑婆婆望住文軒，「可是，秀晶母親可能見過！」
「婆婆，妳這是什麼意思？」文軒張大嘴巴。
「這件事，要由當日她跟那個自稱被詛咒的人會面說起。」
笑婆婆換個坐姿，開始說。
「當日她跟那個人見面後回來，我馬上問她那個人是誰，但秀晶母親堅決不肯說，說是應承了那個人，不會向第三者洩露身分及交談內容，既然她這麼說，我也不好意思再追問，反正她人沒事就好了。」
「秀晶母親不知道我偷偷跟蹤她，而我也沒對她說過這件事，就這樣大約過了兩三個月，有一次她突然問我，假如我的眼睛一夜間變成藍色，我會怎麼辦？」
「我當時以為她在開玩笑，就隨便答她，變藍色很好啊，扮成混血兒可能更容易勾引有錢男人，她向我微微一笑，沒有再問下去。」
「這件事我本來也忘了，若不是肇鋒兩個月前，帶那位藍眼小姑娘來找我，勾起我的記憶，我也不會想起來。」

「所以，婆婆，妳的結論是？」

「秀晶母親，除了我之外，沒有其他朋友，她突然提起藍眼睛，一定是發生了一些契機，令她有感而發，而最大可能，就是當日見過那位被詛咒的人。」

婆婆整個人身體俯前，在文軒耳邊低語。

「我懷疑，那個被詛咒的人，是藍眼睛的……而且，就是肇鋒一直想找的那位碧眼少女！」

什麼叫做五雷轟頂的感覺，文軒第一次感受到，這個消息就好像一股強大的電流，朝他的腦袋猛烈狂轟，他有點承受不住這個衝擊。

照片中人雖然身穿男裝，但身型卻似一個女人，如果說碧眼少女就是照片中人，也有一定理據，只是，笑婆婆為何會這麼想？

「我之所以這麼推測，是因為我去爛泥灣村這件事，從沒對肇鋒說過，只對他媽媽略略提過，」笑婆婆續說，「肇鋒一定是從他媽媽那裡聽來的，然後，兩個月前某一天，他跑過來對我說，想我見見一位藍眼睛的女孩子，看看她是否就是當年我見過的碧眼少女。」

「我在想，他一定又是看了什麼超自然的書，知道當年那條村曾經出現一位碧眼少女，而秀晶母親又曾經跟我提過藍眼睛的事，加上她跟那位被詛咒的人見過面，所以三者結合，我便猜那位被詛咒的人，就是碧眼少女！只不過，肇鋒似乎誤會了跟少女見面的人是我。」

「但這怎麼可能！已經是五十年前的事了，假如相中人當時只有廿多歲，現在已經七十多歲了，雯雯她才十八歲，無論如何計算，都絕不會是當年那位碧眼少女。」文軒反駁。

「我也是這麼認為，可是肇鋒他卻有自己的看法。」笑婆婆望住文軒，「他認為，小妹妹可能是當年那位碧眼少女的後人，又或者……那位少女擁有不死之身！」

這個男人真的是瘋子！

「肇鋒一定是從什麼古老又古怪的典藉中，找到這些沒根據的資料。」笑婆婆嘆口氣，「我跟他說，我不認識什麼碧眼少女……事實上我真的不認識，但他不信，之後他再來，又是半夜三更，拿著一個匣子把我弄醒，當晚那位小妹妹及一位看護也在場，但今次我拉著他的手不放，待小妹妹兩人離開後，狠狠地罵了他一頓。」

原來當晚笑婆婆叫雯雯及看護先行離開，是想痛罵她那個不肖外甥。

「那麼，雯雯本人，你對她有何看法？」

「我見過她兩次，都在深夜。」笑婆婆拿出一件外套，披在身上，「她的外表很令人討喜，就像一個洋娃娃。」

「她有沒有跟妳說過些什麼？」

「沒有，她很害羞，除了叫婆婆保重身體之外，沒有多餘說話。」

這時背後傳來高跟鞋噔噔作響的聲音，文軒回頭一望，女人剛好在自己身邊擦過，走到笑婆婆鄰床，那位身體虛弱，正沉睡在被窩中的老婦人床邊坐下。

女人先幫老婦人蓋好被子，在她的臉上親了一下，把一籃生果放在床邊的枱上，然後轉頭向笑婆婆打招呼。

「婆婆早晨！妳今日看上去很精神喔！」女人接著望向文軒，「喲，真巧啊，徐先生，我正想去找你。」

她……不正是尹愛娜嗎？

「有一件事，想拜託你幫手，」愛娜魅惑地笑著，「你那位小姨子，叫李秀妍，對嗎？我想見見她，可以安排嗎？」

29

站在萬宜水庫東壩上，秀妍遠眺一望無際的海洋，遙望破邊洲，清晨的陽光不算猛烈，偶然飄過像棉花糖一樣的白雲，陽光穿透雲隙照在水面上，她深呼吸一口，姐夫說得沒錯，這裡空氣非常清新，跟城市完全是兩個世界。

來水庫交通其實非常方便，到西貢後轉乘的士，不消一小時就到，秀妍一行三人沿著地質步道走上壩頂，除了感嘆水壩壯麗宏偉的構築外，也對水壩東西兩邊秀麗的景色為之驚艷。

「秀妍妳現在望的方向是水壩東邊，對出就是南海，而前面靠近我們，那塊好像被劈開一分為二的小島，叫破邊洲。」家彥像導遊一樣介紹，「至於在我們身後，即是西邊，就是萬宜水庫，香港最大的水塘。」

秀妍回頭一望，水庫就像一個大湖，恬靜閒逸，跟東面的海洋，氣氛完全不同。

爛泥灣村，就沉在這個湖底嗎？

「我們現在站著的地方，就是水壩閘口位置，萬宜水庫一共有兩個水壩，一個在東一個在西，這裡是東壩，而爛泥灣村的遺址，就在西壩附近，等會兒我們會過去看看。」

「家彥你不是在美國生活了一段很長時間嗎？」秀妍對他介紹得這麼詳細，大感意外，「為什麼你會這麼熟悉？」

「嘻嘻，我昨晚在網上做了功課才來的。」家彥笑笑地說，「記得以前，我跟外公及父母來過，但印象不太深，現在一看，這個水壩真是壯觀。」

家彥也跟秀妍回頭，望向水庫那邊。

「妳是第一次來吧，秀妍？」

「嗯，這裡風景真心好，看看這個湖……雖然明知是水庫，但看上去完全像個大湖，很美，很寧靜，感覺很舒服。」

秀妍拿出手機開始四處拍照，此時一直默不作聲的雯雯問。

「這裡下面，是什麼地方？」

「啊！那邊是防波堤，大石呈錨狀，目的是防止大海對水庫造成衝擊及侵蝕。」家彥朝她指的方向作出介紹，「中間這個好像蓄水池一樣的東西是緩衝區，用來隔開主壩及防波堤，妳看那邊有個山洞，就是著名的海蝕洞，沿著木橋步道可以走近洞口細看。」

「好啊！」秀妍興奮地說，「我們快下去看看！」

秀妍領跑，家彥和雯雯從後跟上，沿著步道一直向下行，來到一處轉角位，秀妍望住那幅六角形岩柱牆。

「這些……這些岩柱很壯觀啊！全部都是六角形，像一幅壁畫向橫伸延！」

「這些是火山岩，」家彥回答，「這個範圍是香港地質公園西貢火山岩園區，除了六角形岩柱外，還有S形岩柱，岩石斷層等等……」

「看！這邊！這邊！那些石頭好巨大啊！」

秀妍指住防波堤上的巨石，然後就一支箭衝過去，家彥從後追著她。

「那些叫弱波石，全靠它們，水庫才能抵禦海浪的侵蝕……等等，秀妍，妳想做什麼？」

秀妍走到兩塊巨石中間，找了個踏腳位置，然後跳上去。

「來呀，你看看那些人都爬上去了，這個位置望向海面，視野一流喔！」

秀妍本想繼續往上爬，但巨石參差不齊地堆放在一起，要判斷那個是踏腳位並不容易，秀妍正想把一隻腳踏在一塊拱起的石頭上，殊不知石頭比她預期中滑溜，一不小心，她整個人失去平衡，向側面傾斜，就在快要跌落地面那一瞬間……

家彥衝過去，從後把她抱住，一隻手攬住她的腰，另一隻手捉緊她戴上手套的手。

秀妍自己也不知道為什麼會如此大反應，她先是把手縮開，然後用盡力氣把家彥推倒，這時她雙腳已經站穩，反而家彥因為意想不到她會把自己推開，重心一失，整個人跌在地上。

秀妍自責，這下本能反應也太大了！她心裡清楚，剛才是因為家彥捉緊她的手，她情急之下，用力過猛，把家彥推跌在地上，看見他的手臂好像擦傷了，秀妍心裡很過意不去。

「對不起！家彥，我……我不是有心的！」

「沒關係，是我不好，我不應該把妳攬得太緊，冒犯了妳。」

「不！不是這樣的！」秀妍知道他誤會了，「這個……你把我抱住……我是不介意的……只是……」

正當秀妍不知道該如何向家彥解釋時，她發現雯雯並沒有跟上來。

「咦！雯雯呢？她沒有跟來？」

家彥此時從地上站起來，拍拍手臂上的傷口，然後四周望了一眼。

「奇怪？她到哪裡去了……啊！見到了，原來她走到海蝕洞那邊去！」

秀妍朝那個方向看過去，只見雯雯一個人，站在木橋步道的盡頭，望向海蝕洞。

咦！是機會！

「家彥！」秀妍從背包拿出消毒藥水及膠布，輕聲地說，「你剛剛擦傷，還是先為傷口消消毒吧，我過去跟雯雯傾一會兒，你處理好傷口再過來。」

雖然掉下家彥有點不好意思，但單對單面對雯雯機會難得，唯有委屈你啦！

秀妍往雯雯方向走過去，一邊走一邊鬆開左手的手套，雖然姐夫告誡不要輕易使用能力，但倘若正常情況下仍看不到，那唯有靠我這雙手，把回憶深處的真相挖出來。

若果說，家彥、昕涵及姐夫正努力以現在式搜尋線索，推敲真相，那麼我就是以過去式收集回憶碎片，把從前跟現在的因果關係，連成一線。

而雯雯過去的記憶，正是構成這因果關係最重要一環。

「雯雯，為什麼妳一個人站在這裡？」

秀妍走近雯雯身邊，發覺她正閉起雙眼。

「聽，」雯雯側起耳朵，「水滴聲，清脆的水滴聲，在洞裡傳出來。」

秀妍學雯雯側耳傾聽，但什麼也沒聽出來。

「對了，雯雯，妳……今年真的是十八歲？」秀妍開始問，試圖喚醒雯雯過去的記憶。

「嗯。」

「哈哈哈，原來這麼大了，我還以為妳得十三四歲。」

「可能因為身型比較細小吧，讀中學時，我經常坐在前面第一排。」

雯雯此時睜開眼睛，仍然望向洞口。

「以前小時候，哥跟家彥哥哥，總喜歡摸我的頭，好像在跟我說，這是大人的福利，妳想摸別人的頭，就快點長大吧。」

「雯雯，妳跟家彥，小時候經常一起玩嗎？」

「嗯。」

「啊呀！這麼說來，妳跟家彥算是青梅竹馬？哈哈哈……」

「也不算是，」雯雯說話時聲音很柔，秀妍差點聽不清楚，「只是我五六歲那段時間比較閒，喜歡跟家彥哥哥一起玩，大約維持四五年左右，他就去美國升學了。」

雯雯再次閉起雙眼，側著耳朵傾聽。

「這水滴聲很好聽，舒服、安詳、洗滌心靈。」

好！就趁她閉上眼睛時……

秀妍把左手手套脫下，打算拉拉她的右手，這麼近的距離，加上自己脫下手套，她深信一定能看見雯雯回憶深處的影像。

「喂！中午了，我們是時候過去西壩！」

家彥突如其來的叫聲，把秀妍嚇了一跳，左手雖然伸出去了，但還沒來得及接觸雯雯，雯雯已轉身往家彥方向走去，但就在這時候……影像在毫無先兆的情況下，驟然降臨！

秀妍見到視角的一雙手，一雙女孩子的手，不停在沙地上挖、挖、挖，好像想挖開一個洞似的，正當視角挖了一段時間後，漸漸看見沙裡露出一個紅色的東西，視角看似是想將這個紅色東西，給挖出來。

視角突然停手，左右兩邊張望，好像在確定附近有沒有人，當發現沒人後，視角再繼續挖、挖、挖，那件紅色的東西愈來愈明顯，到最後，視角雙手把那東西從沙裡拿出來捧起……

那不正是……那個紅黑色匣子的紅色匣身？

然後視角把一隻手伸入沙地裡，找了找，把黑色匣蓋也拿出來了！

秀妍用那隻沒戴上手套的左手，掩著自己嘴巴，拼命令自己不要尖叫出來。

那個匣子，轆轤之匣，並不如雯雯所說憑空出現，根本就是她從沙地裡挖出來！！

雯雯她，在說謊！！

30

當家彥來到西壩時，他發覺氣氛有點古怪。

在來的路途上，秀妍一句說話也沒說，並且故意走在後頭，遠遠落後在自己跟雯雯身後，家彥幾次回頭，發覺秀妍悶悶不樂，一直盯住雯雯背面。

剛才秀妍在海蝕洞前面，好像把左手手套脫了，她覺得熱嗎？中午了，氣溫的確比上午來時熱得多，難道她熱壞了，身體不適，所以走得慢？

又抑或，她剛才跟雯雯在洞前，吵嘴了？

家彥搖頭，實在很難想像，以秀妍及雯雯的性格，她們彼此會互相吵架。

「這裡就是西壩？」

發問的是雯雯，她走到家彥身邊。

「是，這條馬路就是建在堤壩之上，」家彥又開始介紹，「馬路兩邊是石堤，由很多不同形狀的石頭堆砌而成，不過由於這裡面向內海，受海浪衝蝕較少，所以沒有像面向外海的東壩一樣，堆上那些巨型的錨狀弱波石。」

「所以，爛泥灣村的遺址，就在這兒？」

家彥站在西壩頂，面向北，指指對面岸某個方向。

「萬宜水庫座落的位置，以前叫官門水道，」家彥解釋，「而爛泥灣村，就是當年水道以北其中一條較大的村落。」

蔚藍的天，嫩白的雲，陽光反射在碧藍的水塘上，映出閃爍的金黃色，偶有微風吹起，泛起陣陣漣漪，秀妍說得沒錯，這片根本是個大湖：安詳、寧靜、純治癒系的大湖。

同樣擁有像湖水一樣的碧藍色，雯雯一雙眼眸，此刻也反映出閃閃的金光，卻又透著絲絲的淚光，她在哭嗎？

「雯雯，妳沒事吧？」家彥不敢肯定地問。

雯雯低下頭，沒有作聲。

「這裡啊，就是妳跟仲德以前的故鄉。」家彥嘆了一聲，「多麼希望他現在也在這兒，就站在妳同我的身邊。」

「妳知道嗎？他是非常非常關心妳，當他發現妳這幾個月神神祕祕的，時常心不在焉，鬱鬱寡歡，他就彷似得了焦慮症一樣，專誠約我上他家，拜託我一定要好好跟妳詳談，替他找出原因，妳說，他是不是很緊張妳！」

雯雯一雙碧眼再一次望向大湖，但她依然沒有作聲。

「妳哥哥，一聽到妳說想去爛泥灣村，嚇得以為妳有神經病，這也難怪，他不知道妳承繼了一座房子，更不知道有筆記本的存在，其實……雯雯啊……雖然現在說有點太遲，但我認為……承繼房子的事……妳應該一早跟仲德說……」

「我哥，其實很討厭你！」

雯雯突然冷冷地吐出這句話，家彥聽得一臉懵逼。

「我哥，從來沒當你是朋友！他跟你交好，只是因為他沒有其他朋友。」

「雯雯，」家彥不敢置信地問，「這是仲德對妳說的？」

「眼所見，耳所聞，不用哥說，我也知道他想什麼。」

雯雯抬頭望向家彥，眼神充滿無奈。

「我哥，自尊又自卑，寧可心甘情願接受屈辱，也不希望接受別人憐憫。」

「可是，家彥哥哥你卻三番四次拯救他，把他從自己舒適的泥潭中拉出來，強行替他洗刷乾淨，然後把他掉入清澈的水池中，可是，你有沒有想過，有些人就是喜歡生活在泥潭中。」

「哥雖然沒有在我面前說你壞話，但我每次提起你，他都一臉不屑，然後馬上轉換話題；例如談及中學生活，他會提起以前很多同學的名字，但偏偏不提家彥哥哥你，你認為，他會真心視你為好朋友嗎？」

家彥從沒想過仲德會這樣看自己，他要時間消化一下，他坐在地上，遠眺水庫全景，剛才還覺得這裡景色很美，藍天白雲，湖水寧靜，但現在只覺得天灰灰的，湖水也起了波濤。

「每個人，心中都會有個祕密，不輕易向外人透露。」雯雯幽幽地說，「我哥有，我有，家彥哥哥你也有。」

家彥望住雯雯，這個妹子，難道妳知道我的祕密？

「家彥哥哥，你喜歡秀妍姐姐，對嗎？」

雯雯再次突如其來，冒出一句意想不到的說話，家彥迅速漲紅了臉。

「不要胡說，哪有？」

家彥生怕秀妍聽見，馬上轉頭望望她的位置，發現她早已走到馬路下面的石堤，坐在其中一塊石頭上，好像在思考什麼似的，這麼遠的距離，她應該聽不到。

「當晚，我跟你跪坐在我哥旁邊時，你很緊張地回頭找尋秀妍姐姐的蹤影，當發現她躲在門外時，你鬆一口氣。」

咦！被發現了！

「還有今日，當我獨個兒走向海蝕洞，而秀妍姐姐走向防波堤時，你毫不猶豫選擇跟住秀妍姐姐……」

「這個……雯雯……我……」

「我不是吃醋，秀妍姐姐這麼漂亮，家彥哥哥喜歡她也是正常的。」雯雯微笑，一雙碧眼散發著迷人光芒，「而且，像我這種人，根本不適合談戀愛。」

「為什麼要這樣說……雯雯？」

她望向爛泥灣村遺址方向，眼神漸漸由明亮迷人，變得幽怨晦暗。

「家彥哥哥……如果我像哥一樣的死去，你會掛念我嗎？」

「別亂說！」

「答我，如果我死了，你會像懷念哥一樣，懷念我嗎？」

「我不會懷念妳！」家彥堅定地說，「因為妳根本不會死！我一定會保護妳！仲德已經不在了，他生前最緊張的人就是妳，現在保護妳的責任，就落在我身上，我會待妳如親妹妹一樣，絕對不會讓妳死去！」

雯雯再一次笑了，像湖泊一樣透澈明亮的碧眼，回望家彥。

「有你這句，就夠了！」

春去秋來，轉眼四年，仍然沒有他的音訊。

「我」每天坐在空地上等，期盼著有一天他會回來，「我」問過彭先生有沒有他的消息，彭先生搖頭，說抵達日本後，他只發過一次電報報平安，從此便杳無音訊。

「我」給自己列出很多他失約的理由：買不到船票、生病、遇到麻煩事，總之他並沒有忘記我們之間的約定，「我」深信，終有一天他會回來。

這段時間，彭家也起了重大變化，先是兩年前，彭夫人誕下一名女嬰，取名夏蓮，天生一副美人胚子，長大後一定是位美女。

而在今年，彭家又再加添新的成員，秋雁，第三個孩子出世了，雖沒姐姐長得漂亮，但也算是容姿秀美，將來肯定有很多男生追求。

彭夫人誕下秋雁不久，身體開始出現毛病，先是經常頭昏眼花，之後便臥床不起，本來兩夫妻一起做的打魚工作，只能倚靠彭先生一人了。

彭先生對「我」很好，經常送新鮮的魚給「我」，也會幫忙修理屋內電燈或水龍頭，慢慢地，「我」開始覺得應該要替他們家做點事，算是還一個人情給他，彭夫人長期臥病在床，「我」唯一可以幫忙的，就是照顧他的三個孩子。

總之，在那段日子裡，「我」把自己的時間填得滿滿的，因為每次當「我」靜下來時，腦裡不期然就會想起他，孤獨地等待這份滋味極不好受，所以「我」必須令自己忙一點，分散注意力。

時間一天一天過去，但他仍然沒有回來，「我」哭了，每晚坐在空地上，一邊等一邊哭，「我」的信心開始崩潰，「我」摸著手上他送的翡翠手鐲，說好的承諾呢？難道他已經忘記「我」嗎？不知道多少個夜裡，「我」就是這樣反覆哭著，徹夜未眠，直至有一晚，彭先生來找「我」。

「找到潘華了！」他吞吞吐吐地說，「可是……他好像變成另一個人。」

「我」不明白彭先生說什麼。

「我知道他現時住在哪裡，來，明早我們一起去見他，妳就會明白。」

明日一早，我們兩人一起來到潘華住處，當再次見到他時，「我」真不敢相信自己的眼睛。他臉上的傷疤全好了，看上去就像一張光滑無瑕的臉蛋，「我」從來沒有想過，他原本的臉孔是那麼俊俏，右腿也不再瘸了，走起路來，不再是以前一拖一拉的，現在的他，可謂健步如飛。可是，他的左手，五隻手指竟然完好無缺！他的尾指及無名指，理應在戰爭時被炸斷了，但為何眼前的他，左手就跟平常人一樣，一點殘缺跡象也沒有！

但最令「我」震驚的，是他的身高，本來他是一名超過六尺高的健碩漢子，但現在……身高頂多五尺八，中等身材偏瘦的男人，若說以前是當兵的，恐怕不會有人相信。

「我」自從進屋後，一直認真地上下打量他，從他的身高及身型判斷，他根本不可能是潘華！但是，他的相貌……縱使臉上被火灼傷的傷疤，離奇地消失了，但「我」認得出，他的確是潘華，「我」唯一深愛過的男人！

「對不起，你剛才所說的事，我真的沒有印象。」

潘華把兩杯熱茶奉上，坐在「我」身邊的彭先生雙手接過，但「我」卻沒有任何動作。

「阿華，你認真想想，你曾經在我家中，呆過半年時間，我是你童年時的好朋友，難道你忘了嗎？」彭先生盡最後努力，「至於這位女士，她……經常跟你坐在屋前的空地，談天說地，你還對我說很喜歡她，待她成年後要娶她為妻，今年她十八歲了，難道你連這個承諾也忘了？」

「我」望著眼前的潘華，他不僅肉體上變成另一個人，精神上也是……

「唔……我依稀記得有位朋友姓彭的……至於這位小姐……很抱歉，我真的沒有任何印象。」他保持禮貌的微笑。

「你腦子是否灌水了？這種說話也說得出！」彭先生激動地說，「我問你，你去到日本之後，到底發生了什麼事？為什麼變得……跟以前完全是兩個人！」

「彭先生，你們恐怕認錯人了，或者我根本不是你們要找的那個人。」

潘華突然轉頭望向「我」，「我」的心怦然跳了一下。

「這位小姐，」潘華溫柔地說，「我不記得過去跟妳經歷過什麼，但假如……假如我過去跟妳……曾經存在過一段感情，希望妳能儘快把它忘掉……」

「……因為，我已經有妻子了。」

一位打扮端莊賢淑的女子，徐徐地從旁邊的門走進來，雙手抱著一個孩子。

「來，安俊，快叫叔叔及姨姨。」

當這個活潑英俊的小男孩跑到「我」面前，害羞地說了一聲姨姨時，「我」的淚水已經不能自主地，像瀑布一樣流出來。

「我」這詛咒的一生，難得動情遇到心愛的人，現在卻跟別的女人在一起，還生了小孩，「我」該怎麼辦？

彭先生看見「我」淚如雨下，也焦急了，他站起身，拳頭抓緊，好像想向潘華動武，「我」及時拉住他，自己也站起來。

「對不起，打擾了！」

「我」向潘華鞠躬，拉著彭先生，匆匆離開。

二姊：「大哥！你……」

大哥：「什麼事？」

二姊：「你……的臉，為什麼好像消瘦了？」

大哥：「可能最近打魚辛苦吧，以前三日出海一次，現在則是一日一次。」

二姊：「不對！大哥，你不單兩邊臉頰瘦了，眼珠也凹陷進去，鼻子還塌了，而且……你的頭，好像縮水了！」

大哥：「沒那麼誇張吧，休息一下就沒事，放心，阿雁！」

二姊：「大哥！我是阿蓮！」

大哥：「妳……對對對，阿蓮，一時看錯了。」

二姊：「大哥！你不單樣貌變了，記性也愈來愈差。」

大哥：「哪有？只是一時錯認妳為阿雁，妳怎可以這樣說大哥。」

二姊：「上次誤認佟兒跟我們一樣，差點想把她的頭割下來的，是誰？」

大哥：「上次是我錯了，可是，阿蓮，妳不覺得奇怪嗎？為什麼佟兒跟我們不一樣？四兄妹中，只有她一個沒事，當年那個匣子，我們四個都見過了，她到底做了些什麼我們三個沒做，頭顱才沒有飛出來……」

三妹：「嗨！哥哥姐姐，你們在爭論什麼？」

二姊：「秋雁，為什麼妳老喜歡一個頭顱在家飛來飛去，不可以乖乖地以正常人姿態，跟我們說話嗎？」

三妹：「我討厭身體，喜歡現在這樣。」

二姊：「秋雁！記住我們是人，是正常人！不要老想著我們已變成怪物，我們沒有！絕對沒有！」

三妹：「姐姐，妳這樣只是自欺欺人，我們已經不再是人了。」

二姊：「不許亂說！」

三妹：「我沒有亂說，看看大哥這副模樣，妳覺得似什麼？消瘦的病容已經是最好聽的形容詞了，如果讓我說，根本是具乾屍。」

二姊：「秋雁！」

三妹：「我還沒說完呢，姐姐，妳有沒有發覺妳的身體，也跟大哥的頭顱一樣，一天一天縮小，一天一天枯竭，就好像沒喝水的植物一樣。」

二姊：「……」

三妹：「妳以前，比我高出半個頭，現在卻跟我一樣高，我看得出，妳的身體漸漸地萎縮，再這樣下去，恐怕不到一年，姐姐就比我矮了。」

二姊：「沒這樣的事！」

三妹：「這個問題，其實在我身上也有出現，不過我發現一個方法，可以有效拖延萎縮的速度。」

二姊：「什麼方法？」

三妹：「哈哈哈！姐姐妳很想知嗎？不過告訴妳又要挨罵了！這個方法就是：經常將頭顱跟身體分開。之前我們已經知道，沒有頭顱的身體，身上的傷疤是會全部癒合，但原來不止如此，身體跟頭顱分離後，萎縮速度也會大幅減慢，姐姐不信，將妳的身體跟我的身體比較下，就會一清二楚。」

二姊：「……」

三妹：「姐姐，我幾乎天天都只用頭顱飛來飛去，但妳跟大哥卻經常以一個完整人型姿態生活，大哥要出去打魚，沒辦法，但妳多數時間在家，應該好像我這樣，把頭飛出來輕鬆一下，否則妳的身體，就會跟大哥的頭一樣，愈來愈像……乾屍！」
二姊：「不要再說了！」
三妹：「姐姐，聽我的話，多點學我……」
二姊：「我不會學妳！我不會學妳！這個分明就是詛咒……那個匣子……我明白了！我終於明白了！這個詛咒，就是要鼓勵被詛咒者，把頭跟身體分開，經常合體，男人的頭顱，女人的身體，便會不停萎縮，詛咒就是不想你變回正常人！」
大哥：「等等，若果妳們的推測正確，終有一日，我們的頭跟身體，會萎縮至不能使用，難道到時，我們全部都要死？」
三妹：「大哥，不用擔心，要阻止萎縮，還有一個方法！」
大哥：「什麼方法？」
三妹：「嘿嘿嘿，很簡單，身體萎縮了，就換個身體，頭顱萎縮了，就換個頭顱吧！」

夏蓮的回憶片段　宿命的家族

一九六四年冬

31

中午吃飯時間，昕涵把車泊在停車場一角，靜候二哥出來。

今早大哥又把二哥召去辦公室，不知道商量些什麼，雖然，昕涵還未有確鑿證據，證實他們就是殺害賈仲德的主謀，不過有一點她可以肯定，大哥二哥曾經聯絡姓賈的，這點絕對不會錯。

另外有一點亦可以肯定，聯絡姓賈的目的，是要對付表哥，只不過，昕涵實在很難將三位堂哥的陰謀，跟殺人扯上關係，她絕不相信他們單純為了對付家彥，會濫殺無辜。

但最令昕涵不解的是，他們的計畫，到底跟匣子有沒有關係？跟那個故事又有沒有連繫？

表面來看，沒有，但她不敢肯定，唯一求證辦法，就是跟蹤他們，看看他們會否跟一些可疑人物聯絡，例如……周肇鋒。

如果能夠證實，他們曾經跟周肇鋒聯繫，那麼，他們很大可能會知道匣子的祕密，也會知道爛泥灣村當年發生的事。

大哥千濤是工作狂，中午吃飯時間也會待在辦公室叫外賣，放工除了回家就是留在公司加班，他要見的人，全都是召去他辦公室見面，所以要監視他比較容易，而目前大哥見過的人，昕涵心裡有底，並沒發現可疑之處。

但二哥淵澄就不同了，這個跟自己老爹一樣的花花公子，享樂主義，經常出入不同的娛樂場所，跟朋友聚會的地點也經常變，倘若不跟蹤他，就算他真的跟周肇鋒聯絡，昕涵也不會知道。

因此，她今午靜悄悄地把車子駛進公司的停車場，等候二哥開完會後出來取車，昕涵深知二哥脾性，他一定不會跟大哥悶在辦公室吃外賣，他一定會來停車場取車，然後去一間格調高雅的餐廳……

旁邊座位的車門突然打開，昕涵奇怪到底是誰，只見三哥若無其事地，坐在司機位鄰座，然後關上門。

「三哥，你是在幹什麼？」昕涵老實不客氣地問。

「這個應該我問妳，鬼鬼祟祟躲在這裡，妳是在幹什麼？」若思反問。

「這不關你的事，我在做正經……等等……」昕涵盯住若思，「你怎會知道我在這裡……你跟蹤我！」

若思沒有回答，他拿出手機開始玩他的遊戲。

「不……你平時沒有這麼大膽……是大哥叫你跟蹤我，因為我上次質問過他關於表哥的事！」

若思望了堂妹一眼，然後說。

「大哥都是為妳好，上次妳直闖他的辦公室，他不知有多氣，激怒大哥不是明智之舉，這件事，妳就不要插手了。」

「難道你要我眼巴巴看你們自相殘殺嗎？」昕涵瞪著他說，「我們是一家人，一家人應該團結一致，更何況，表哥根本無意返公司幫手，大哥不應該這樣猜忌他。」

若思放下手機，認真地說。

「昕涵，我不能告訴妳到底發生了什麼事，我只能說，表哥現時是安全的，我們原先的計畫……已經擱置了，現在我們根本沒有進行什麼陰謀，妳大可以放心。」

昕涵一臉狐疑，正想開口問他原先的計畫是什麼時，淵澄出來了。

「快！快下車！」昕涵推一推若思，「二哥取車了，我要跟蹤他，你不要跟著我。」

「不行啦，大哥叫我要好似無賴一樣死纏住妳，妳開車啦，最多我不告訴二哥便是了。」

淵澄開車離開，昕涵沒有辦法，只好帶著若思一起跟上去。

淵澄的車經過兩個街口便停下來，泊在對面馬路，不到一分鐘，昕涵見到一名短髮，身型豐滿的女人走過來，熟練地打開前座車門，一下子就鑽進去。

「那個女人是誰？」昕涵問。

「二哥外面這麼多女人，誰知道？」若思正眼也沒看那名女子，只一味低下頭，繼續玩他的手機。

正當淵澄把車子停在交通燈前之際，昕涵瞥見一個熟悉的身影橫過馬路。

周肇鋒！雖然只是在餐廳見過一次，但昕涵認得他的樣貌，他在淵澄的車子前面經過，昕涵馬上留意二哥的反應，只見二哥跟坐在旁邊的女人忙於瘋狂接吻，完全沒看周肇鋒一眼。

似乎自己的判斷出錯了，周肇鋒跟二哥根本互不相識，那麼他有份參與計畫的可能性就大減。

但這個短髮女人是誰？是大哥他們計畫裡的棋子？抑或只是二哥逢場作戲的玩伴？

昕涵已經沒時間深究這個問題，周肇鋒橫過馬路後，轉入另一條街繼續向前行，而淵澄這時候亦準備開車離開，她要決定，到底跟蹤誰？

二哥是原本的目標，但周肇鋒意外出現，可說是天掉下來的大禮，倘若知道他現在去哪裡？見過什麼人……但二哥的車快駛走了，要馬上做決定才行！

她望望身邊的若思，腦子裡萌生一個念頭。

「三哥！」昕涵一手捉住他的下巴。把他兩邊面頰夾住，然後把他拉過來，跟自己臉貼臉，「若果你可愛的堂妹被人欺負，你會如何做？」

她指指前面即將轉入橫街的周肇鋒。

「這個男人，曾經對我及我的朋友無禮，我一直很想找機會報仇，你願意替我出這口氣嗎？」

32

從萬宜水庫歸來，已經是下午三時，家彥先送秀妍回家，本來也想送雯雯的，但她表示約了愛娜姐，自己返去就可以了。

回到酒店，躺在床上，家彥需要少少時間，整理一下雯雯今日對他說過的話。

仲德很討厭我？這是家彥從沒想過的事，在過去跟仲德相處的一段日子，他從未說過一些抱怨自己的說話，也從未流露出厭惡自己的表情，如果雯雯所言屬實，仲德在我面前，真的很會演戲。

雖然已經死無對證，但他選擇相信雯雯，仲德他……唉！家彥嘆一口氣。

我看錯仲德了嗎？我後悔把他當朋友了嗎？都不是！家彥沒看錯，也沒有後悔，有些人想法傾向偏激，這跟性格及出身有關，家彥不怪仲德，亦不認為自己拯救仲德的行為有什麼錯，對方要如何想，不是我所能控制，但如果當年見死不救，那就是我不對。

每個人都有選擇的自由，我選擇救你，你選擇不賣帳，我也沒話可說，但只要我一日當你是朋友，我會信守我對你的承諾。

這個承諾，就是查出雯雯鬱鬱寡歡的原因。

先不理會仲德個人對自己有多憎恨，他愛惜妹妹的心，家彥是肯定的，當日仲德以故事作為引子，請求自己去跟雯雯好好談談，希望藉此能夠打開雯雯心扉，家彥認為，仲德當時沒有在演，他是真誠的。

仲德擔心妹妹，覺得她很古怪，現在家彥當然知道，是因為雯雯承繼了一幢房子連土地，驟然獲得一筆龐大財產，送贈者又是一位神祕人，她不知道該如何跟哥哥解釋，在那幾個月時間，她內心不停掙扎，所以顯得心不在焉，被哥哥察覺了。

這個理由，看似成理，雯雯了解哥哥自尊又自卑的性格缺陷，坦白告訴他，可能會令哥哥胡思亂想，這點家彥可以理解，但是，單單因為這個原因而苦惱幾個月，似乎又有點誇張。

雯雯以前是一個活潑開朗的小姑娘，但這兩日看見她，愁眉深鎖，眼神憂鬱，完全變成另一個人，性格變得這麼極端，通常都是遭受沉重打擊，承繼房子一事雖然有疑點，但絕不構成打擊。

雯雯現時就好像……一個絕症病人，臨死前對這個世界，對身邊的人，依依不捨，但又無可奈何的樣子。

如果我像哥一樣的死去，你會掛念我嗎？

家彥一想起雯雯剛才的說話，心裡開始感到不安，難道她真的患上絕症？知道自己時日無多？不用猜了！直接打電話給她問個明白！家彥拿起手機正想撥電時，剛好接收了一條訊息，是今早他拜託一位律師朋友，幫手調查那座房子的事，想不到對方這麼快有回覆了。

律師朋友說，負責雯雯那幢房子的律師及律師行，都是以替客戶做足保密工夫見稱，在行內享負盛名，要知道委託人是誰，可能需要花很長時間才能調查得到。

不過，他卻打聽到一些花邊消息，那個委託人從來沒有上過律師行，所有文件簽署，都在外面另覓場地進行，而負責那位男律師，每次出去開會，都會刻意打扮，有時還會噴上古龍水。

家彥分析，委託人不上律師行，似乎是不想被太多人見到，至於該位男律師刻意打扮，可能是出於專業及尊重，不過，換一個私心角度看，倘若那位委託人是女性，外表又非常吸引，該位男律師的行為就顯得合情合理。

好！這個消息來得合時，家彥還在想，直接問雯雯是否患上絕症，可能有點尷尬，現在正好有話題來作開場白。

家彥撥了一通電話給雯雯，但她沒接，正想撥第二次時，秀妍卻發來了訊息。

我正跟愛娜姐下午茶，有新發現，今晚來我家再開會！

咦！秀妍怎麼會跟愛娜在一起！明明剛才送她回家了……等等……

雯雯不是說約了愛娜嗎？但現在跟愛娜在一起的是秀妍……

剛才致電給雯雯，她沒接……

如果我死了，你會像懷念哥一樣，懷念我嗎？

家彥馬上披上外套，衝出去。

33

坐在對面的愛娜，呷了一口沒加奶的紅茶，翹起雙腿，以好奇的眼神盯住秀妍，令秀妍感到有點喘不過氣來。

這個眼神，跟第一次在雯雯家門口，和第二次在家彥酒店房間時一樣，充滿壓迫感。

她為什麼老是用這種目光望自己？

當家彥送秀妍回家後，她本想馬上告訴姐夫，關於雯雯從沙地裡挖出匣子的事，豈料姐夫恰好此時打來，說愛娜想單獨見她，地點就在附近一間酒店的咖啡室。

秀妍好奇，跟愛娜不熟，她為什麼想見自己？

姐夫在電話中也這樣問，他覺得愛娜動機可疑，擔心她使詐，本想拒絕，不過秀妍認為，愛娜既是仲德女朋友，亦是雯雯好朋友，她可能有一些關於賈家的祕密，想偷偷地告訴自己，如果不去，就永遠不知道真相。

所以秀妍便一口應承，換件衣服馬上出門，只不過，愛娜的言行總是出人意表。

「妳叫李秀妍，對嗎？」愛娜依舊盯住她，「為什麼跟大叔同居？」

秀妍差點把嘴裡的綠茶咖啡全噴出來。

「不是……我們不是同居……我以前……是跟姐姐一起住，他是我姐夫，姐姐過世後，他怕我沒人照顧，所以叫我搬去跟他同住。」

「妳姐姐不是跟他一起住嗎？都結婚了，甚麼還跟妹妹住？」

「其實……他們還沒結婚……」

「那妳怎能稱呼他做姐夫？妳一個女孩子搬去他家，就不怕他另有企圖的嗎？」

「不會的，姐夫不是這類人！」

秀妍搖搖頭，她的能力，能夠看穿文軒對姐姐的愛意，這一點沒有人比她更清楚，只是有口難言，她總不能為了解釋這段關係，自揭身上的詛咒給外人知道。

「不管妳信不信，姐夫深愛姐姐，對我只是出於對妹妹的愛護及照顧，是長輩對後輩的愛。」秀妍很認真地說，「他們最終雖未能走在一起，但這份愛我是感受得到，所以我願意稱呼他做姐夫，也請妳不要再懷疑他的人品。」

愛娜望住秀妍，冷冰冰的臉孔，漸漸浮現出一個心滿意足的微笑。

「妳姐姐，真是幸福。」愛娜笑說，「徐先生是個好丈夫，妳也是個好妹妹，能夠同時得到你們兩個的愛，我真是有點羨慕。」

「愛娜……姐，別傷心。」秀姸決定跟雯雯一樣稱呼她，「賈先生的死，我也很難過，生離死別，情況就跟姐夫和姐姐一樣，我感同身受。」

「我沒難過。」愛娜再一次回復冰冷的外表，「雖然……我虧欠了他，真心希望能夠補償他，可是……過去種種記憶實在太多，我沒法子為一個人停下來。」

「人總是要向前走，」秀姸同意地點頭，「姐姐離開的時候，我覺得整個世界好像崩塌下來，傷心了一大段日子，但到最後，我選擇再次站起來，繼續走我的路，因為我相信，姐姐會陪我一直走下去。」

「妳姐姐，什麼原因過世的？」

「這個……一言難盡，我有機會再告訴愛娜姐吧。」

「妳姐姐，叫什麼名字？」

「秀晶，李秀晶。」

雖然只是一瞬間的變化，但秀姸注意到，愛娜的眼角跳動了一下。

「姐姐叫秀晶，妹妹叫秀姸，兩個名字都很好聽。」愛娜再呷一口紅茶，「妳父母呢？為什麼從來沒聽妳提起過父母？」

「我父母……」秀姸吞吞吐吐，「我父母很早已經去世了，只留下我跟姐姐。」

不全是真話，但秀姸跟愛娜不熟，還是不方便對她坦白。

「啊，原來父母一早已經不在了，那麼從小到大，都是妳跟姐姐兩人相依為命，對嗎？」

「嗯。」

「秀姸妳長得這麼漂亮，我相信妳姐姐也是，可以看看妳姐姐的照片嗎？」

秀姸開始覺得有些古怪，原本以為愛娜約她出來，一定是關於賈家的事，就算不是，也應該跟那個匣子，又或者周肇鋒有關，畢竟跟愛娜只見過幾次面，她們之間的聯繫，完全就靠今次這起無頭命案所串連。

然而，出乎意料，愛娜只是一味問她的家庭狀況，隻字不提案件，她真的這麼有興趣知道別人的家事？

不過，既然不知她什麼葫蘆賣什麼藥，給她看看姐姐的照片也無妨，或者可以乘機觀察她的反應！

「她就是我姐姐，」秀妍拿出手機，打開一張照片，「旁邊這個就是我。」

今次愛娜表情沒任何變化。

「果然很漂亮，跟妹妹一樣，」愛娜看了一眼，把手機還給秀妍，「兩姐妹都這麼美麗，相信妳父母，或者妳的祖父母，一定都是俊男美女。」

「這個我也不清楚，反正沒見過他們。」秀妍有點不開心地說。

「妳沒有他們的舊照片嗎？」愛娜問，「看看不就知道了。」

「我沒有父親那邊的照片，至於母親……」

秀妍警覺地閉上嘴，瞪大雙眼，反盯住愛娜。

她一直反覆問我的家庭背景，不是出於純粹好奇或愛管閒事……

她是在打聽我……同時也打聽我的家人……

她正調查我……

「愛娜姐，為什麼妳……對我的家事……這麼感興趣？」

傳來的是一陣爽快的笑聲。

「秀妍妹妹，妳跟笑婆婆，到底是什麼關係？」

愛娜突然改變話題，扯到笑婆婆來了，秀妍完全不懂對應之際，手機喵了一聲，是姐夫發來的短訊。

「對不起，愛娜姐，我先回覆姐夫。」

文軒問她跟愛娜傾完沒有，秀妍快速打了幾隻字，說愛娜姐很古怪，老是問家事，詳情今晚談。呀！不如叫家彥昕涵一起來，他們也需要知道愛娜姐的古怪。

我正跟愛娜姐下午茶，有新發現，今晚來我家再開會！

發訊息給兩人後，秀妍抬高頭，看見愛娜正耐著性子等自己，她還在期待剛才問題的答案。

秀妍心想，我和姐姐跟笑婆婆的關係千絲萬縷，如實說出來一定牽涉到詛咒的事，這個當然不能告訴愛娜知道，但避重就輕的話，還是有一部分事實，可以坦白說出來。

「姐姐小時候，是笑婆婆照顧的，婆婆視她如自己女兒，看著她長大。」秀妍低下頭，「姐姐已經不在了，婆婆很傷心，就好像親生女兒過世一樣，所以我跟姐夫經常去探望她。」

愛娜的眼角再次跳了一下，這是今日第二次。

「笑婆婆為什麼會照顧妳姐姐？妳們跟婆婆是親戚？」

秀妍心想，這個不方便說，說出來就穿幫了！

「還是……她認識妳們兩姐妹的母親？」

愛娜突然將身子向前傾，胸口幾乎把枱面那杯紅茶倒翻，她眼神嚴肅地對秀妍說。

「我想看看妳母親的照片，這件事……」

秀妍手機再次喵了一聲，今次發訊息的是家彥，秀妍看了一眼，整個人馬上彈起來！

「雯雯……雯雯她……失蹤了！」

回到村子後，「我」努力嘗試忘記他，可是，每逢夜闌人靜，淚水就沒法控制，雙腳會不自覺地走出屋外，坐在那塊空地上，一個人發愣到天亮。

不知從那時開始，彭先生坐在「我」旁邊，每晚陪著「我」，他說擔心「我」會做傻事，「我」叫他不必擔心，因為，「我」連自殺的能力也沒有！

之後兩年冬天，「我」重新過著孤獨的生活，這本來才是「我」的命，潘華的出現是個意外，「我」不應該對愛情存有幻想，更不應該為他付出真心，「我」目前要做的事，是儘快忘記他，而忘記他最好的辦法，是離開這個地方。

當「我」把搬家的決定告訴彭先生時，他臉上露出失望的表情，但他仍然盡心盡力幫「我」收拾要搬走的物品，孩子們哀求「我」不要走，大春已經六歲，懂事了，知道「我」搬走後不會再回來，四歲的夏蓮，似乎也意識到平時照顧她的姐姐將要離開，兩人拉住「我」的手，不停地哭，懇求「我」留下。

「我」有點心軟了，不知該如何是好，就在這時，飽受病魔折磨的彭夫人，去世了。

彭先生很傷心，忙於幫妻子辦理身後事，小孩再次交由「我」照顧，「我」每晚就坐在彭家的飯廳，給他們講故事，大春及夏蓮再次哭求「我」不要走，「我」望住他們通紅的雙眼，內心突然一陣刺痛，他們已經沒媽媽了，如果連「我」也走了，彭先生一個人能夠帶住三個孩子嗎？三個孩子會否因為沒有媽媽而學壞？

「我」對「我」的改變感到驚訝，到底是從那時候開始，「我」學懂關心人？學識照顧人？「我」不知道，「我」只知道這一刻，「我」不能放下彭先生一家人不管。

「我」將「我」決定留下來的消息告訴彭先生，他臉上總算擠出一絲笑容，自妻子去世後，這幾天他消瘦了很多，憔悴得不似人形，但他仍然勉勵「我」要向前看，以前的事，傷心完就過去了，

「我」如是，他也如是。

漸漸地，「我」發覺跟他的距離拉近了。

之後一年，「我」繼續在村裡生活，繼續住在彭先生隔壁，他也回復昔日的健康，不再因為妻子的離世而難過，三個孩子也愈長愈高，「我」很慶幸去年留在村子的決定。

在這一年間，「我」愈來愈了解彭先生，愈來愈被他的人格魅力吸引，樸實無華，忠誠老實，愛家庭愛孩子，「我」發覺，「我」待在他家的時間愈來愈久，每晚會跟孩子一起等他回來，那份期待的心情，「我」最初也弄不清楚是什麼一回事，直至那一晚，當所有孩子睡著後，彭先生跪在「我」面前，向「我」求婚。

「我知道，我結過婚，帶著三個孩子，環境也不算富裕，配不上妳，可是，我會將我所有最好的東西都給妳，這是我對妳的承諾。」

「假如妳願意的話，希望妳……能做我的妻子。」

他遞上一隻戒指，溫柔體貼地套在「我」左手無名指上，「我」感動得流下淚來，點點頭，應承了他。

「我」從未想過，「我」這隻原本應該孤獨終老的怪物，竟然可以先後經歷兩段愛情，其中一段更修成正果，「我」對於「我」目前的幸福，既意外，亦滿足。

由那一晚開始，「我」改以國新稱呼他，三個孩子都很開心，我們一家人從此一起生活，「我」住的那座屋子，也按國新意思，跟彭家合併，中間用木板及磚頭砌成一條有蓋戶外走廊，把兩戶打通，然後把所有人的睡房，搬到「我」這邊來，這樣，兩間屋子各自的空間會更大一些，方便迎接新生命的來臨。

對！就在跟國新結婚後翌年冬天，「我」誕下彭家第四個孩子，是個女兒，我們為她取名佟兒。

那一年，是一九五四年，「我」當時廿二歲，國新三十二歲。

家裡添了一位新成員，三個孩子開心到不得了，但最興奮的卻是國新，他經常抱著佟兒，在家裡團住客廳團團轉，又或者在那條剛建好的長走廊來回奔跑，看見國新那副喜形於色的孩子笑臉，「我」突然覺得，自己是世界上最幸福的女人。

但「我」知道，「我」並沒有得到真正幸福。

首先是佟兒，她出世時沒有哭，也沒有笑，每次望住人時，一對大眼睛圓溜溜地盯住人家，木無表情，看見她這副模樣，「我」知道最不想發生的事，終於發生了。

「我」身上的詛咒，已經遺傳給她。

這就是「我」為什麼堅持孤獨終老的原因，這個詛咒，是會一代傳一代，「我」母親如是，「我」如是，現在輪到佟兒，倘若佟兒將來也選擇結婚生子，她的後代，也會一直繼承這個詛咒。

本來應該由「我」來斬斷詛咒的禍害，但現在「我」卻因為貪圖愛情及家庭所帶來的短暫幸福，把這個長遠責任推卸給佟兒，「我」自知詛咒會遺傳，也照樣傳宗接代，「我」太自私了！

但最令「我」意想不到的，是誕下佟兒後，發生在「我」身上的變化。

「我」身體開始虛弱起來，精神也愈來愈萎靡，很多時候，「我」會突然急性頭痛，全身發冷，有時甚至四肢抽搐，心跳加速，好像要休克似的，這些症狀，通通都是在生下佟兒後發生，很明顯跟詛咒有關，但「我」最初仍然拒絕相信，只認為是母親生產完第一胎後，慣常出現的身體不適，直至有一天……

「我」在厨房切菜時不慎切傷手指，血流不止。

「我」實在不敢置信，為了進一步證明，「我」拿起一把生果刀，往自己大腿上刺了一刀……

當晚「我」被送進醫院，「我」跟國新說，是自己不小心弄傷的，「我」從沒向他透露過詛咒的事，佟兒的遺傳更加絕口不提，因為「我」覺得，告訴他並不能幫「我」從詛咒中解脫，反而多了一個人為「我」擔憂，既然如此，不如不說。

看來這個詛咒，已經離「我」而去，遺傳給佟兒了，如無意外，國新很快就會發現，佟兒是不會受傷，不會因外來之力而死去，理論上，她擁有不死之身，直至……她把這個詛咒，傳給她的孩子，又或者，孤獨終老為止。

「我」的身體狀況急轉直下，在誕下佟兒後短短一年間，整個人虛弱得像個老太婆，然而「我」卻只有廿三歲。至此，「我」終於看清這個詛咒真正可怖之處：當妳想了結生命終止詛咒，它讓妳死不得！但當妳屈服於詛咒遺傳下一代，它卻要妳馬上死！

老天爺，「我」一生從沒做過虧心事，為什麼要這樣待「我」？

這一年間，看見自己逐漸變得骨瘦如柴，面黃膚黑，「我」知道自己死期將至，「我」握住國新的手，見到他欲言又止的嘴巴，好像有說話想跟「我」說，但最後還是把話吞下去，強忍不說，不重要了！國新，以後佟兒就辛苦你了。

「我」用盡最後力氣撐起身子，把三個孩子抱入懷中，大春長得很似他爹，夏蓮漸見美人雛形，秋雁調皮機靈又活潑，「我」……實在捨不得你們……

但「我」知道，即使肉體死了，「我」的精神，仍然會留在你們身邊。

「我」望向國新，手上抱住不滿一歲的女兒。

對嗎，佟兒？

碧眼少女的故事　悲傷的終焉

一九五五年冬

大哥：「好……今次這個比上次那個舒服得多……阿雁……幹得好！」
三妹：「當然了，我可是花了很多工夫，才把他勾引過來。」
二姊：「大哥秋雁，你們躲在洗手間做什……哇呀！！」
三妹：「噓！小聲點！」
二姊：「這個……這個倒在地上的人是誰？」
三妹：「他喔？妳猜猜？」
二姊：「我怎會知……咦……大哥你？」
三妹：「姐姐，妳終於發現了！大哥的新頭顱，好看嗎？」
二姊：「這……這個……你們……」
大哥：「阿蓮！阿雁的方法真的有效啊！原來頭顱跟身體結合，並不需要同一個人，我的身體可以自由跟其他男人的頭顱結合，妳看！這個男人的頭，套在我的頸項上剛剛好……」
二姊：「大哥，可是你的樣子……」
大哥：「不像大哥，對嗎？因為頭是別人的，樣貌也是別人的……不過很奇怪，我仍然保留我的記憶，但明明腦袋已經換了……」
二姊：「但你這樣怎麼出去見人！」
三妹：「放心吧，姐姐，頭顱慢慢就會變回大哥的樣子，上次那個不正是這樣！」
二姊：「上……次！？」
三妹：「對啊，今次是第二次了，上次那個，姐姐不也是沒發現大哥樣子變了嗎？」
大哥：「是啊！阿蓮，大約過兩三天，大哥本來的樣子就會恢復，只不過，上一個頭顱用了只有一年，希望今次這個用得久一點，否則又要找男人替換了。」

二姊：「你們……你們怎可以這樣做！這是殺人！殺人啊！為什麼你們可以說得這麼輕鬆？」

三妹：「唉，對嗎，大哥？我都說不能被姐姐發現，她一定反對我們這樣做。」

二姊：「當然反對囉！妳知道妳在做什麼嗎？殺人啊！秋雁，妳何時變得這麼……殘忍？」

三妹：「姐姐，妳先看看妳自己再說。」

二姊：「什麼？我？」

三妹：「姐姐應該比我更清楚吧，妳的樣貌依然美麗，但身體卻一日一日萎縮，皮膚一日一日枯竭，看！正如兩年前我所說的，妳現在已經比我矮了！這是因為妳堅持做一個正常人，不肯將頭顱跟身體分離，這就是代價！」

二姊：「……」

三妹：「姐姐這兩年都愛穿長袖衫褲，每次出外都小心翼翼整理衣服，為什麼？因為妳怕別人看見妳的皮膚，妳自己心裡難過，我看在眼裡更難過，姐姐樣貌是這麼美麗，為什麼身體卻像枯乾的樹木一樣！姐姐，我們已經不能回頭了！詛咒已成，與其反抗令自己受苦，倒不如順從詛咒，按詛咒賦予我們的新生命，一切重新開始。」

大哥：「阿雁說得沒錯，這幾年來，我們不是一直尋求破咒之法嗎？但結果如何？阿蓮，大哥也不想這樣做，但以目前詛咒的情況來看，男人的頭顱，女人的身體，兩者會不斷萎縮，只有換頭換身體，才能有一線生機。」

三妹：「其實想深一層，這個詛咒真是別有玄機喔！萎縮的只是男人的頭和女人的身，不受影響的是男人強壯的身體和女人美麗的臉蛋，只要我們不停地換頭顱，換身體，我們三個，不單可以青春常駐，還可以得到永生！妙啊！」

二姊：「我不要……我不想這樣……」

大哥：「阿蓮，我知妳不忍心殺人，但大哥也不忍心見妳的身體受苦，我跟阿雁已經商量好，殺人斬頭的事，交給我們來做，找到合適身體後，妳只要把頭換過去就行。」

二姊：「不行……你們為我殺人……跟我親手殺人有什麼分別……我不能……佟兒？妳為什麼過來了？快離開這裡！」

三妹：「呵呵，我們的好妹妹來了，怎麼樣，地上那具屍體，怕嗎？」

四妹：「不怕。」

二姊：「佟兒，不要來這裡，這個人……是我們三個哥哥姐姐幹的好事，與妳無關，記住！妳跟我們不同，妳是正常人，要過正常的生活！」

四妹：「我不是正常人。」

大哥：「佟兒，我們三個的狀況，妳都很清楚，我們這樣做也是逼於無奈，妳千萬不要報警，要不然妳三個哥哥姐姐，就會被捉去做研究了。」

四妹：「你們的事，我沒興趣理會，更加不會干涉，你們繼續吧，我只是來洗手。」

三妹：「妹妹真是有意思！平常人見到我們一定嚇得半死，她卻一點反應都沒有，還那麼鎮靜一起生活了這麼多年，難怪父親生前最疼惜就是妳喔，有趣！」

大哥：「阿蓮，剛才說的事，就這麼辦吧，我的頭已經換了，下次就替妳找個身體……」

二姊：「不行……要我佔據另一個陌生女人的身體……我覺得很噁心……」

三妹：「姐姐，反正我喜歡在空中自由自在飛翔，我的身體，就給妳吧！這樣妳就不算殺人，也不會感到噁心了吧？我這幾年經常頭身分離，身體保存得很好，就算姐姐妳堅持以正常人姿態生活，相信這副身體，還可以撐幾年。」

大哥：「可是，阿雁妳把身體讓給阿蓮，那誰人幫我引誘男人回家？這兩次都是靠妳才能成功，總不成要我拿著斧頭在大街上找對象吧？」

三妹：「這個嘛，以後就要靠姐姐了，姐姐比我還漂亮，將來一定可以勾引很多英俊的男人前來，對嗎？」

夏蓮的回憶片段　無止的殺戮

一九六六年春

34

漆黑的夜空不帶半點星光，月亮嬌羞地躲進雲層裡去，昏黃色的街燈映照出兩個焦急的身影，家彥帶著秀妍，來到雯雯承繼的房子前面。

當發現雯雯失蹤後，家彥第一時間通知秀妍、昕涵及文軒，秀妍剛好跟愛娜在一起，所以便順道告知她，大家馬上分工合作，家彥和秀妍去雯雯平常會去的地方搜尋，文軒跟愛娜則負責聯絡她的朋友及親戚，並致電老人院看看她有否跑去找笑婆婆，昕涵表示有重要事情正在處理中，遲些才加入搜索行列。

「你肯定她在這裡，家彥？」

「不肯定，但所有她能去的地方都找過了，只有這兒未找。」

「這座就是雯雯承繼的神祕房子？」秀妍仔細觀察，「外表雖然有點陳舊，不過地方好像挺大的。」

「是啊，地方很寬敞，」家彥點頭，「昨晚我跟雯雯就是在裡面吃飯，來，這邊！」

家彥指示秀妍來到大門前，轉轉門把，鎖上了。

「看來我們要找另一條路進去。」

家彥邊說邊探頭往房子裡張望，他先望一樓，然後抬頭望向二樓其中一間睡房。

「秀妍妳看到嗎？」家彥指了指二樓睡房，其中一扇窗打開了，「這個房間沒裝窗花，外牆水渠又剛好在旁邊，我沿著水渠往上爬，進屋後開門給妳！」

「家彥，這裡太黑了，萬一你踏錯腳，整個人就會跌下來。」秀妍望住家彥擦傷的手臂，內疚地說，「而且你手臂今早……被我弄傷了，我怕你不夠力抓實那些水渠。」

「放心，小意思，」家彥把手機遞給秀妍，「妳站在這兒幫我把風，我不想被人誤當是賊子。」

家彥望望二樓睡房，其實只有兩層樓高，水渠粗大得來又結實，踏上去比爬樹還要安全，果然不消半分鐘，家彥已經爬到房間旁邊，一個魚躍跳進房內，他站在窗前指示秀妍回到大門口，然後把窗關好，跑到樓下客廳。

「雯雯在嗎？」秀妍一進門便問。

「我們分頭找吧，」家彥把所有燈亮了，「我找一樓，秀妍妳找二樓。」

秀妍急步跑上二樓，家彥也在一樓開始搜尋，但沒發現雯雯蹤跡。

「二樓沒有人，她到底躲哪裡去了？」秀妍回到一樓，面露擔憂神色，「家彥，你再想清楚，還有沒有其他地方，雯雯可能會去？例如這座房子有沒有地下密室？又或者附近……」

「啊呀！」家彥大叫一聲，然後拍拍自己的後腦。

太大意了！這麼明顯的事怎麼忘了！

「秀妍，跟我來！」

家彥跑進廚房，打開後門，迎面而來的是一陣撲鼻的草香。

「雯雯承繼的財產，除了房子，還有這片荒廢了的農地。」家彥用手指了指前方，農地遙遠的另一端，「那邊，還有一間小屋子，雯雯說過，那間屋子是鎖著的，用來放沒用的雜物。」

「這就對了，」秀妍啪了一下手指，「鎖著的一定有可疑，快，快過去。」

兩人穿過農地，蹣跚地一步一步向前走，天很黑，路難行，以為近在咫尺的小屋，原來是要繞個圈子，左轉上斜坡才能抵達，結果肉眼看上去只需兩分鐘的路程，花了整整十分鐘，才來到小屋前面。

家彥循例轉轉門把，出乎意料地，門沒鎖。

「雯雯她，真的在裡面！」家彥一邊說，一邊打開手機電筒，「這裡我上次沒來過，秀妍妳記得跟在我後面，不要走散。」

秀妍點頭，家彥開始在屋內四周照照，小房子原來一點也不小，甚至比想像中大。

他們站立的門口位置，看上去好像是飯廳，因為中間放了一張長方形餐桌，不過這個飯廳現時已被各式各樣的雜物塞滿了。

家彥秀妍往前走了兩步，發現飯廳旁邊，是一個小花園，栽種了很多灌木類植物，地上還鋪滿沙子。

他們繞過花園，繼續往前走，來到一處像起居室的地方，這裡放了幾張椅子、一張枱子及一張沙發，而在沙發旁邊……

有一扇桃木製的門……

「家彥……這裡……為什麼這裡……」秀妍指住那扇門，驚訝得張大了嘴巴。

家彥沒說什麼，走過去那扇桃木門前，輕輕推開。

門後面，是一條長長的木製走廊……

「看來我們，正式進入故事的世界。」

35

「喔，沒來過嗎？那麻煩你們，假如見到她，請第一時間通知我，謝謝。」

愛娜放下電話，向文軒搖搖頭。
看來雯雯沒去過老人院，那她到底去哪裡了？
文軒把剛才放在飯枱上涼了的茶倒走，再沖一杯熱的，放在愛娜面前，她一踏入文軒家裡，馬上坐在靠近飯廳的椅子上，拿起手提電話就撥，已經兩個小時，一滴水也沒沾口。
跟家彥說好，由文軒他們負責致電雯雯相熟的朋友和親戚，這個愛娜最擅長了，她有一長串電話名單，但她需要文軒幫手，而為了能夠在安靜的環境下專心致電，她建議上文軒家。
愛娜來到後，二話不說馬上從手機抄下部分電話號碼，交給文軒，就這樣，兩人合共打了幾十個雯雯可能會聯絡的親戚朋友，可是，沒一個知道雯雯下落。
「雯雯似乎是有意避開所有人，」文軒把手機放在沙發上，對愛娜說，「她根本沒打算跟任何人聯繫。」
「我知道，」愛娜的聲音依舊冷冰冰，「我現在只是想確認她沒聯繫過的人，這樣，我就能推測她到底去了哪裡！」
「咦，」文軒不明所以，「尹小姐的意思是……」
「雯雯最近有很多煩惱事，」愛娜解釋，「每一件煩惱事，都可以跟不同的人連繫起來，例如仲德的死，她有可能會找親戚，或者仲德的朋友哭訴，但假如雯雯沒有找過他們，就證明雯雯現在並沒有為哥哥的死而煩惱。」
「按照這個道理，用排除法，把她沒聯繫過的人一個一個排除，我就能知道她到底在煩什麼事，知道她煩什麼事，就能判斷她去了哪裡。」
「雯雯還有其他煩惱事？我一直以為她是因為哥哥的死而失蹤。」文軒好奇，「那麼這些所謂煩惱事，又是什麼？」

愛娜沒有正面回答，反而問了另一個問題。

「徐先生，雯雯失蹤前，最後見過的人是秀妍及家彥，他們有跟你說過什麼嗎？」

「沒有，本來我打算問秀妍了，但妳又突然要求單獨見她。」文軒一臉委屈的反問，「對了，剛才妳跟秀妍下午茶，沒直接問她嗎？她剛跟雯雯回來，應該會談及這個話題才對！」

「我跟秀妍，有更重要的事討論……」

愛娜把頭別過去，站起來，伸伸懶腰，然後往客廳一張小茶几方向走過去。

茶几上面，就放了那個紅黑色匣子。

自從昨日酒店會議結束後，文軒為了平息家彥跟肇鋒的爭執，充當和事佬，把匣子帶回家中，結果便一直放在這裡。

「這個匣子，妳上次在酒店也見過，」文軒跟在愛娜身後，「看來看去也只是一個普通匣子，完全不覺得它有什麼特別。」

「上次姓周說的那個方法，你試過嗎？」

文軒眨了一下眼睛，抓抓頭，然後一臉尷尬。

「坦白講，不敢！」文軒難為情地說，「人有時真的很矛盾，當你作為旁觀者置身事外時，往往能夠大大聲說這個方法根本不可信，但當要你親身體驗時，你又會懼怕萬一真的發生了，那我可怎麼辦！」

「我沒有家彥那份勇氣，亦覺得毋須這樣做，要證明匣子是否真的能把人頭摘下來，我相信還有其他方法。」

愛娜沒有作聲，一隻手撫摸匣蓋，另一隻手仍然緊握電話。

「這個……尹小姐，我們不繼續打電話了嗎？」

「不必了，打了那麼多電話都找不到她，按照我剛才說的排除法，我大概已經知道，雯雯正在煩惱些什麼！」

「那妳知道她人在哪裡嗎？」

手機鈴聲突然從沙發那邊傳過來，是文軒的，他遠遠瞄了一眼，來電顯示是秀妍。

「啊！是秀妍！他們一定……」

事情發生得既突然又意外，令文軒完全沒有防備。

當他轉身想接聽秀妍電話時，後腦突然遭受沉重的一擊，他還未弄清楚發生什麼事，頸背已傳來一陣劇痛，接著眼前變得一片昏黑，耳朵發出嗡嗡的耳鳴聲，意識亦漸漸變得模糊，雙膝一鬆，整個人便軟弱無力地，向前倒在地上。

就在快要陷入昏迷前，文軒隱約看見愛娜從自己身後走到門口，打開門，頭也不回，施施然離去。

她走的時候，雙手捧著那個匣子。

36

把車子停泊在路口，昕涵沿著小路摸黑前進，路上偶然聽到從遠處傳來的狗吠聲，亦聽到藏在小路兩旁草叢中的蟲叫聲，她邊行邊想，三哥你該不會耍我吧？

自從半強逼若思跟蹤周肇鋒後，昕涵繼續開車跟貼淵澄，路程中接到表哥電話，說雯雯失蹤了，可是昕涵目前不方便走開，唯有對表哥說，稍後再同他們會合。

只不過，淵澄並沒有如預期般，跟其他可疑人物見面，反而驅車和短髮女人回到自己家，然後……就再沒有出過來，這個女人，相信只是二哥的另一名玩伴。

昕涵嘆一口氣，正想打電話跟表哥會合時，若思有發現了！

若思說，他一整天尾隨姓周的，最終來到西貢北潭涌附近一處僻靜地方，那裡有一間外牆塗上紅漆的村屋子，姓周的推門進去後就沒有出來，到現在還在屋內。

那處位置鄰近萬宜水庫，地點相當隱蔽，周肇鋒去那兒到底想幹什麼？一定有古怪！反正二哥這邊找不到線索，調查周肇鋒或者會有新發現，於是，她吩咐若思繼續在門口監視，直至她來到為止。

可惜，昕涵忘記了自己是個路痴，即使開了衛星導航，即使打開了地圖，她還是找不到正確方向，結果跌跌碰碰，天也黑了，才來到目的地。

若思跟昕涵通了一次電話後，就沒有再打過來，三哥該不會等得不耐煩，自己走了吧？昕涵沉著氣，繼續沿唯一的小路向前行，幸虧屋子外牆漆上紅色，她老遠便一眼認出來。

咦？三哥呢？昕涵沒發現若思在附近，真的自己走了？由得他吧，他發現周肇鋒的行蹤，已經算是立大功，昕涵沒有理三哥，靜悄悄走近屋子。

屋子很小，只有一個門口，一個窗子，但窗子沒有窗簾，裡面又亮了燈，昕涵從窗外可以清楚看見屋內的情況。

屋內放了一張大圓枱，兩張椅子，一個貯物櫃，枱上有一部手提電腦及一疊舊報紙，報紙堆得足有半個人高，幾本厚厚的書散亂地放在四周，其中一本封面對住窗外，書名是《東瀛怪異傳說》。

周肇鋒不在屋內，奇怪！他跟三哥去哪裡了？啊啊！明白！一定是周肇鋒晚上出門，三哥盡責地繼續跟蹤他，所以現在兩人都不在這兒。

這真是個好機會，昕涵嘗試把窗打開，想爬入屋內，可是窗關得牢牢的，正當她灰心失望時，她望向門口方向……

一條鑰匙就放在門口地上，而門下的隙間是很闊的……

昕涵走到門前，隨手拾起一支樹枝，伸入門下隙間，輕易地把鑰匙勾出來，她馬上嘗試開門，成功！

但為什麼大門鑰匙就這麼顯眼地放在門口地下？雖然覺得可疑，但她心想，趕快看完電腦裡面的資料馬上就跑，應該沒有什麼危險。

她打開電腦，祈求沒有密碼上鎖，電腦很快就進入操作頁面，太好了！她馬上查看裡面瀏覽過的資料……咦！地圖？

電腦顯示一張西貢地圖，當中包括萬宜水庫，與及昕涵身處這間村屋的位置。

唉！又是地圖！昕涵看看還有沒有其他瀏覽過的資料，但除了地圖外，瀏覽紀錄一片空白。

昕涵將注意力轉移至那疊舊報紙上，她隨手翻了幾張來看，都是一九五零至六零年代，關於爛泥灣村的報導，所寫的都是這條村子在沉沒前，村民的生活日常及事蹟。

最後昕涵把那幾本厚厚的書翻了幾頁看看，除了剛才那本《東瀛怪異傳說》外，枱面還放了兩本，分別叫《人體的奧義》和《身體所能承受的痛》，貯物櫃上有一本《不死傳說》，昕涵心想，這個周肇鋒果然是個變態。

最後一本，放在遠遠的一張椅子上，昕涵走過去拿起，書名叫《謎之伊邪那神社》。

伊邪那神社……這個名字……有點耳熟……在哪裡聽過？

後面傳來腳步聲，是皮鞋踩在泥地上的聲音，昕涵本想找個地方躲藏，但太遲了！那個人已經來到門口，她以為是周肇鋒回來了，深呼吸一口，然後轉身打算跟他對質……

一個陌生男人站在她面前。

男人大約三十歲上下，樣子有點像日本人，一身西裝及皮鞋都是名牌貨，皮鞋更擦得閃閃發亮。

「祝小姐，初次見面，幸會。」男人操一口流利本地話，「請容許我自我介紹。」

他向昕涵禮貌地微笑，鞠了一躬。

「我的名字，叫伊藤京二。」

對的，媽媽！

我知道，妳的肉體雖然死了，但精神仍然陪伴在我們身邊，至少，在我的記憶中，妳永遠是我最愛的媽媽。

只是，妳忘記了一點……

我是我，不是妳。

我有自己的思想，自己的意識，自己的性格，我不是妳，也不是妳的附庸。

所以，我跟妳最大的分別，就是做人處事方式，我，彭佟兒，不會像媽媽妳這麼懦弱，也不會像媽媽妳這麼感情用事。

我身上這個詛咒，就由我來把它斷絕吧！

自出世開始，我已經知道我所背負的使命，若要打垮命運，唯有鐵起心腸，斬斷情根，最好，連親情也一併割捨。

因此，對於爸爸及三位兄姊，從小到大，我都告誡自己，千萬不能投放感情，千萬不能對他們存有憐憫及關懷之情，要跟他們保持一段距離，直至我年滿十八歲，能夠獨立出來社會做事，我便會離開他們。

有一件事，媽媽，在妳臨終之前，爸爸仍然沒親口跟妳說，我知道妳已察覺了，請原諒他到最後還是把話吞下去，強忍不說，因為他不想妳在離開這個世界前，仍然想起那個曾經傷透妳心，有負於妳的人。

潘華，妳的舊情人，在妳離世前兩天，發瘋死了！

根據當年報紙報導，潘華於深夜時分，在他家裡，拿起兩把西瓜刀，把熟睡中的妻子、岳父、岳母和兩個傭人的頭顱，全部割下來，死狀淒慘，之後潘華雙手持刀，滿身鮮血走在街上，被路過的警員喝止，他舉刀欲斬，最終被警員開槍擊斃。

他的八歲兒子潘安俊倖免於難，全靠躲在衣櫃裡，藏在一堆衣服及匣子後面，奇跡地逃過一劫，在悲劇發生後，一位住在上環的潘姓遠房親戚，表示願意收養他，這對夫婦沒有兒女，經濟環境也不錯，安俊從此便跟著親戚過新的生活。

潘華為什麼會發瘋？報紙沒有提到，但這件事發生之後大約一星期，爸爸收到潘華寄來的一個包裹，聽聞是他發瘋前寄出的，爸爸收到後，馬上把包裹拿入房中，不論哥哥姐姐們如何努力，也未能窺見那份包裹裡到底是什麼東西！

以上發生的事情，都是我長大後暗中打聽才知道的，畢竟案發時，我只有一歲，對於潘華的死，本身並沒有印象。

隨著我漸漸長大，思想漸漸成熟，以後發生的事，我開始懂得透過日常觀察而把事情牢牢記住，也開始明白凡事皆有因果，例如……爸爸的死……

自收到包裹那天開始，爸爸便經常一個人坐在飯廳獨酌，久而久之，身體也開始變差，精神也沒有從前的好，就在媽媽妳過身後四年，當時只有五歲的我，看見有警察上門，才知道爸爸今早打魚時，失足墮海，溺死了。

爸爸向來是游泳健將，想不到竟會葬身大海，到底是否這四年間晚晚酗酒，結果把身體拖垮了？我不知道，亦沒心情去追究，我對自己說過，絕不為親人投下感情，他出殯那天，我沒流過一滴眼淚，哥哥姐姐問我為什麼不哭，我騙他們說，因為太過傷心所以哭不出來，哥哥姐姐並不知道我身上的詛咒，而我亦沒打算告訴他們。

就這樣，大哥取代爸爸的地位，成為一家之主，讀書工作兩兼顧；二姐則變成媽媽，負責家裡一切大小事務；三姐最閒，什麼事都不管，整天跑到外面玩；至於我，最喜歡獨個兒呆在房中，靜靜地回想過去發生的事，心裡默默倒數，希望十八歲早日到來。

我們四個渡過了第一年沒有父親的日子，彼此生活尚算融洽，大哥二姐很疼惜我，他們常常說，媽媽妳以前經常拖著他們去上學，帶他們去遊樂場玩，陪他們讀書寫字，把他們當成自己親生子女看待，所以現在媽媽的親生女兒，就輪到他們去守護和照顧，這叫做投桃報李嗎？我感覺到，大哥和二姐真的很喜歡妳！

至於三姐，其實也不算對我差，只是沒有大哥和二姐好，她常常埋怨大哥二姐偏心，有好吃的好玩的一定先讓給四妹，但我知道她並非真心妒忌，只是想撒撒嬌而已，這也難怪，媽媽妳照顧三姐時，她年紀太小，不記得妳的好，待她長大後，媽媽妳又已經不在，相比起大哥二姐，三姐從沒感受過母親的疼愛，或者正因如此，才會造成她比較狂妄輕蔑的性格。

媽媽，我知道妳最大的心願，就是看著我們四個平平安安，快快樂樂的成長，這是妳的優點，也是妳的缺點，妳太心軟了，我說過，我活著並不為任何人，他們待我雖好，但我可不會為了他們三人，放棄我原本的責任，畢竟我是一隻怪物，而他們是正常人……

……正常人……正常人……在那天之前……他們的確是正常人……

…………

媽媽，對不起，妳的心願落空了，我們四個，再也不能平平安安，快快樂樂的成長……

我永遠記得……那一天……是一九六零年的夏天……

當他們把匣子帶回家中……

憶之痕　佟兒的故事

一九六零年夏

四妹：「二姐！妳想清楚沒有？」
二姊：「嗯。」
四妹：「妳現在這個狀況，根本沒可能和男人在一起！」
二姊：「噓！別這麼大聲，大哥秋雁他們會聽到的。」
四妹：「你們拍拖多久了？」
二姊：「兩……兩年左右。」
四妹：「二姐，為了妳好，也為了那個男人好，分手吧。」
二姊：「我……做不到。」
四妹：「做不到也要做，這件事遲早會被大哥及三姐知道，他們知道後一定要妳把男人帶過來，大哥換頭顱的時間快到了，妳身邊這個男人，正好派上用場。」
二姊：「其實本來……我是想學秋雁，把這個男人勾引過來，讓大哥換頭顱的。」
四妹：「結果，弄假成真，妳愛上他了。」
二姊：「佟兒，我也不知道為什麼會這樣，秋雁教我的一套，我完全做不來！」
四妹：「這是因為妳太易動情了，二姐。」
二姊：「我真的很愛他，很想跟他在一起，佟兒，妳說我該怎麼辦？」
四妹：「先不理大哥三姐那邊，二姐，妳已經不是正常人了，妳認為妳可以跟他長相廝守嗎？」
二姊：「他說過，無論我變成什麼模樣，他都會愛我。」
四妹：「騙人的！男人個個都嘴甜舌滑，妳知道我媽媽以前……算了，不提了，總之，當他發現妳的真正模樣時，他一定會拋棄妳。」
二姊：「可是……我實在捨不得他。」

四妹：「二姐，聽我說，三姐的身體終有一天會枯萎，那個男人到時一定被妳嚇得魂飛魄散，他不會對妳真心的，況且，大哥及三姐一定會幫妳找到合適的身體，這樣妳就可以一直以正常人的姿態生活下去，二姐妳根本不習慣單獨用頭顱生活，我不想看見妳受苦。」

二姊：「佟兒，妳何時變得這麼關心我？妳不是一直對我們愛理不理嗎？」

四妹：「我……我哪有關心妳……」

二姊：「佟兒，謝謝妳，我跟阿俊之間該如何做，我會好好想想，也請妳暫時幫我保守祕密。」

四妹：「阿俊？他叫阿俊……二姐，他全名叫什麼？」

二姊：「潘安俊。」

四妹：「……」

二姊：「做啥？妳認識他嗎？」

四妹：「二姐，以前爸爸有一位朋友，打仗的，曾經在這裡作客，住過半年時間，他還跟我媽媽……妳是否有印象？」

二姊：「爸爸一位打仗朋友？沒印象，佟兒，妳所指到底是誰？」

四妹：「等等！我記起了，那年是一九四六年，大哥才剛出世，二姐妳更不用說，難怪妳沒印象。」

二姊：「佟兒，妳自言自語在說什麼？」

四妹：「沒有……沒有什麼……」

二姊：「……」

「阿俊，你是愛我的。」

夏蓮的故事
一九六八年春

37

秀妍站在桃木門前，撥了兩次電話給文軒，沒人接聽，她撅著嘴，心想姐夫去哪裡了？沒法子啦，先進去再說。

她跟在家彥身後，亮起手機燈光，小心翼翼一腳踩在走廊的木地板上，她本以為會發出咯吱咯吱的響聲，然而木板比想像中結實。

「家彥，這裡的地板……」

「對，很硬很堅固，相信建好了只有幾年。」家彥用鞋跟敲敲地板，發出清脆的蹬蹬聲。

「即是說，我們並沒有跌入時光隧道，穿越過去，回到一九六八年的爛泥灣村？」秀妍感到有點失望。

「傻妹子，當然沒有，哪有這麼神奇！」家彥笑了一下，「這條走廊，還有剛剛我們經過的桃木門、起居室、中庭花園、飯廳，全是模仿當年彭家屋子而建成。」

「看看左手邊這排窗，還有右手邊這排房間，外表跟當年一模一樣，只是，用料仍然是現代的。」

他走近左手邊的其中一扇窗，仔細察看每一條窗框，然後把窗打開。

「鋁窗，不是六十年代的鐵窗，但顏色及造型均做到十分神似。」他一邊說一邊走向右手邊其中一道門，輕輕敲了兩下，將它打開，「門也一樣，多層複合門，不是六十年代的實木門，但門上的花紋雕刻，卻刻意保留那個時代的風格。」

家彥回到走廊中間，搖搖頭。

「負責設計的人，雖然已經把彭家屋子還原九成，但用料始終沒法完全配合，畢竟很多六十年代的材料，你現在想買也買不到。」

秀妍好奇，到底是誰這麼有心，把整間房子裝修成當年彭家的大宅？

「很明顯，就是那個把房子送給雯雯的神祕人。」家彥回答，「這些用料都很新，不會超過五年，而神祕人在四年前就把房子轉讓給雯雯的母親，換言之，他幾乎一裝修完畢，便馬上找律師辦理轉名手續，時間線對上了。」

秀妍望望四周，這裡的布置，跟故事中彭家屋子雖然一模一樣，不過還是欠了少少氣氛，若果按照故事描述，外面此刻應該雷電交加，橫風橫雨，今晚天氣雖然有點悶熱，但還未下雨。

啊！為什麼……窗外這個……

秀妍愣了，是自己看錯嗎？

不行，一定要證實一下……

秀妍突然急步走近那扇打開了的窗，望出窗外，窗外是個小花園，雖然黑漆漆什麼也看不到，但她仍然把手上的燈，往附近的樹木草叢照了一遍，然後……

她整個人爬出窗外，就好像故事中安俊逃生的情節一樣。

「秀妍！什麼事了！」家彥看見她這個舉動，嚇得馬上四處張望，「為什麼爬出窗外？」

秀妍沒有回答，她爬出窗後跳下地面，向前走了大概三米的距離，再用燈照照四周，然後回頭對家彥說。

「借燈一用，」她揚手叫家彥過來，然後指指前面的沙地，「照這兒！」

家彥照她吩咐，把燈照在秀妍面前的沙地上，秀妍放下手上的電話，跪下來，然後用一雙戴上黑色人造纖維手套的手，挖了兩下。

對了！是這種感覺了！這裡的環境，挖沙時姿勢，絕對沒錯！這片沙地，就是我在雯雯的回憶片段中，看見她挖出那個紅黑色匣子的地點！

一雙女孩子的手，不停在沙地上挖、挖、挖……

雖然回憶裡的影像是大白天，現在是晚上，但秀妍對自己的觀察力非常有信心，這裡的環境，跟自己見到雯雯挖沙時的情景吻合。

匣子埋在房子裡，而房子是雯雯的，回憶中見到一雙女孩子的手也是她的，種種證據證明自己的推斷正確：雯雯一直在說謊！匣子根本就是她自己挖出來！

秀妍坐在沙地上，雙手無力地攤在兩旁，我現在該怎麼辦？我到底應不應該，把這件事告訴家彥知道？

「秀妍，妳想挖什麼？」家彥也跪下來，「告訴我，我幫妳挖。」

雯雯為何要撒謊？是否另有苦衷？秀妍不知道，但她失蹤的事，可能跟匣子有關，不說出來，家彥永遠會朝錯誤方向調查，可是，一旦說出來，就會暴露自身詛咒的能力。

秀妍想了一會，決定還是先說出來，畢竟事關重大，倘若家彥問起自己為什麼會知道時，就隨便說一些他沒發現的證據，胡混過關。

「家彥，你有沒有想過，雯雯她……可能有事瞞住我們？」

秀妍說得很小心，只見家彥擺出一副狐疑的樣子。

「秀妍，妳為什麼會這樣說？雯雯一直都是受害者，她已將所有知道的事，通通告訴我們，還可以瞞住我們什麼？」家彥雖然有些困惑，但仍然面帶笑容望住秀妍。

「家彥，你聽住。」秀妍深呼吸一口，緩緩地說，「那個紅黑色的匣子，並不是如她所說，自動出現在這間房子裡，而是……」

「家彥哥哥。」

兩人身後突然傳來一把女聲，秀妍跟家彥同時回頭一望，只見雯雯站在走廊那扇開了的窗前，定睛望住他倆。

而在她身後，還站著一個男人……賈仲德！

38

昕涵後退一步。

這個男人……伊藤京二……就是爺爺以前……

「祝小姐，請原諒我遲來的拜訪。」伊藤再深深地鞠躬，「我應該在祝萬川過世後，馬上來找妳才對。」

「不准直呼我爺爺的名字！」昕涵正色地說，「我記得你，就是你，把詛咒帶來我家！」

「對，就是我，把財富和名利帶來妳家。」伊藤笑笑地說，「祝先生是個聰明人，他當年在生時的決定，奠定了祝家今時今日的地位，所以我相信，他臨終前的選擇，必定會令祝家的未來，更加日益壯大。」

「你……一直在監視我……監視祝家？」

「不完全是，」伊藤搖搖頭，「我挺忙的，有很多事要辦，之不過，對於祝先生所選擇的傳承人，我一直很好奇，想親眼看看這位小孫女，是否真的有能力駕馭那個東西。」

昕涵側著身子，左手護著手袋，難道他想打那東西的主意？

「哈哈哈，這東西是我送給祝先生的，我怎麼會收回？」伊藤好像看穿昕涵所想，「更何況，妳已經成為它的真主人，如果我現在收回，恐怕是自討苦吃！」

「伊藤先生來這裡，該不會是想跟我閒話家常吧？」昕涵望望屋內四壁，「這座小屋子，地處偏僻，若非我跟蹤一個人而來，也不會發現這個地方，但你卻偏偏在這個時間，這個地點，這麼從容地出現，如果我沒猜錯，你不是跟蹤我，就是根本一直在這裡，你……認識周肇鋒，對吧？」

伊藤拍拍手，臉上掛上一個佩服的笑容。

「看來祝先生沒有選錯人，不單貌美，頭腦還很靈活，真可謂才貌雙全。」伊藤笑說，「難怪剛才一直守在外面的那位高高瘦瘦男人，這麼心甘情願聽妳指揮。」

三哥！

「你對他做了什麼？」昕涵問。

「沒什麼，只是覺得他蹲在草叢堆太辛苦了，於是叫肇鋒出去走一圈，以吸引他跟著一起離開。」伊藤微笑回應，「也只有當他們兩人都離開這裡，我才有機會單獨告訴妳一些事情。」

伊藤走近那張大圓枱，隨手翻了翻那疊舊報紙。

「轆轤之匣的事，是我告訴肇鋒的，這裡所有的資料，都是我為他而準備。」

「周肇鋒這個人真有意思，他對超自然的沉迷，對古老典籍的熱愛，令我只需稍微說一下匣子的故事，他便非常渴望得到那個匣子，他……果然是一枚好棋子。」

伊藤坐在電腦面前，打開地圖。

「我告訴他，匣子現在應該在西貢某戶人家中，他馬上就利用我給他的資料去查，其實他認真辦起事來，也不是那麼窩囊，很快，他就確定匣子在那個姓賈的小女孩手裡。」

昕涵瞪大雙眼，他連雯雯的事也知道？

「我啊，其實也沒做什麼，只是約略說明匣子到底有什麼作用，為他準備了一些相關的資料，肇鋒就當我是啟蒙老師一樣，我說什麼他便做什麼。」

「不過，我要事先聲明，我可沒逼他找匣子的，全是他自己想要那個匣子，之後他跟那個小女孩見面，也全是他一個人的主意。」

「我聽說，」昕涵這時終於開口，「他是為了救病入膏肓的妻子，才想到利用匣子的力量，把妻子的頭顱保存下來，是真的嗎？」

伊藤突然冷冷地笑起上來，笑聲很討厭。

「祝小姐果然還是太年輕，對人性看得太簡單了。」

「肇鋒有個患病的妻子是真的，可是，他們的感情並不深，更何況他這個自私自利的人，又怎會單單為了妻子，甘願冒這麼大風險去找尋這件……神器。他的目的，是得到匣子之後轉手套利，這個匣子既然擁有這麼神奇的能力，在黑市中，一定有很多陰謀家有興趣高價購買。」

「即是說，他問雯雯借匣子的目的，其實只是想把它搶過來賣錢？」

「對，不過在搶過來之前，他必須先確認，匣子是不是真的有能力把人頭摘下來！」伊藤解釋，「畢竟有興趣在黑市購買的人，絕非善男信女，倘若匣子未能發揮作用，肇鋒恐怕小命不保。」

「所以，他問那個小女孩借到匣子後，第一件事要做的，就是找個人頭測試一下！」

昕涵全身打了冷顫，為了測試匣子的能力而去犧牲一個人，但最終目的竟然只是想發財，這個周肇鋒，簡直自私得令人髮指！

「這個嘛，祝小姐也不必動氣，」伊藤站起來，對昕涵微笑，「我這份人一向對此等自私自利，不顧親情的小人看不過眼，所以嘛，他很快就會消失在這世界上。」

「你……這是什麼意思？」

「我吩咐他辦兩件事：第一，先引開妳的好哥哥離開這裡，然後想辦法擺脫他；第二，擺脫之後去一處地方，在那裡，會有人把他夢寐以求的匣子，親手送給他。」

匣子現時不是在大叔家嗎……會是誰……等等！

「把匣子交給他，而他又懂得使用方法，你就不怕他馬上拿去黑市轉售，害死一大群無辜的人？」

伊藤大笑起來，笑聲極不尋常。

「哈哈哈哈……忘了跟祝小姐說，我只是告訴肇鋒匣子的用途，卻從沒告訴他正確的使用方法，他是靠自己查找古籍，得出如何使用的結論。」

伊藤嘴角微微上翹，露出一抹邪惡的笑容。

「只可惜，他得出的結論，只對了一半……」

39

肇鋒成功擺脫若思後，朝著西貢一座舊房子進發，據伊藤老師說，在那裡，會有人把匣子送給他。

這麼容易就能得到匣子？肇鋒半信半疑，但心想，去去無妨，如果真的有人拱手相讓，他願意賭一把。

前往舊房子還差大約五分鐘步程，他一直向前行，直至遇到一名女子。

女子手上拿著一個匣子，慢慢一步一步走過來，肇鋒定睛一看，這個女人……不就是上次酒店見過，那位死者賈仲德的女朋友——尹愛娜！

愛娜拿著的匣子，沒錯，正是自己一直想要的轆轤之匣！

「這個匣子……給你。」愛娜把匣子遞上去。

「妳是從那位煩人的大叔手上偷來的嗎？」肇鋒心裡滿是問號，「為什麼要這樣做？」

「五成！」愛娜冷冰冰回答，「黑市轉售所得的收益，我要五成！」

「哈哈哈，原來還是為了錢！」肇鋒嗤笑一聲，「但妳憑什麼跟我五五分帳，兩成，最多！」

「若果沒有我，你哪能得到這個匣子！」愛娜毫不退讓，「五成。」

「若果沒有我的門路，妳自己拿去黑市也賣不出去！」肇鋒反駁，「這樣吧，計妳三成，如何？」

「四成。」

「四成……好！一言為定。」肇鋒心裡馬上盤算，現在先把匣子弄到手，到時不付錢給妳，妳又能奈我何！

愛娜把匣子交給肇鋒，他雙手接過，有點重，裡面放了什麼？

「你要不要先檢查一下？就不怕我隨便拿一個假的給你？」

對！上次在老人院時，匣子明明很輕，為什麼今次感覺重了點？難道真的是贗品？

肇鋒上下左右望了匣子一遍，然後望望匣蓋，對自己說，不用怕，打開望兩秒就行了，只要不是長時間盯住匣子底部，頭不會被摘下來。

他打開匣蓋……

怎麼……怎麼會這樣……匣子裡面……裡面……是一片大湖……

為什麼～～～～我喉嚨～～～～咳～～～～咳～～～～我的頸～～～～喀～～～～喀～～～～

呀～～～～呀～～～～噗咚～～～～

肇鋒眼前一片昏黑，身體全無知覺，但耳朵仍然聽得見愛娜的聲音。

「周先生，這不正是你想要的……轆轤首嗎？」

雖然已是八年前的事，但我印象依然深刻。

那一年是一九六零年的夏天。

三姐衝入我房，拉著我來到大哥平時出海打魚的小艇旁邊，大哥及二姐都在，我看見他捧著一個之前從沒見過的紅黑色匣子，然後，把剛打來的魚倒在裡面。

三姐看得很興奮，大哥和二姐也跟著看，我對魚一點興趣也沒有，正想轉身離開之際，二姐拉住我的手，用溫柔及懇求的目光望住我，沒辦法，給二姐面子，看兩眼吧！

魚在匣子裡游來游去，真是的！這有什麼好看！但很奇怪，當我看了一會兒後，發覺匣子裡的水……竟然漸漸變成一片大湖！

明明是一個匣子，為什麼會看成湖？我揉揉眼睛再看，仍然是一片湖，湖中心有很多魚在游來游去，我把視線移開，望向小艇旁邊的大海，心想，難道附近大海的景色，被投射進匣子裡面？我第三次望向匣子，所見到的依舊是一片大湖。

這時大哥把匣子蓋上，捧著它走回屋裡，二姐及三姐表示不知是否吹了海風，有點頭暈不舒服，所以也先回房間去，只剩我一個人仍然站在小艇旁，苦思剛才見到的影像。

那片大湖……是錯覺？一定是！至少我是這麼認為，晚飯時他們三個也沒提起見過大湖的事，若果只有我一個人看見，那一定是我眼花了！

媽媽，我一直有個想法，假如當時我把見到的影像立刻說出來，或者三位哥哥姐姐仍有得救，可是，我沒這樣做，一來的確以為自己看錯了，二來我不想為他們花太多的心思，投入太多的感情。

結果，幾個月後，他們的身體開始出現變化……

我是最遲發現這件事的人，因為我總是關自己在房裡，除了吃飯，甚少跟他們接觸，當然還有一個更重要的原因，令我沒多加留意他們……

我的身體完全沒出現變化。

有一次，他們曾經問我，身體有沒有出現不適，又是否曾夢見自己頭顱飛出來，我全部答沒有，當時心裡還在想，誰會做這麼無聊的夢？

所以，當三姐的頭顱第一次在我面前飄浮時，我真的嚇了一跳，看見她嘰嘰笑了兩下，嘲我是膽小鬼然後飛走時，我還以為她在做惡作劇！直至大哥及二姐的頭顱也飛到我前面時，我才知道，一切已無法挽回。

他們三個被詛咒了！可是，到底是何時被詛咒？我反覆思量，想來想去，覺得最有可能的，就是匣中的魚！事後他們也跟我說，當日望住匣子時，同樣看到大湖的影像，這令我更加肯定，當日我們打開了不應該打開的東西。

那麼問題來了，為什麼我會沒事？

媽媽，我要多謝妳，這是我第一次為自己身上的詛咒感到自豪，雖然我沒辦法用科學方法去證實，但我相信，我之所以沒能變成轆轤首，是因為我身上的詛咒。

轆轤之匣的詛咒，似乎只能施加在普通人身上，對已身負詛咒的人沒效。

這就好了！既然知道詛咒對我無效，那我就不仿大膽求證，這個匣子是如何將我的三位兄姊，變成怪物。

據他們所說，這個匣子是當日下午，從村子附近一棵大樹下挖出來，一挖出來就用來放魚……然後我們就看著那些魚游來游去……

所以我想，如果不是魚有問題，就是水有問題……

為了驗證到底那方面出問題，我決定親身再試一次。

媽媽！我知道妳一定會罵我，為什麼這樣不愛惜生命！萬一我判斷錯誤，上次沒事其實只是一時僥倖，跟我身上的詛咒無關，那我豈不是也變成轆轤首？

但是，媽媽，妳可知道，當他們三個的頭顱在我面前飄浮時，我的心……是有多痛？

我是一隻怪物，本來就不應該跟他們一起生活，我只想離開他們，但並不想他們也變成怪物，現在他們的狀況比我更差，大家既然同是被詛咒的人，如果可以……我想幫他們找出問題的根源。

因為現時只有我，才能面對匣子而不被詛咒。

所以，有一天我趁他們三個不在家時，偷偷地把匣子拿出來，灌水放魚，我往匣子裡一看，果然還是看見一片大湖，接著，我把水全倒了，只剩下魚，一看，湖不見了！

我把魚放回魚桶裡，重新為匣子注水，再望匣子，湖又出現了，但今次湖中沒有魚在游弋，只看到一片安詳寧靜的湖，我把水再倒走，抹乾後再望空的匣子，湖又消失不見了！

為了進一步證實水就是觸發詛咒的媒介，我把匣子的海水倒走，清洗後注入淡水，看看兩者有沒有分別。

我所看見的，依舊是那片安詳寧靜的湖，看來不論海水抑或淡水，只要是水，就能令到詛咒條件達成，一個正常人，只要朝這個盛了水的匣子看一眼，頭顱就會變成轆轤首。

總算找到匣子的正確詛咒方法！沒白費我又倒水又注水的一番工夫……

媽媽！請妳放心，我沒有因此變成轆轤首，即使在之後數十年的餘生中，我的頭顱仍然緊緊地連接著我的頸項。

只不過，身體上另一項特徵，卻在不知不覺間，起了變化……

水之匣　佟兒的故事

一九六八年春

二姊：「阿俊，為什麼停下腳步？」
男人：「妳……的頭顱，真是會飛出來嗎？」
二姊：「你怕？」
男人：「不，只是……我覺得……一時之間……很難接受這個事實。」
二姊：「你不是說過，無論我變成怎樣，你都愛我嗎？」
男人：「是……是……」
二姊：「那麼，你願意跟我離開這兒，去一處沒人居住的地方，過新的生活嗎？」
男人：「願……願意……」
二姊：「那我們走吧。」
男人：「等等……阿蓮……」
二姊：「什麼事？」
男人：「你們……一家人……到底本身就是……那類東西？還是之後才變成的？」
二姊：「那個匣子……一切的禍根，都是那個匣子！」
男人：「就是……剛才妳交給佟兒那個匣子？」
二姊：「嗯。」
男人：「那個匣子，到底有什麼古怪？」
二姊：「匣子一盛水，就能夠把人頭摘下來，變成我們現在這個樣子。」
男人：「這麼危險的東西，妳還放心交給妹妹一個人保管？」
二姊：「她跟我們不同，不會有事的。」
男人：「說起想來……那個匣子……我以前好像在什麼地方見過……」

二姊：「匣子外表跟一般漆匣無異，你以前見過的，可能是同款普通匣子吧？」

男人：「也有可能……只不過，那份熟悉感，很奇怪……」

二姊：「熟悉感？」

男人：「嗯，那個匣子，就好像，自己的母親一樣，令人很……唉，愈說愈雞皮疙瘩，不說了。」

二姊：「那繼續向前走吧，我們現在往東行，正進入偏遠的山區，從此以後，我們就在那兒生活。」

男人：「即是說，以後都不回市區了嗎？」

二姊：「你介意？」

男人：「不，不介意，只是怕不習慣而已。」

二姊：「阿俊……」

男人：「是！是！阿蓮，什麼事？」

二姊：「我的身體，總有一天會全部萎縮，不能再用，我不想殺人，所以，即使我將來只剩下頭顱，你還是會愛我，陪我一起生活的，對嗎？」

男人：「……」

二姊：「阿俊？」

男人：「會……會……當然……當然……」

「阿俊，你還愛我嗎？」

夏蓮的故事

一九六八年夏

40

賈仲德……

家彥看傻眼了，這真是他嗎？

從外貌判斷，眼前這個男人，跟仲德的確有幾分相似，同樣臉型瘦削，同樣顴骨飽滿，尤其一對哨牙，驟眼一看，根本就是仲德本人。

可是，仲德一雙沒精打采單眼皮矇豬眼消失了，取而代之是雙眼皮，圓圓小小但炯炯有神的眼睛，本來鼻子高高，但現在扁扁的，嘴巴好像跟以前一樣闊……不對，是比以前更闊。

但最令家彥意外的，是男人的胸部及手臂，擁有絕對完美的肌肉線條，結實粗壯，仲德根本沒可能擁有這副強壯的身體。

這個男人，雖然看上去很像，但絕對不是仲德！

「家彥哥哥，你果然還是來了。」

「雯雯，你身後那位是……」家彥猶豫地問。

「你們就是雯雯提過的兩位朋友？」男人突然開口，聲音完全不是仲德。

「請問你是……」

「彭大春。」

一定是聽錯了！怎可能會是彭……沒可能！家彥整個人陷入混亂似的，呆呆的站著一動不動，直到秀妍開口，他才如夢初醒。

「你……你叫彭大春？就是故事中那位……大哥？」

秀妍邊問邊向前行，好像想上前仔細確認男人的樣貌，家彥怕她有危險，踏前一步，擋在她與男人中間。

「是的，」大春點頭，一隻手搭在雯雯肩膀上，「我可要先警告你們，別阻止我把雯雯帶走，否則不會對你們客氣！」

家彥跟秀妍對望一眼，彼此的眼神都充滿疑惑。

「你……彭先生，請問你跟雯雯是認識的嗎？為什麼要帶她走？」

家彥儘量壓低聲線，說得客氣一點，避免激怒這位體格健碩的男人。

「當然認識，」大春再次點頭，「她就是我一直要找的妹妹！」

家彥開始覺得，這位相貌酷似仲德的男人，根本是個神經病！

「對不起，彭先生，雯雯是姓賈的，不是姓彭，她本來有個哥，前兩日過身了，她怎可能是你的妹妹？」

「我以前是她大哥，現在也是。」大春今次兩隻手搭在雯雯肩膀上，但她仍然沒有反抗。

「雯雯，這是真的嗎？」家彥望住雯雯，心想會不會被挾持了。

「家彥哥哥，是真的。」雯雯點點頭，一雙碧藍的眼睛，開始透出少許淚光，「他以前是我大哥，現在也是。」

為什麼老是重複這句說話？家彥愈聽愈糊塗了，正想開口問過明白之際，秀妍突然一個箭步跑在自己前面。

「大春……哥？」秀妍眼神突然變得相當堅定，「你前兩天是否穿過一件長大衣？頭上還戴了一頂帽子？」

不止是自己，家彥看得出，即使是雯雯和大春，同樣露出驚愕的表情。

「秀妍，妳說什麼……」家彥問。

「大春哥，」秀妍重整問題，再問一次，「你前兩天是否身穿一件長大衣，戴上一頂帽子，去過賈家？」

「是！又如何？」大春用沉穩帶點威嚇的聲線回答，「那個不順眼的傢伙走了，現在我就是她大哥！」

那個不順眼的傢伙走了……

現在我就是她大哥……

大春的頭，跟仲德有幾分相似……

難道……難道……

「就是你，把雯雯哥的頭斬下來，」秀妍帶點激動地說，「然後按在自己頭上，對嗎？」

家彥聽後全身毛髮直豎，他想起那個故事，眼前這個人……這個人的多重身分……彭大春……無頭斧手……轆轤首……還有……賈仲德……他的頭顱是仲德的！

這就明白了！故事中提及，大春需要不停更換頭顱，所以他把仲德殺了換頭，但由於只是前兩日的事，頭顱仍未完全變回大春的模樣，結果就變成現在的半吊子：一部分變了，另一部分仍保留仲德的臉部特徵！

「果然被囚禁了，」秀妍開始自言自語，「他的精神，就被囚禁在這裡！」

家彥聽不懂秀妍在說什麼，但他已無暇理會，他向雯雯大聲地喊。

「雯雯，妳傻了嗎？他殺了妳哥啊！妳怎麼還能站在他前面，裝作若無其事！」

雯雯一雙碧眼已經沾滿淚水。

「家彥哥哥，你不會明白，他……他也是我大哥！」

雯雯抹了一把眼淚，嚥了一下口水，深呼吸，然後吐出這句令家彥至今仍難以忘懷的說話。

「我是……彭夏蓮！」

瘋了！真的瘋了！先是仲德變成大春，然後雯雯自稱夏蓮，家彥不敢置信地搖搖頭，今晚所有人都瘋了！！

「雯雯，妳怎會是彭夏蓮？」家彥大聲疾呼，希望喝醒雯雯，「妳是姓賈的，妳有出生證明，妳有父母及哥哥，妳的親戚朋友全都可以做證，如果妳是彭夏蓮，今年至少七十歲了，這怎麼可能？」

「因為她是轆轤首……」

身後突然傳來一把清脆的女聲，家彥猛然回頭，一名短髮女子就站在他們身後不到一米的距離。

「我說啊，姐姐，妳還是心軟了，」女人微笑，但笑得很邪惡，「外面的大門，是妳故意沒上鎖嗎？」

雯雯沒出聲，反而是秀妍先開口。

「妳……也去過賈家……妳就是……那個短髮女人！」

雖然家彥再一次聽不明白秀妍在說什麼，但女人似乎有反應。

「呵呵，這位小姐，雖然我不認識妳，但妳好像認識我，我們是在哪裡見過面嗎？」女人向秀妍走近一步，家彥連忙擋在她面前。

「妳到底是誰？」家彥瞪著女人。

「哈哈哈，哥哥，這還用問，我都叫她姐姐了。」

「妳是……彭秋雁？」

「唉，這麼晚才猜出來，看來卓家彥也不是那麼聰明，真不明白祝淵澄為何這麼怕你？」

「淵澄？這件事關他什麼事？妳對他怎樣了？」

「他啊？吃了安眠藥，乖乖地在家睡著了。」秋雁邊笑邊說，「放心，全靠他，我才能找到這兒，我不會待薄恩公的，更何況……他把我操得這麼爽……我對舊相好一向很友善。」

家彥先望秋雁，再望大春，現在他們兩人是前後夾擊，把自己跟秀妍包圍住了。

「你們，到底想帶雯雯去哪裡？」

「呵呵，又來了，又來了，」秋雁走到家彥前面，豎起一隻食指，在他鼻子前左右晃了兩下。

「這麼顯淺的問題還要問？我們都是轆轤首，當然是要一家團聚喔。」

「雯雯不是什麼轆轤首！她是正常人。」家彥厲聲說，「你們不要妖言惑眾！」

「啊！是嗎？姐姐，不如妳親自告訴他！」

雯雯站在走廊上，輕輕叫了一聲家彥哥哥，然後揚手叫他及秀妍走近窗前，當他們兩人走近時，雯雯示意他們從窗口進入走廊，然後，就在這條又長又直的走廊上，她騰出空間讓家彥秀妍站在一邊，自己則跟大春站在另一邊，秋雁仍然佇立在外面花園的沙地上，沒有進入走廊。

家彥此時留意到，雯雯是故意讓出靠近桃木門那邊位置給他們，她自己則擋在大春前面，把他跟家彥秀妍兩人分隔。

雯雯她，是想暗示叫我們趁機會逃出去？

「家彥哥哥，你知道我最近幾個月，為什麼會心不在焉，鬱鬱寡歡？」

「不正是因為這座房子嗎？妳不知道怎樣開口跟仲德解釋。」

「對不起，家彥哥哥，」雯雯搖頭，「我的確曾為房子的事煩惱過，但它不是重點。」

雯雯說完望向窗外，視線落在秋雁腳下那片沙地。

「家彥哥哥，請原諒我對你撒了一個謊，那個紅黑色匣子，是我自己挖出來的！」

家彥張大了口，不懂反應過來。

「不過我可以發誓，雖然是我把匣子挖出來，但當時我真的不知道匣子有什麼作用，第一次知道它的能力，就跟大家一樣，是在酒店裡聽周肇鋒說的。」

「但是，妳怎會無緣無故……一個人跑到花園去挖沙？難道妳一早知道匣子藏在那裡？」

「我是……有一次在花園除草時，無意中發現那片沙地的沙比較鬆，用腳踢了兩下，便發覺有東西埋在沙裡，匣子埋得不深，我很快就把它挖出來了。」

「家彥哥哥，你知道嗎？由我把匣子挖出來那一天開始，以前的記憶便一點一點地浮現，我第一日接管這間房子時，只覺得這裡的設計很特別，尤其是這條長走廊，古色古香，但從未想過這裡的一切，會跟自己有關。匣子挖出來後，我開始認得這間房子……這裡……這條長走廊……我以前是見過的，不！是住過的，然後我腦海中開始浮現出幾個人的樣子，是大哥……還有三妹……四妹……他們的樣貌，我明明不認識的，但卻感到很熟悉，很溫暖。」

「今日下午，我終於遇見大哥跟三妹，他們……在這裡等我，我第一眼就認出他們！三妹說了很多以前的事，而這些事，我全部都有印象！」

「既然我認得他們，那麼我一定是彭夏蓮，雖然……我的頭顱從未試過飛出來……但是我的記憶不是假的……最近幾個月我一直心不在焉，並不是為了房子，而是發覺自己可能是彭夏蓮，可能是……轆轤首，我心好亂，家彥哥哥，你明白我的心情嗎？」

家彥感到極度不安，雯雯一定是被他們催眠了！按這個情況，再說下去她也不會醒過來，當務之急，要想個辦法把她帶走。

身後就是那扇桃木門，跟自己的距離大概五十米左右，大春身體雖然強壯，但步伐沉重，而秋雁仍然站在走廊外面的沙地上……

假如我抱起雯雯，然後轉身就跑，五十米內，應該可以跑贏大春！

現在唯一要擔心的，是秀妍，如何令她知道我的計畫？

「所以，雯雯，妳就是因為這些……記憶，就斷定自己是彭夏蓮？」

家彥此時蹲下來，雙手捉住雯雯雙臂，他看了身後的大春一眼，瞥了瞥站在窗外的秋雁，然後側著頭，向身旁的秀妍打了個眼色……

是機會了！家彥雙手突然把雯雯整個抱起，扛在肩上，轉身就往桃木門方向跑過去，他眼角瞄到秀妍也機靈地同一時間轉身，拔起雙足就跑，很好！秀妍明白我剛才的眼色，但就在這時候……

秋雁不知何時站在秀妍跟自己前面，擋住逃往桃木門的路，她剛才不是一直站在窗外沙地嗎？為什麼這麼快就回到走廊了！

她向著家彥及秀妍尖叫一聲，恐怖刺耳的悲鳴響遍整條走廊，家彥突然感到一陣暈眩，全身肌肉麻痺，雙腿一軟便跪下來，動彈不得，肩上的雯雯也無力再扛，要把她放在一旁。

他瞧瞧身邊的秀妍，她用雙手掩著雙耳，閉上眼，表情痛苦地跪了下來，剛才那一聲尖叫，刺耳得令他們兩人頭暈目眩。

「看來不能放你們走了，大哥，動手吧。」秋雁命令。

「不行，妳應承過我，只要我跟你們走，你們就不會再濫殺無辜！」雯雯摟著家彥，拼命地向秋雁哀求。

「對不起，姐姐，這兩人知道我們的事太多了，不能讓他們活下來。」

家彥聽到背後傳來沉重的腳步聲，以及鐵鏽磨擦地面的聲音，是大春拖著斧頭走過來嗎？他很想回頭看，但剛才刺耳的尖叫聲，弄得自己連轉頭的力氣也沒有。

他聽見大春的腳步聲在自己身後停下，空氣氣流突然改變，一把沉重的殺人凶器高高舉起，準備揮落……

桃木門突然打開，腳步聲從那個方向傳過來，一步一步，很輕很輕，家彥忍著頭痛睜開雙眼，看見一個女人慢慢走過來，雙手捧著一個匣子。

這個女人，不正是尹愛娜嗎？

「到此為止吧，」愛娜一臉冰冷瞪著秋雁，「三姐！」

41

昕涵望住眼前竊竊偷笑的伊藤，心裡終於明白，爺爺當年的對手，是何等一個變態！

就算周肇鋒人格再低劣，行為再卑鄙，也不致於要變成轆轤首，更何況他根本在替伊藤做事，伊藤毋須設局害他。

「你告訴他轆轤首的典故，指引他去找那個匣子，到頭來，卻引誘他自己掉入轆轤之匣的陷阱，伊藤先生，我不明白，你為什麼花這麼多時間在他身上，到最後卻又親手毀了他？」

「一場棋局要取得勝利，總會有棄子，肇鋒已經完成了他的使命，要捨棄就當捨棄。」伊藤笑容相當邪惡，「更何況，他對轆轤之匣這麼沉迷，我就讓他成為匣子的一部分，說起上來，他應該感激我才是。」

「假如他是棄子，那你要的勝局又是什麼？」昕涵追問。

伊藤沒有作聲，他撥開那疊舊報紙以讓出空間，然後坐在大圓枱上，正面望住昕涵。

「日本島根縣出雲市西邊，有一個湖，叫神西湖，圍繞湖的周邊，流傳著一個悲傷的故事。」伊藤突然收斂笑容，一本正經地說。

「在上古時代，神西湖所處地方叫出雲國，傳說當時湖中住有一位仙子，她法力高強，能夠幫人達成任何心願，不過，祈求者要付出沉重代價。」

「湖的附近有一條村落，住著一對情侶，他們彼此熱戀，愛得天昏地暗，生死不離，直至某一天，男的因為公務，需要前往大原郡阿用鄉這個地方，途經一塊山田時，不幸被肆虐當地的怪物目一鬼吞食，只吃剩一個頭顱。」

「女的悲痛欲絕，抱著愛郎的頭顱終日哭泣，她跑到神西湖畔，向著湖中仙子發誓，只要能夠令愛郎死而復生，她願意付出一切代價。」

「她在湖畔哭了七日七夜，但湖中仙子仍未出現，帶去的食糧早吃光了，只餘下那個盛著愛郎頭顱的匣子，她萬念俱灰，抱著匣子投湖自盡，就當水位淹至她胸口時，手上的匣子竟然左右搖動，愈搖愈激，她吃驚地趕快打開一看，只見愛郎的頭顱飛了出來，而匣子裡面全是湖水。」

「這就是轆轤之匣的由來？」昕涵問。

伊藤點點頭。

「那個女的，最後付出了什麼代價？」

伊藤耐人尋味地笑了一下。

「她的雙眼，被湖中仙子，染成湖水一樣的碧藍色。」

雯雯！昕涵第一時間想起她，可是……

「只是雙眼變成碧藍色，又不是什麼大損失，這算什麼沉重代價？」

伊藤搖搖頭。

「湖中仙子之所以要把她雙眼染成碧藍色，是因為……仙子雙眼也是碧藍色。」

咦！難道……

「仙子要女子取代自己，永遠留在湖中，」伊藤滿足地笑了一下，「因為仙子過去獨自守著這個湖，太孤獨了，她不想再繼續留在那裡，她要找個替代者。」

「所以最後，女子變成湖中仙子，一個人活在湖中，而男子則變成轆轤首，飛走了，女子的願望雖然達成，但兩個人最終仍要分離。」

「伊藤先生，雖然你說了一個頗動聽的神話故事，但你仍然沒有回答我的問題，」昕涵瞪大雙眼，正色地說，「你要的勝局，到底是什麼？」

「呵呵呵！我不是回答了嗎，祝小姐？」

昕涵一臉不解。

「那個雙眼被染成碧藍色的少女，」伊藤再次露出奸險的表情，「就是我想要的勝局。」

「你是指……雯雯？」

昕涵感到有點意外，想不到伊藤的目標竟然是雯雯！

可是，他接下來的答覆，完全把昕涵嚇呆了。

「那個小女孩？不不不！」伊藤一邊笑一邊搖頭，「我對她一點興趣也沒有。」

「轆轤之匣，是這個故事的開端，但不是結束，匣子的詛咒雖然厲害，但仍然提不起我的胃口，它只是我布下這盤棋局中的一枚棋子而已。」

伊藤眼眉動了一下，用手摸摸下巴。

「能令我動心的，只有那個獨一無二的詛咒……」

他展露一個陰森但又充滿自信的笑容。

「我想要的，是那位真正的碧眼仙子！」

我的雙眼，漸漸變成碧藍色。

起初我也不為意，每朝起床照照鏡子，並沒發現不妥，但我當時主要留意頸項，沒仔細留意雙眼。

直至有一天，二姐靜悄悄拉我進她房間，輕聲問我。

「妳的眼睛，生病了嗎，佟兒？」

那一刻我才知道，我雙眼，開始透著絲絲藍光。

大哥忙於工作，三姐忙於玩樂，他們並沒有察覺我的變化，只有二姐，她是家裡最關心我的人，早上問我穿得暖嗎？晚上問我吃得飽嗎？所以被她發現也是正常不過的事，她以為我患眼疾，想帶我出市區看醫生，我說不用了，因為我知道發生什麼事！

那些水……那個湖……我看得太多遍了……雖然頭顱沒有掉下來……但雙眼也因詛咒關係，慢慢被染成碧藍色。

可是，我發現一件很有趣的事，在一般情況下，我雙眼只會透出微微的藍光，要很細心近距離察看，才能見到瞳孔帶著淺淺的碧藍色，但假如當時我很傷心，又或者情緒很激動時，雙眼就會不自覺地慢慢染藍，最後一對眼珠全變成碧藍色，就好像神話裡的仙子一樣。

這算是匣子對我的另類詛咒嗎？抑或是我自身的詛咒，跟它相互抗衡產生的副作用？我不知道，只知道除了眼睛變藍外，我身體並沒有其他不適，二姐實在太關心，太留意我了，在正常沒有傷感的狀態下，她都能看出我眼睛起了變化，我那一刻實在有股衝動，想緊緊地抱著她，把我身上詛咒的事全告訴她。

然而，我並沒有說出來。

媽媽！我開始明白，為什麼妳最後會放棄自己的堅持，投入二姐她們的大家庭中，那份溫暖，那份關懷，的確令人難以抗拒，這就是人類之間的親情嗎？

以後幾年，我繼續跟哥哥姐姐生活，我眼睛的祕密，除了二姐外，沒被其他人發現，因為我很少流露悲傷的情緒，相信只要控制得好，藍眼睛的祕密，不會再有第三個人知道。

這幾年間，我一直在找尋破解轆轤之匣詛咒的方法，我想哥哥姐姐變回正常人，他們跟我不同，生來就不是怪物，不應該受到這樣的懲罰，於是我從所有可能的線索入手，包括爸爸生前收到潘華寄來的那個包裹，包裹裡到底是什麼東西？除了爸爸之外沒人知道，但我忽然有個想法！

我一直好奇，匣子為什麼會被人埋在村子附近的大樹下？是誰把它埋在那裡？平時根本沒什麼外人進入村子，能夠把匣子埋在大樹下的，只有村裡的人。

這時候我便想起那個包裹……假如……當年那個包裹……正是這個匣子……那麼還有沒有其他東西，跟匣子一併送來，然後被爸爸一併埋藏呢？

我在爸爸的房裡不停地找，看看有沒有一些可疑的東西，沒有！我跑到埋藏匣子的大樹下找，也沒有！我在以前爸爸打魚的地方去找，都沒有！

媽媽，我真的灰心了，心想自己會不會推斷錯誤，那個送來的包裹根本就不是匣子，媽媽……咦！爸爸會不會把東西藏在媽媽房裡？

我馬上衝去媽媽妳以前的房間，對不起，現在已變成一間雜物房，我翻開所有沒用的家具，找尋所有可疑的東西，最後在妳的床底下，發現一個小箱子，裡面只放了一封信。

寫信的人，是潘華。

「阿國，趁我神智還清醒時，我趕緊寫下這封信，拜託一位朋友，把信和匣子送到你府上。這個匣子，就是一切的罪魁禍首，我把它從日本帶回來，原本以為它是一件神器，但原來是一件邪物。

我後悔以前所做過的一切，我後悔傷害了你，更後悔背叛了我最愛的人，當日的我並沒有騙你們，我真的忘記了過去發生的事。

這個匣子，能把人改頭換面，但亦帶來很深的後遺症，記憶力急速衰退是其中之一，精神處於瘋狂崩潰邊緣是其中之二。

我自從換頭之後，外表是比以前好看了，但精神卻一天比一天差，我經常忘記以前發生的事，忘記以前認識的人，當日認不出你們是真的，但幾天後便重新想起來了，本來我是應該前來拜訪謝罪，可是，我沒有勇氣，傷害已經造成，道歉也無補於事，但最主要原因，是我自私，我已有妻兒，生活美滿，我怕你們會繼續糾纏，破壞我的幸福家庭，所以我不想再見你們，尤其是她。

或者這就是我的報應，我最近時常產生幻覺，看見別人的頭跟身體分離，有些沒分開的，我就會有個衝動，想把那個人的頭斬下來，然後放在匣子裡面，這個想法很恐怖，我自己也嚇一跳。

有一次，我看見兒子安俊獨個兒在客廳玩，突然間，我覺得安俊的頭很小很可愛，如果放在匣子裡一定很有趣，於是我拿起刀，走近他，一刀斬下去……我應該沒有斬下去，因為我醒來時，客廳並沒有人，一定是做夢了，但這個惡夢不能長此下去，所有禍端都因這個匣子，一定要想個辦法……

阿國，我已找到對付匣子的方法，但我擔心我會再次精神失常，所以希望你能代我消滅它，這個匣子沒法子破壞，不要浪費時間，唯一對付方法，是用沙子把它埋了，埋在地底，永遠永遠不要把它挖出來！」

媽媽，當我看完這封信後，我哭了，這是我八年來第一次哭得這麼厲害，因為我終於知道，令到哥哥姐姐們變成怪物的，是潘華，是爸爸，是……媽媽妳！

潘華從日本把匣子帶回來，成功把自己的頭換了，然而，換頭的後遺症卻令他發瘋，除兒子外全家都被他斬殺，他在發瘋前把匣子送到爸爸手上，吩咐爸爸把它埋掉，爸爸照做了，可惜……陰差陽錯，在他死後，被三個不知情的兒女挖了出來，造成今日的悲劇。

如果潘華從沒來過村子……如果他沒有認識媽媽……如果他不是為了媽媽而去找那個匣子……

二姐此時突然走進來，俯身抱著跪坐在地上哭成淚人的我，她一句說話也沒說，只用溫柔的目光望住我，幫我拭去眼淚。

壓抑已久的鬱結心情終於爆發，我倒在她懷中，拚命向她說對不起，然後，把我自己的事全部告訴她。

她是第一個知道我自身詛咒的人，本以為她會嫌棄我，可是她聽完後，反而把我抱得更緊，她把臉貼在我的臉上。

「沒關係的，我不也是怪物嗎？我跟妳都是一樣，只是不同的詛咒而已。」

「二姐，今次詛咒事件的起端，正正是安俊父親帶來的那個匣子，妳還要跟他兒子在一起？」

「佟兒，我已應承大哥，帶安俊來家裡。」

「真的嗎？那妳即是同意，讓大哥斬下他的頭？」

「嗯。」

「這是真心話嗎？還是妳別有盤算？」

「佟兒，我希望妳當日下午，在村口接他過來，我現在最信任的人就是妳，妳一定要幫我。」

「二姐……妳該不會想……」

「佟兒，世間上有很多事，不能單純用理性去分析，就例如妳雙眼，雖然明知是詛咒害成，但是……這雙碧眼……卻是人世間最美麗的一雙眼睛……」

二姐說完，親了我的眼睛一下。

碧之瞳　佟兒的故事

一九六八年初夏

男人：「該死！」
二姊：「阿俊，什麼事了？」
男人：「有蚊！這裡蟲蟻又多，叫我怎麼睡？」
二姊：「鄉下地方是這樣的，慢慢你便會習慣。」
男人：「我真不明白，幹嘛要避開妳的大哥及三妹，我們只要報警，我不信警察的槍打不死他們。」
二姊：「不准你傷害我的家人！」
男人：「好吧好吧，我只是隨便說說，不用瞪著我這麼凶。」
二姊：「阿俊，我愛你，不會讓他們傷害你，但我也不能讓你傷害我的家人，所以唯一的辦法，就是我們離開，走得愈遠愈好。」
男人：「其實妳大哥及三妹為什麼這麼想殺我？如果只是換個人頭，隨便殺一個人不就行了嗎？」
二姊：「這個……跟你父親有點關係，阿俊，小時候的事，你真的忘記了嗎？」
男人：「聽收養我的親戚說，我父親好像瘋了，把媽媽一家全斬殺，幸好我當時躲起來大難不死。」
二姊：「你對你父親，真的一點印象也沒有？」
男人：「沒什麼印象，咦？阿蓮，妳為什麼一直問這個？」
二姊：「沒……沒有特別原因……對了！你前幾晚一直喊頭痛，現在好點了嗎？」
男人：「好多了，前幾日真的是……不知道為什麼會這麼痛，痛得連幻覺也出來了！」
二姊：「幻覺？什麼幻覺？」
男人：「很古怪的，好像見到自己在一處陌生地方玩，然後突然背後站著一個男人，手上還拿著一把刀。」
二姊：「之後……之後發生什麼事？」

男人：「之後幻覺就消失了，都說是幻覺，怎會完整？又不是說故事！」
二姊：「你沒頭痛我就放心，前幾日不知多擔心你。」
男人：「阿蓮，現在反而是我擔心妳，妳看妳的身體愈來愈……妳真的不考慮……再換身體？」
二姊：「我不想殺人。」
男人：「但是……妳看妳手臂這裡，一塊一塊瘀青色的，妳的大腿及小腿，也開始皺成一團了，還有妳的胸脯……愈來愈沒彈性，而且還不斷縮水……」
二姊：「……」
男人：「阿蓮，我只是覺得，為了妳能夠好好活下去……就算殺一個人……也不算什麼壞事。」
二姊：「你是害怕將來我身體全枯萎了，便要跟一個頭顱生活，對嗎？」
男人：「不是……其實也不一定要殺人……佟兒她，不是跟妳們不同嗎？說不定她的身體能夠……」
二姊：「阿俊！」
男人：「好了好了，不說了……提起佟兒，那一晚我跟妳離開村子時，我回頭再望佟兒一眼，發現她的眼神……她的雙眼……為什麼……為什麼……會是藍色的？她平時不是這樣子喔？」
二姊：「這是因為，她太悲傷了。」
男人：「悲傷雙眼就會變成藍色？那也挺好的！那一晚她那個眼神，那個站姿，美若天仙，我相信我這輩子也忘不了。」
二姊：「佟兒她不是天仙，剛好相反……」

「阿俊，你不愛我了？」　夏蓮的故事

一九六八年秋

42

全場靜默。

秀妍鬆開掩著耳朵的雙手，望著站在面前的愛娜，雖然剛才被秋雁的尖叫聲弄得頭暈腳軟，還有少少耳鳴，但愛娜剛才的說話，她聽得很清楚。

其他人的反應跟自己一樣，家彥應該也聽到了，看他一副愕然的表情就知道，大春……不知道應該叫他大春抑或仲德，本來高高舉起的斧頭也放下來，呆呆地站在家彥身後。

雯雯的表情最誇張，瞠目結舌，最後要用一隻手掩著嘴巴，說不出的震驚全寫在臉上，她跟愛娜最熟，似乎也被剛才的說話嚇倒了。

至於秋雁……她最冷靜，只是眼眉稍稍向上動了一下，然後重新擺出她一貫的輕蔑嘴臉。

「今日到底吹什麼風，居然這麼多人說認識我！」秋雁瞄了秀妍一眼，「然而我對你們卻半點印象也沒有。」

她說完走回大春旁邊，轉身對愛娜說。

「妳叫得我三姐，即是說……自己就是佟兒，對嗎？」

愛娜踏前一步，手上仍然捧著匣子，她先是望向秋雁，然後望向大春。

「三姐……大哥……仲德……我們一家人，總算團聚了。」

大春望住愛娜，表現出跟剛才完全不一樣的眼神，殺氣消失了，取而代之是溫柔的關懷目光，秀妍心想，他現在到底是大春抑或仲德？

「哈哈哈哈哈，這位小姐玩得真大！」秋雁清脆的笑聲再次響起，「我不知道妳從哪裡找到我們幾個的背景資料，但妳絕不是佟兒！」

「佟兒跟我們不同，她不是轆轤首，她若果活到現在，今年應該是……六十四歲，如果妳仍然堅持自己是佟兒的話，請拿出證據。」

愛娜眼神依然堅定，她再向前踏出一步，站在家彥和秀妍前面。

「三姐，我跟你們一樣，身上亦有詛咒。」

愛娜……身上有詛咒！秀妍望望自己雙手，再望向愛娜，她是認真的嗎？還是為了救我們，唬嚇秋雁的策略而已？

「三姐，還記得當年我們四個一起望住匣子，只有我一個沒事，妳不是一直很好奇嗎？」

「當然好奇囉，老在想我們做了些什麼而妳沒做……妳該不會想說，妳沒事就是因為身上的詛咒吧。」

「如果我說是，妳相信嗎？」

「哈哈哈哈，那麼妳的詛咒，根本就是庇佑了！」秋雁嘲諷地說，「還有，這個詛咒會否庇佑妳長生不老？不對不對，如果真是長生不老，妳應該停留在十四歲才對，但看妳的年紀……應該三十出頭吧！」

「我的詛咒，不會令我長生不老，」愛娜冷冷地說，「只會令我不死。」

「什麼意思？」

「我……不會死……不會受任何外力而死亡。」

秋雁的笑聲傳遍整條走廊。

「我跟佟兒生活了那麼多年，從來沒聽過她有不死之身，」秋雁說，「她只是一個終日把自己關在房裡的怪胎。」

「這是因為，二姐保護得好，」愛娜低下頭，「她是唯一知道我祕密的人，她應承過我，不會將我的事，告訴任何人知道，包括大哥及三姐。」

「呵呵，原來二姐知道，」秋雁望住雯雯，笑笑地問，「二姐，請問這位是我們的佟兒妹妹嗎？」

「我……我不知道……」雯雯一臉無助地望向愛娜，「愛娜姐，妳為什麼會在這兒出現？為什麼要自認是佟兒？」

愛娜沒有理睬她，再踏前一步，距離秋雁和大春，只有幾步之遙。

「三姐，有一件事妳搞錯了，」她幽幽地說，「雯雯不是二姐，二姐她……早就死了。」

秀妍今次清楚看見秋雁跟大春臉上震驚的表情。

「胡說！」秋雁罕有的激動起來，「站在妳旁邊那位女孩，就是夏蓮姐姐！」

她稍微回復冷靜，然後對愛娜嗤笑一聲。

「假如妳是佟兒的話，應該知道我的鼻子很靈，我在她身上嗅到姐姐的氣味，這一點我絕對不會弄錯！」

「反而妳，自稱是佟兒，但我在妳身上完全嗅不出妹妹的氣味，妳還想騙我到幾時？」

秋雁說完望望身邊的大春，他把本來垂直放下的斧頭舉起，架在肩上，緩緩地說。

「這位小姐，妳的外貌跟身型，完全不像佟兒……雖然她當年只得十四歲，但即使未發育完全，也不代表長大後會變成另一個人。」

「之不過……妳說話的語氣，跟佟兒確實有幾分相似，還有眼神，跟妹妹一樣冷冰冰的。」

頭暈目眩感覺已經消散，秀妍重新站起來，雯雯這時候也扶起家彥，走到秀妍旁邊。

「三姐鼻子最靈，我是很清楚，」愛娜繼續說，「雯雯身上的確散發出二姐的氣味，可是，不代表她是二姐。」

接著她瞥了雯雯一眼。

「三姐，請原諒我在此不方便向妳解釋詳情，」她再次瞄了雯雯一眼，「日後我會再向妳好好說明，妳只需要記住，二姐她，確實已經不在了，至於雯雯……是或不是，已經不再重要，妳就放過她吧！」

「呵呵～～～妳這個騙子真是個話嘮，不過，身材非常好……」秋雁邪念一動，指住愛娜，「大哥，我想要她的身體，動手吧！」

「不行！」雯雯第一時間擋在愛娜前面，左右兩邊張開雙手成大字狀。

「妳不是說我是妳二姐嗎？我現在就要三妹妳停止做傷害人的事！」

「唉！真煩！」秋雁用手輕輕按住前額，「妳說妳是我姐姐，她又說妳不是我姐姐，我該相信誰才好？」

「放心，沒事的。」

愛娜彎腰放下匣子，然後一隻手拉住雯雯，把雯雯拉到家彥前面，然後走到秀妍旁邊，輕聲地在她耳邊說。

「今晚真可謂詛咒的盛會，不是嗎？」

秀妍全身像觸電般震了一下，心臟噗通噗通地不停狂跳，呼吸急速，後頸背一陣發涼，雙眼驚惶地盯住愛娜。

愛娜姐，她……她知道我身上詛咒的事？！

「假如，你們的斧頭傷不了我，」愛娜站回走廊中間，雙手垂下，伸長脖子，閉上眼睛，「就要相信我是佟兒，行嗎？」

愛娜大膽的行為，令秋雁及大春猶豫了，他們可能從沒想過，有人會自願獻上頭顱。

「妳在唬嚇我嗎？」秋雁面露不忿神色，「妳以為這樣說，我就不敢幹？大哥，動手吧！」

今次輪到大春沒有動靜，他只是一味望住愛娜，痴痴地望住，秀妍心想，難道大春……仲德……記起了什麼？

「大哥！」

經秋雁一喝，大春好像如夢初醒，眼神一變，斧頭一舉，踏前一步，一斧揮下去。

「呀～～～～～」

秀妍聽到雯雯的慘叫聲，她雙手抱臉，把頭埋在家彥懷中，家彥也把臉別過去，不忍直睹愛娜的慘狀。

秀妍本來也不想看，但剛才愛娜對她說的話太震撼了，她還未回過神來，大春的斧頭已經揮落，把愛娜的頭活生生地斬下來……咦……什麼……沒斬下來？

斧頭在距離愛娜頸項大約兩寸位置，停下來。

大春停手了！他……認得愛娜？

「大哥……你永遠是我的好大哥……」愛娜睜開雙眼，笑笑地對住大春，「仲德……這一生是我虧欠了你……對不起……」

愛娜說完，一手握著大春拿著斧頭的手，往自己的頸上狠狠地劈下去！

秀妍還是頭一次見到全身殺氣騰騰的大春，被一個女人的動作嚇得把手縮回，連斧頭也掉在地上，但已經太遲了，愛娜半條頸已經被斧頭割斷！

大春呆了，秋雁笑了，家彥和雯雯哭了，只有秀妍，她最清楚發生了什麼事。

假如愛娜真的知道我身上的詛咒……
那她一定也是被詛咒之人……
既是被詛咒之人，她沒必要說假話……
她身上的詛咒，能令她不死……
她擁有不死之身……
鮮血在愛娜頸上不停地流，但是愈流愈少，愈流愈稀，到最後竟然自動止血了，被斬斷的筋骨以極快的速度全部癒合，原本一條深紅色的斧痕慢慢變淡，傷疤也漸漸消失，剛才幾乎被斬開半邊的頸項，一眨眼間，已經全部復元！
在場所有人看得目瞪口呆，愛娜抬起頭，對住秋雁及大春微笑。
「你們現在應該相信了吧。」
大春欲言又止，他動搖了，但秋雁並不這麼想。
「這只能證明妳跟我們一樣被詛咒了，並不代表妳就是佟兒。」
「三姐，妳看看這裡四周，是否跟當年我們住過的屋子，一模一樣？」愛娜問。
「呵呵，原來是妳，」秋雁眨了一下眼，微笑地說，「我正好奇是誰這麼有品味，把這裡裝修得跟以前一個模樣。」
「愛娜姐……把房子讓給我的人……是妳？」
雯雯驚訝得張大嘴巴，愛娜輕輕撫摸她的頭髮，然後再面向秋雁。
「我把這裡布置成以前屋子的模樣，等的就是今天。」愛娜說，「試問我若不是佟兒，還有誰會這麼清楚知道彭家屋內的格局？誰人又會這麼費心，將房子還原成以前的模樣？」
「以前我們家，有很多客人來過，知道家裡格局的人不少。」秋雁搖搖頭，繼續否定，「單憑這點，不足以證明妳就是佟兒。」

「我早知妳會這樣說，三姐，」愛娜俯身把匣子拿起，「所以我帶了一樣東西來，證明自己的身分。」

她左手托起匣子，右手放在匣蓋上。

「大哥，三姐，轆轤之匣的正確使用方法，是我發現的，當年我把方法告訴你們和二姐知道，而這個祕密，一直只有我們四個知道，對嗎？」

大春和秋雁不作聲，似默認愛娜的說話。

「假如我能夠令人變成轆轤首，你們還會懷疑我的身分嗎？」

她把匣蓋打開，秀妍看見，裡面好像有件東西，慢慢地冒出來，那是……頭髮嗎？然後出現的是……眼珠？

這……這件東西……分明就是一個頭顱！等等……為什麼這麼面熟？

頭顱小心翼翼地先露出一對眼睛，然後慢慢從匣子裡飄了出來，秀妍定睛一看，這個頭顱……這個頭顱……不是周肇鋒是誰！

雯雯尖叫一聲，只見頭顱向上飄至天花板，不停在空中盤旋。

「我懂飛了……我懂飛了……」

頭顱呢喃地重複這句說話，然後跌跌碰碰飛至桃木門的相反方向，走廊的另一端，慢慢消失在漆黑中。

「若果哥哥姐姐還不信，這是我最後的證明。」

愛娜說完，把整個頭埋在匣子裡。

「不要！」

叫出來的居然是秋雁！秀妍看見她想上前阻止，但愛娜已經重新把頭拿出來，對住秋雁笑了笑，然後把匣子反轉，倒出來的全部都是水。

「三姐，大哥，很高興再見到你們。」

「佟兒……四妹……妳真是四妹！」大春馬上衝上前，把愛娜擁入懷中。

「看來，妳是佟兒那個怪胎沒錯。」秋雁說時雖然有點不甘心，但秀妍看得出，她內心其實很歡喜。

「佟兒……想不到妳還活著，更想不到妳跟我們一樣，同是被詛咒之人。」大春激動地說，「我們四個，總算一家團聚了。」

愛娜搖搖頭。

「大哥，二姐已經死了。」她眼睛開始泛有淚光，「我今次來跟你們相認，目的就是希望我們三個聯手，把那個殺死姐姐的真凶，永遠消失在這個世界上。」

說畢，愛娜突然把匣子高高舉起，暴力地把它摔在地上，然後拾起地上的斧頭，一斧一斧把匣子劈個稀巴爛。

也就在這一刻，在完全意想不到的情況下，突如其來的影像衝擊秀妍腦袋，她看見了！

視角站在好像是鄉下村落的一條街道上，天空很黑，是夜晚沒錯，視角雙手捧著一個匣子……對，正是這個紅黑匣子！視角視線有點模糊，好像有水氣似的，是在哭嗎？視角望住兩個人影漸漸離自己遠去，看似是一男一女，視角不捨得這兩個人？

其中男人突然轉身，回頭望向視角……他的眼神既驚奇又意外，卻又充滿讚美及仰慕，感情非常複雜……

但是……這個男人……這個男人……哇呀～～～～～～～～～～～～～

秀妍的尖叫聲中斷了影像，她驚訝地望住愛娜，這段回憶……視角見到的這個男人……

不就是那個渾身濕透，上半張臉被頭髮遮住，只露出一張咧嘴大口的鬼魅男人！！
「愛娜姐，不要！」雯雯衝上前阻止她繼續劈匣子，「那個男人會出現的！」
「我就是要他出現！」愛娜放下斧頭，「那個男人，就是把二姐殺死的男人——潘安俊！！」

43

「碧眼仙子到底是誰？」
昕涵焦急地問，她感覺到氣氛有點不尋常，但又說不出那裡不妥。
「這位碧眼仙子，可厲害了。」伊藤從圓枱上跳下來，走到房間一個角落，把雙手翹在胸前，「她為了執行自己的計畫，足足花了五十年的時間。」
「這位碧眼仙子，是婆婆來的？」
「哈哈哈，婆婆？」伊藤嘴角微微上翹，「妳可以這樣說吧，總之，我很想看看她的計畫，最終能否成功。」
「她的計畫是什麼？」
「這個……很難三言兩語說清楚，」伊藤滿意地點點頭，「不過，她的計畫真的很大膽，很邪惡，我最喜歡膽大妄為的人，就好像妳爺爺一樣，我真是由衷地佩服他。」
昕涵沒理會伊藤的挑釁，繼續試探地問。
「這位碧眼仙子，我們是認識的。」

「算是吧。」

「她的計畫，牽涉殺人？」昕涵再問。

「如果對象算是人的話，那就是殺人囉。」

「對象會不是人嗎？難道是怪物？」昕涵不明白他的意思。

「祝小姐，這個世界有很多事，怪異到妳完全沒法想像……就好像妳手袋裡面，一直保護妳的小東西一樣。」

昕涵再次用手護著手袋。

「又例如，有些神器，按正常程序去做，一切相安無事，但攪錯程序，就會產生混亂，從而出現一些……不應該出現的東西，所以我常常說，古代神器應該附上說明書，否則後世人一旦使用錯誤，悲劇就由此發生！」

「不要再同我猜啞謎！」昕涵感覺到事情愈來愈不對勁，「你到底想說什麼？」

「轆轤之匣，只要注水，就能夠把活人的頭摘下來，變成轆轤首。」

「這個我了解。」

「可是……倘若一個死人頭顱進入匣子裡面，妳猜猜會有什麼後果？」

「死人頭顱？」昕涵承認她從沒想過，「有分別嗎？」

「剛才我跟妳說的碧眼仙子故事，妳知道最後那個死而復生的頭顱，去哪裡了？」

昕涵狐疑地望住伊藤。

「他飛回大原郡阿用鄉那塊山田，把那隻殺死他的目一鬼咬死，然後，取代它成為吞食途人的妖怪！」

昕涵不敢置信地掩著嘴，若按照伊藤的說法……

「那個匣子，能把活人頭變成轆轤首，同時保留活人原本的性格及思想，可是，假如放進去的人頭已經死了……那匣子便會把死亡這個概念注入頭顱的思想中，復生的人頭，只會是一隻喜歡殺人的怪物！」

「你意思是，有人攪錯了程序，把死人頭顱當成活人頭顱，放進盛了水的匣子裡，人頭是活了，但同時亦變成一隻殺人的怪物？」

不安感再一次從心底湧上來，為什麼總覺得……這裡的氣氛……有點不尋常？是哪裡出問題？

「祝小姐果然冰雪聰明，」伊藤點頭，「可是，這隻殺人怪物到底何時發作，沒人知道，就好像病毒一樣，潛伏期可以很長很長，直至有一天，那個本來已經死了的頭顱，突然想起死亡的滋味，發覺自己腦子裡滿是殺人斬頭的念頭時，悲劇就會開始。」

「所以，你專誠來這裡，就為了告訴我這件事？」

伊藤搖搖頭，露出一絲邪惡的微笑。

「我是來保護妳的，若果不把妳留在這兒，妳跟妳那幫朋友一起去了那棟房子，被那隻躲在匣子裡的殺人怪物殺掉，我怎對得住妳爺爺？」

昕涵猛然驚醒，終於明白為什麼覺得氣氛不對勁！

伊藤一直在拖時間！他一直把我拖在這裡！他不想我跟他們會合！

「更何況，我很想碧眼仙子的計畫成功，」伊藤邊說邊笑，「妳都知道，妳那個小東西威力驚人，有妳在場，殺人怪物未必能夠……」

砰的一聲打開門，昕涵以最快速度逃離屋子，她聽到背後傳來伊藤譏諷的笑聲，但不理了！昕涵跑回自己的車上，發動引擎，馬上駛離這條鄉郊小路。

等我……秀妍……表哥……你們一定要沒事……

站在村口唯一一盞淡黃色街燈下，我身穿一件白色短袖背心，淺灰色短褲，腳踏拖鞋，等待潘安俊的到來。

在我的記憶中，安俊的父親潘華，媽媽曾經深愛著他，可是他卻跟別的女人在一起，我恨潘華，但他已死，今次陰差陽錯，他的兒子竟然跟二姐拍拖了，真妙！這正是大好機會，為媽媽報仇。

我把潘華及安俊的事告訴大哥和三姐知道，他們說會替我媽媽報仇，不過我知道，他們只是因利成便，大哥急需一個人頭替換，才是最主要原因，我們四兄妹中，最了解媽媽當年痛苦難過心情的，始終是我。

安俊來了，他抱著大包小包走過來。

「請問妳是阿蓮的妹妹嗎？」

我盯了他一眼。

「走吧！」

反正你今晚就要死了，我沒心情跟你說那麼多廢話！

「請問，妹妹妳叫什麼名字？」

這個人真煩！

「佟兒。」

「啊！佟兒是嗎？很好聽的名字，妳今年多少歲？」

一路上，安俊問了很多問題，我大部分都是敷衍回答，可是，我邊行邊想，我現在帶他走的是一條不歸路，這樣做真的好嗎？

我跟大哥及三姐，恨不得馬上把他的頭斬下來，可是二姐呢？我一心只想替媽媽報仇，沒有顧及二姐的感受，假如安俊死了，她會原諒我嗎？

我知道，二姐計畫跟安俊私奔，但她仍在猶豫中，我明白她矛盾的心情，她愛家人，亦愛安俊，一方面想帶安俊過來讓大哥換頭，另一方面又想跟他離家出走，親情跟愛情到底該如何選擇？她仍在掙扎中。

但令我開始考慮放過安俊的最主要原因，是在我內心深處，在我的記憶中，我想起他對媽媽的重要性。

他是潘華的兒子，潘華雖有負於媽媽，但媽媽真的痛恨他嗎？媽媽會願意見到他的兒子，死在我們家人手上嗎？

所以，我決定給安俊一次機會。

「你，跟姐姐求婚了嗎？」

「是，是的，我剛向阿蓮求婚，今次前來是……」

「分手吧！」

我冷冷地吐出這句說話，他沒有反應，沒關係，來到家門前，我再說一遍。

「現在還來得及，分手吧！」

他生氣了！對我說了一大堆沒意思的話，看來要逼他走只有一個方法。

「假如我跟你說，我們一家四口都是怪物，你還願意來嗎？」

他仍然執意要來，自己要送死，我也沒辦法。

晚飯時，我沒有說話，飯後幫忙二姐收拾碗筷，我問她決定了沒有，她不作聲。

我回到房間，沉思良久，到底我應否放過安俊？大哥已經叫他今晚留在家過夜，若果我不採取行動，以二姐優柔寡斷的性格，安俊今晚必死無疑，大哥及三姐一定勸不聽的，唯一方法，就是叫安俊自己逃跑。

等等！我為什麼這麼操心！安俊死了我樂見其成，不死對我也沒有損失，我救他，是為了二姐？抑或是為了媽媽？媽媽，若果妳是我，妳會如何做？

到最後，我還是決定敲敲客房房門，奇怪？安俊不在！他到哪去了，咦！姐姐該不會……

我敲敲姐姐的房門，果然……

「原來你在這裡。」

我沒有理會安俊，自顧自爬上二姐的床，二姐想保護他，以為躲在自己房間，大哥就不會找到他，二姐的想法，有時真的太過天真。

大哥今晚一定會過來，要救安俊，必須令他離開房間，最好同時能夠讓他看清楚，我們一家都是怪物這項事實，要他自己知難而退。

「即使她是怪物，你還一樣愛她？」我淡淡地問。

安俊又發怒了！他這種少爺脾氣，真不明二姐如何忍受他！

我走到房門口，轉身對他說。

「今晚子正，你回飯廳看一眼，就會明白。」

我肯定，安俊一定會去，只要他見到三姐，一定嚇得奪門而逃。

但為安全起見，我還是需要從旁監視。

我躲在客廳附近，心想安俊此刻應該見到三姐了，為什麼還不衝過來？大門就在這兒。

突然傳來一聲尖叫，是安俊！發生什麼事了！我過去飯廳一看，只見他發了瘋地跑，跑回那條長走廊上……

你這隻蠢豬，居然往回跑到大哥面前！

我此刻忐忑的心情，終於令我明白，我還是放不下安俊，是因為二姐的關係？不完全是，我發覺，在我的記憶中，夾雜著媽媽對潘華的愛，令我不忍心對安俊痛下殺手，他是媽媽舊愛的兒子，倘若媽媽最後跟潘華在一起，那安俊也可說是媽媽的孩子，是我的哥哥，媽媽會忍心看見自己的孩子死去嗎？而我，又會忍心殺死自己的哥哥嗎？

我趕快跑到走廊外面，看見安俊站在窗前，盡最後努力拼命敲打，我現在救他，大哥及三姐一定不高興，畢竟最初我是同意殺他的，但我沒得選擇。

就在大哥舉起斧頭之際，我把一扇玻璃窗打開，雙手拉著安俊的衣領。

「快！跳出來！」

我拉著安俊，往村口方向逃去。

「你要馬上離開，以後也不要回來。」

他問了很多問題，甚至質疑我救他的動機，我本想對他說，因為你父親跟我母親有過一段情，而我深深體會母親對你父親的愛，愛屋及烏，不忍心把你殺掉，所以最後把你救出。

「你對於我，有某種特殊意義的存在，我不能說這是愛，但是，我不能眼巴巴看見你被他們殺了，我還是過不了自己這關。」

我最後這樣答他，因為我不想向他透露自身詛咒的事，但這個白癡，竟然以為我愛上他了！還說他可以理解，雖然我的年紀還很小……他真的以為自己是情聖嗎？有二姐一個還不夠？他這個人的腦子到底裝些什麼？

「這個我不想向你解釋。」

我真的沒有心情再跟他糾纏，只想他儘快離開，然而他仍然很多話，堅持要問清楚才肯走，最後，二姐來了。

「阿俊……你愛我嗎？即使我是一隻怪物。」

我敢肯定，當他見到二姐妳只剩一個頭顱時，絕對會嫌棄妳。
「佟兒，我不知該如何感謝妳，是妳救了阿俊……」
二姐，妳已經決定了？
「當妳明白什麼是愛情時，妳都會這樣做……」
假如真的是愛情還好！但如果，安俊並非妳想像中長情呢？
從他望我的眼神，從他一番自作多情的說話……我非常懷疑……
「姐姐現在把這個匣子交給妳，妳把它帶到一處偏僻地方……」
姐姐，妳不能走！妳的身體……會死去的。
「死去就死去吧，即使只有頭顱，阿俊還是愛我的，對嗎？」
我看著他們漸漸遠去，我哭了，二姐最終選擇了愛情。
我站在原地，雙手捧著匣子，夜風再一次把我的長髮吹起，我沒有叫喊，亦沒有追上去，只是默默地盯住他們兩人。
安俊走到半路，曾經回頭望了我一眼，從他訝異的表情可以看出，他一定見到我被悲傷染成碧藍的眼睛。
我到最後，仍然沒能幫哥哥姐姐解除詛咒。
二姐走了，我抱著匣子，離開大哥三姐，開始展開我的孤獨之旅……

夏之別　佟兒的故事
一九六八年仲夏

男人：「啊呀……啊呀……」

二姊：「阿俊……你忍耐一點……」

男人：「呀……我的頭……好痛！」

二姊：「我知道，但醫生開的止痛藥已經吃了，為什麼還會痛？」

男人：「都是妳……一日都是妳……帶我來這些窮地方，沒車沒錢，叫我怎麼做人？」

二姊：「阿俊，你不愛我了嗎？」

男人：「愛？愛不用吃飯嗎？愛不用花錢嗎？我為了妳，工作辭了，家人也沒了，就是因為這個愛字！」

二姊：「對……對不起。」

男人：「說對不起有什麼用！我受夠了，我不想再跟妳一起生活，我要過回以前的日子……」

二姊：「不！安俊，你不能拋棄我！」

男人：「我的頭痛，都是妳造成的……一定是這些鄉下生活……令我頭痛……」

二姊：「不是這樣的，你曾經說過，自從你搬去跟遠房親戚一起住開始，你就一直頭痛……」

男人：「那時候沒痛得這麼頻密，一定是鄉下生活令我頭痛加劇，一定是……一定是……」

二姊：「阿俊，你躺下來，冷靜一點，你現在看似不是頭痛這麼簡單……」

男人：「呵呵，妳是想說我瘋了，對嗎？」

二姊：「我不是這個意思。」

男人：「我知妳是……妳看我的眼神……根本就當我是瘋子……」

二姊：「我沒有！」

男人：「不要，我不要再留在這裡！我要走，我要離開！」

二姊：「阿俊，你為什麼會變成這樣？」

男人：「我沒變，我沒變，我很正常……」

二姊：「阿俊，聽我說，你先躺下來，放鬆自己……你……你為什麼拿刀出來？」

男人：「我……我突然好想……斬頭……」

二姊：「你……該不會……」

男人：「為什麼……為什麼妳的頭沒有飛出來……妳不是轆轤首嗎……為什麼仍然跟身體連著……」

二姊：「阿俊……」

男人：「我想斬頭，然後塞入……匣子呢？匣子在哪裡？」

二姊：「不要胡思亂想，我現在馬上帶你去看醫生。」

男人：「阿蓮……我……好想將妳的頭……塞入匣子裡……」

二姊：「阿俊，我的頭，本來就可以隨便塞入匣子裡，塞入後也不會死。」

男人：「那麼我……我用自己的頭……」

二姊：「不要！不要拿刀插在自己頸上！你會死……哇呀！！！！」

男人：「妳叫我不要插在自己頸上，那我就插在妳的頸上囉，嘿嘿嘿……」

二姊：「阿俊……你居然……這麼狠心……真的一刀插下來……」

男人：「我忍妳忍夠了，我不要再過這種生活，沒有妳，我可以活得更精采。」

二姊：「沒用的，就算只剩下頭顱，我一樣可以生存……你幹什麼，阿俊！」

男人：「我不想再見到妳，決定把妳的頭割下來，然後用麻布袋包好，埋在地底。」

二姊：「不要！不要！」

男人：「不只是頭，身體也要埋好，妳看妳的身體，萎縮成這個樣子……妳叫我怎樣去愛妳？」
二姊：「……」
男人：「我真後悔當初為什麼跟妳走，假如我跟佟兒……我的媽啊！妳咬我！！」
二姊：「我把你的鼻子咬下來，讓你以後……咦？為什麼你的頸項……這條紅色的血痕……難道你是……」
男人：「我……我的頸……我的頭……很想飛出來……但不能……」
二姊：「你……你的頭……你也是轆轤首？不對，你跟我們不同，你不是轆轤首，你是……咿呀……」
男人：「我……我的手……好大力啊……可以輕易把人撕開……哈哈哈……阿蓮……我終於將妳的頭跟身體撕開了！」
二姊：「咯咯……」
男人：「妳流好多血啊……放心……埋在地下沒人見到的……」
二姊：「咯咯……」
男人：「我記起了……阿蓮……我是屬於匣子的……匣子是……我的母親。」
二姊：「咯咯……」
男人：「我記得……我小時候就住在裡面……是我父親把我的頭放進去的……嘻嘻嘻。」

「阿俊……」

夏蓮的故事

一九六八年冬

44

「潘安俊殺死彭夏蓮？妳們到底在說什麼？」

家彥望住雯雯和愛娜，期待她們能給出答案，但很快，答案自己就出來了。

先是聽到水滴聲，一滴一滴，滴在走廊的木地板上，在桃木門的相反方向，走廊的另一端，漆黑的盡頭中，漸漸出現一個身影。

然後傳來可怕的慘叫聲。

身影逐漸逼近，到最後，一個上身赤裸，下身只穿著短褲，渾身濕透的男人，站在家彥他們面前。

男人上半張臉被垂下來的頭髮遮住了，一張大口正咬著一樣東西不放，家彥定睛細看，咬著的不正是周肇鋒的轆轤首嗎？剛才的慘叫聲，是他發出的？

男人的大口幾乎把人頭吞了一半，尖銳的牙齒不停啃噬臉部的骨和肉，周肇鋒一動不動，嘴角淌著血，看來死透了。

這個男人，就是潘安俊？

****

秀妍把頭別過去，縱使她這十多年來，已經看過不少恐怖噁心的影像，但今次這個場面，確實令她倒胃口，這個邪惡的男人，就是故事中那個情深款款的潘安俊？

一定沒錯！秀妍剛才看見了愛娜的回憶，跟故事中最後的情景吻合，愛娜若是佟兒，這個男人必定是潘安俊！

安俊把筆鋒的頭啃了一半吐出來，舔舔嘴唇，再次一步一步走近。

他的雙手，捧著一個紅黑色匣子。

秀妍連忙望望地上，剛剛被愛娜砸得粉碎的匣子，消失了！散落一地的殘骸消失了！

「不用怕，」雯雯首先打破沉默，「他是來還匣子的，我只要過去接收，他就會消失不見。」

「不行！」愛娜制止，「他跟匣子，已經陷入無限循環，他不死，匣子不滅，匣子不滅，他永不死，妳接過匣子，只會令匣子及他一直延續下去，禍及後人。」

說完她望向大春及秋雁，指住安俊。

「就是他，把二姐殺死了，還把二姐埋在泥土裡，害她的頭顱飛不出來。」愛娜說，「他早已成為匣子的奴隸，生存只為殺人，為了二姐，我們必須把他永遠除掉。」

「佟兒，妳之前見過二姐？」秋雁瞄瞄愛娜。

「嗯，就在那晚事件後大約半年，我終於找到她。」愛娜繼續說，「她臨終前吩咐我，一定要把發了瘋的潘安俊殺掉。」

「呵呵，」秋雁轉頭望向安俊，「當年本來就是要解決他，只因為妳……算吧，他長得雖然古怪，但沒什麼是大哥的斧頭解決不了。」

大春彎腰把斧頭拾起來，踏前一步。

「這個傢伙，我一下就能把他的頭斬下來。」

「大哥，不要輕敵！」愛娜警告，「不知道什麼原因，二姐被他傷害後，身體失去復原能力，頭顱和身體不能再接合，二姐就是因為這樣才死去。」

「放心！大哥會搞定的！」

＊＊＊＊＊＊＊＊＊

當大春向安俊衝過去，家彥以為，這是一場強弱懸殊的決戰。

安俊長相雖然可怕，但身型瘦弱，雙手又捧著匣子，根本沒法和力量型的大春比……

但很快，家彥知道自己錯了。

大春熟練又有技巧地朝安俊頸項劈過去，斧頭精準地落在這個人體最脆弱的地方，可是，斧頭並沒有完全砍下去，它只砍了一半，便被安俊頸上的肉卡住了。

安俊的頸，就好像石頭一樣堅硬，就算剛才大春用盡全身力氣，也只能劈進一半！

然後，更可怕的事發生了……

安俊望住大春，咧嘴而笑，然後左手托著匣子，右手一把抓住大春的頭，直接把頭從身體撕出來！

「大哥！」

驚叫的是秋雁，她完全料想不到，強壯勇悍的大春，竟然一下子就被擊倒。

也就在此時，只見她身子前傾，突然消失在原本站立的位置，家彥左顧右盼，發現她不知何時，已經跑到安俊的背後……

她這招……她剛才就是用這招……從窗外沙地……瞬間出現在我跟秀妍的前面……

那麼她是想……

「秀妍，掩著耳朵！」

家彥迅速雙手掩耳，其他人也跟住做，之後馬上傳來一聲恐怖刺耳的悲鳴……

滿以為今次這隻怪物一定被擊倒，剛才那一聲悲鳴，家彥他們全都要掩耳蹲下來避開，但怪物卻文風不動站立原地，毫髮無傷……

然後，他緩緩轉頭望向秋雁，張開血盤大口，兩條像骨頭般的尖銳東西，突然從嘴巴裡伸出來，刺進秋雁雙眼，直接從後腦袋穿出來！

她慘叫一聲，倒在地上，鮮血不停從她雙眼流出。

家彥看愣了……完全愣了……

剛才還不可一世的大春及秋雁……就這樣……就這樣輕易地倒下了……

****

秀妍不敢置信地望住安俊，這隻怪物，為什麼會這麼厲害？

是因為他內心充滿怨恨，所以特意回來，向當年追殺他的大春及秋雁報復？不對，若要報仇早就報了，為什麼要等到現在？

更何況，他的行為……殭屍一樣的行為……

他就像一個活死人，拼命守護著他的主人……

那個匣子……他不能讓匣子毀掉！

安俊頸項上仍插著斧頭，但他沒有理會，繼續捧著匣子，一步一步，向雯雯走過去。

「為什麼？為什麼你要一直纏住我？」雯雯拼命搖頭，雙眼滿是淚水，「就因為我是夏蓮？那個被你遺棄的人？你把匣子還我，是因為匣子毀了，你也要死去？」

「雯雯，不要胡思亂想，」愛娜大喊，「妳不是二姐，妳不是彭夏蓮，妳之所以記起以前的事，是因為……」

雯雯沒有理會愛娜的呼喊，她走上前，站在安俊前面，雙手接過匣子，然後高高舉起……

「雯雯，等等！」

愛娜驚叫想制止雯雯，但太遲了，她把剛接過來的匣子舉起，然後用力把它砸在地上！

「我不會，再接受這個邪惡的東西！」

安俊仰天發出一聲淒厲的嚎哭，哭聲中帶著悲慟及憤怒，當他再次望向雯雯時……

「危險！」

是家彥的叫聲！只見安俊舉起右手，試圖抓住雯雯的頭，家彥及時飛身抱住雯雯，跟她一起滾到旁邊牆壁上去。

緊接著，安俊像發了瘋似的，朝家彥衝過去！

****

家彥抱住雯雯，成功避開安俊剛才的攻擊。

自從安俊把大春及秋雁擊倒後，家彥一直有留意他的動作，所以當他右肩稍稍向上聳時，家彥知道他要出手了。

但令家彥意想不到的，是避開攻擊後，安俊馬上調整步伐，以極快速度衝過來，他頸項上仍插著大春那把斧頭，但跑起上來完全不受拘束，就好像斧頭根本不存在一樣！

安俊向家彥伸出左手，家彥側身避過，同時間把懷中雯雯拉向自己後方，用身體保護她，這隻怪物體型雖然瘦小，但力大無窮，不能跟他太過接近，被他抓住一定完蛋，家彥往後退了三步。

安俊並不罷休，剛才一擊落空，他馬上轉身向家彥再次發動攻勢，但今次沒有伸手，他只是追貼家彥，當只剩三步距離時，他張開血盤大口……

他想從口中，吐出那兩條能穿透頭蓋骨的利刺……

家彥大力把身後的雯雯推開，他怕這東西會穿透自己傷害雯雯，他改變站姿，身體挨在牆壁上，假如他能避過這次攻擊，那兩條骨狀利刺，便會打在牆壁上……

可是，當他用手摸摸身後的牆壁時，發覺原來自己並不是站在磚牆前面。

他站在一扇門前面。

安俊果然從口中吐出那兩條噁心的利刺，家彥伸手摸到背後的門把，順勢一扭，門從背後打開，家彥整個人倒在地上，成功再次避過攻擊。

怪物好像對兩次攻擊落空感到又意外又憤怒，他再一次仰天嚎哭，然後向倒在地上的家彥發動第三次攻擊……

「雯雯！不要！」

家彥聽到秀妍尖叫，然後一個細小的身影擋在自己前面，安俊伸過來的手沒有落在自己頭上……

怪物的手，落在雯雯頭上。

「你以前不是殺過我嗎？再殺一次又如何？」

雯雯冷冷的說，安俊的手按住她的頭，但沒有即時把它撕下來，只是呆呆地瞪著她。

「雯雯，快逃！」愛娜衝過去，「他真的會把妳殺掉！」

「我的親人，不論過去還是現在，全部死了，」雯雯這時望住愛娜，「我是夏蓮也好，不是也好，沒所謂了。」

「不！還有我！」

愛娜眼泛淚光，她衝到安俊背後。

「潘安俊，看過來！」愛娜拍了兩下手掌，「你還認得我嗎？」

安俊側起半邊斷掉的頸，轉頭望向愛娜，家彥、秀妍和雯雯，也朝她的方向看過去。

家彥張大嘴巴，秀妍掩著嘴，雯雯呆若木雞……三個人完全看傻了。

愛娜雙眼……就跟雯雯一樣……藍色……一對碧藍色的眼睛！

****

秀妍愣了，愛娜姐為什麼也是碧眼？

「潘安俊，認得我嗎？」愛娜挑釁地說，「你跟二姐離開時，回頭看了我一眼，你被我深深迷住了，對嗎？」

安俊似乎有反應！他先是鬆開抓著雯雯頭顱的手，然後轉過身來，朝愛娜走過去。

「你，把我的兄姐全殺光了，」愛娜繼續引開安俊注意力，「還剩我一個，來吧，來取我的命，來吧！」

秀妍留意到，家彥此時已從地上站起來，他一直等待機會，想從後抱起雯雯逃跑，但之前安俊的手按在她的頭上，家彥不敢輕舉妄動，現時愛娜正好引開怪物視線，他終於有機會了！

正當家彥想把雯雯抱走時，她卻突然轉身向家彥說。

「家彥哥哥，謝謝你來找我。」

她向家彥展露一個甜美笑容。

「我會永遠記住你。」

說完她突然跑回安俊前面，一掌打在他的鼻上，不對！不是打！雯雯好像放了些什麼在他的鼻上！

「雯雯！」家彥大叫。

接下來的事，只在幾秒之內發生。

先是安俊發出一陣痛苦的呻吟聲，然後他一隻手掩著鼻子，另一隻手向雯雯猛力揮過去，就像一柄鋒利的劍，橫腰劏向雯雯的肚子！

「呀～～～」

雯雯發出悲絕的慘叫聲，家彥趁亂馬上抱起她逃到桃木門位置，她一肚子都是血！

秀妍看看身邊的愛娜，她一雙碧眼滿是淚水，悲傷、憤怒、悔疚，為什麼她的眼神，蘊含著這麼多的情緒？

也就在這個時候，秀妍瞧了安俊一眼……

他本來遮住上半張臉的頭髮，因為雯雯剛才一擊而弄亂了，頭髮不再遮擋臉部，不單秀妍，現場所有人，都看得清清楚楚……

安俊他……安俊他……

****

……沒有鼻子！

這是家彥第一次見到安俊的整張臉，他的鼻子，好像被什麼東西咬噬了！他臉部中間位置，只有一個凹陷的洞！

還有，他的雙眼……死魚一樣的雙眼，跟屍體沒有分別。

他的頭髮之前一直垂下來，剛好擋住鼻子及眼睛，所以大家都沒有發覺，原來安俊他，不單鼻子沒了，眼睛也死了，只是一具行屍走肉。

雯雯剛才，好像是故意朝安俊的鼻子攻擊，她為什麼這麼傻？這麼近的距離，安俊一定擊中她的。

雯雯血流不止，家彥拼命用雙手掩住她的傷口，這時秀妍也跑過來，從手袋裡拿出一件披肩，跟家彥合力綁在雯雯傷口位置，雯雯嘴唇開始變得蒼白，眼神也開始呆滯。

「家彥……哥哥……你會……懷念我嗎？」

「不要胡說！妳會沒事的。」

家彥一邊按住傷口，一邊回頭確認安俊的位置，他見到怪物雖然站在愛娜前面，但卻側著頭朝自己方向望過來，他對受傷的雯雯咧嘴而笑，然後……

他一手握著頸上的斧頭，用力拔出來，把斧頭對準雯雯。

「潘安俊，我在這兒，有本事來取我命！」

即使愛娜拼命地喊，但安俊仍然把斧頭擲向家彥方向……

雯雯出血太多，不能再移動了，唯今之計，只有……

家彥馬上把秀妍及雯雯按下，用自己的身體伏在她們身上……

「不行，家彥，你會死的。」

秀妍試圖把家彥推開，但家彥緊緊地摟著她，令她安全地躲在自己懷中，斧頭的旋轉聲漸漸從背後傳來……

能夠保護心愛的人……

他閉上雙眼……

****

秀妍已經暗中脫下手套，打算跟安俊決一死戰，即使在家彥面前洩露自身的能力，她也在所不惜。

家彥為了保護她，連命也可以不要，她自身詛咒能力的暴露，又算得上什麼！

一切都在電光火石間發生。

秀妍先是聽到玻璃碎裂的聲音，是走廊上的玻璃窗！家彥也被這突如其來的聲音嚇倒，手一鬆，秀妍趁機把他推開……

她看見一幅詭異的畫面。

走廊一整排玻璃窗全部粉碎！狂風從外面吹入走廊，捲起玻璃碎屑，纏住安俊不放，然後……本來飛過來的斧頭突然反彈回去！不，不止如此，還愈轉愈快，愈轉愈急，朝安俊直撲過去，直接把他餘下的半邊頸斬下來！

安俊立時身首異處，頭顱在地上滾了兩圈才停下，插著玻璃碎片的身體，軟綿綿的跪趴在地上，斧頭因為衝擊力太大，插在牆身上。

秀妍看看自己雙手……右手手套已經脫了，但左手手套脫剩一半……

而且雙手還沒舉起……

這個……不似是自己的能力……

「秀妍！表哥！」

昕涵站在桃木門前，向秀妍及家彥高聲喊著。

「昕涵……」

秀妍哭出來了。

「發生什麼事？」昕涵跑過來，馬上發現雯雯一身是血，「雯雯她……」

「快！快叫救護車！」秀妍對昕涵說。

「那隻怪物，死了嗎？」家彥遠遠瞥了安俊一眼。

「我過去看看。」

秀妍壯著膽子走過去，踮起腳，伸長脖子望望他，安俊眼睛沒有閉上，瞪得很大，但仍然跟死魚一樣，這個模樣很難判斷是否真的死了。

「他的鼻子，是唯一的弱點。」

愛娜突然站在秀妍身邊，淡淡地說。

「愛娜姐？」

「雯雯她，為了我們犧牲自己，她太傻了。」

秀妍的右手尾指動了一下，這種感覺，弊了！

她先是聽到昕涵的驚呼聲，然後聽到家彥大叫「退後」，秀妍抬頭望向安俊，他的身體竟然重新站起來！

他一手把自己的頭顱抓起，另一手把牆上的斧頭拔出來，頭顱的眼睛眨了一下，像在確認方向，嘴巴不斷發出嘰嘰的笑聲，他先是望住秀妍，再望向愛娜。

「不關妳能力的事，他本身還未死。」

愛娜姐！妳怎知道……

「他的性命，」愛娜一雙蔚藍色的碧眼望住安俊，「就由我來親手了斷。」

影像總會在意想不到的情況下出現，今次畫面非常清晰，是因為一隻手脫下手套緣故？

視角好像身處一條村落的地方，四野無人，不過天氣相當好，藍天白雲，是大白天的回憶沒錯，視角坐在海邊，眺望遠處海景，這處的景色很美喔，等一下！這個海景，為什麼那麼像萬宜水庫的湖景？

視角之後把視線往下移……在視角的膝蓋上……是一個人頭！一個傷得很重的女人頭顱！她一隻眼已經睜不開了，只打開另一隻眼，對住視角……微笑。

頭顱好像對視角說了什麼，視角一直點頭，然後，頭顱心滿意足地，合上唯一一隻眼睛，再沒有睜開過。

視角這時把頭顱放在旁邊，然後拿出一個匣子……就是那個紅黑色的詛咒匣子！視角打開它，往裡面看了一眼……

匣子裡面全是水，還有兩條很小的魚在游弋！由於天氣實在太好，從水裡可以見到藍天白雲的倒影……與及視角自己的倒影……

但是……這個……這個倒影……為什麼……為什麼視角會是……

「這裡，就交給我吧。」

愛娜笑笑地望住秀妍，然後上前面對安俊，她舉起一瓶紅紅的，不知道是什麼東西，向安俊厲聲喝斥。

「潘安俊，我二姐這麼愛你，你居然如此恨心，把她埋在地底！」

安俊拿著斧頭，向愛娜行前一步。

「潘安俊，匣子已毀，你再無容身之所，二姐叫我放過你，但對不起，我不是她，你小時候的不幸遭遇，我深表同情，但我無法原諒你這樣對待二姐。」

安俊舉起自己的頭顱，嘰嘰嘰的笑起上來，由於被自己的手抓起頭髮，鼻上的凹陷位顯得更清楚！

「轆轤之匣的詛咒會不停輪迴，被詛咒的你亦會不停復生，我不想再見到你活在這個世界上，二姐也不想你永遠沉淪在殺人的旋渦中。」

窗外的夜風吹入走廊，把愛娜的長髮吹起，秀妍彷彿看見故事中的佟兒，白皙光滑的皮膚，在漆黑中顯得格外搶眼，她用一雙染滿淚水的碧眼，默默地盯住安俊。

「當年，我在這裡把你救了，今日，我在這裡把你澈底毀滅。」

安俊已經走到愛娜前面，他舉起斧頭，往愛娜肩上直劈過去，同一時間，愛娜把手上那瓶東西，向安俊鼻子擲過去，瓶子破裂，紅紅的東西灑在他的鼻上。

安俊的身體突然開始冒煙，好像蒸發似的，水蒸氣不停向上升，身體變得愈來愈小，直至全部消失，只剩下一條褲子平躺在木地板上。

頭顱此時亦開始萎縮，鼻上的傷疤愈來愈大，眼睛卻愈縮愈小，最後整個頭顱縮成一團只剩下頭髮的肉球，在地上滾了兩下，滾到愛娜的腳邊。

「一切，都完結了。」

愛娜把插在肩膀上的斧頭拔出來，傷感地說。

45

如果時光可以倒流，家彥希望，能夠回到昔日跟仲德及雯雯相處的青葱歲月。

至少，回到那個時間點，他可以再一次見到仲德，見到雯雯……

雯雯死了，失血過多致死。

大春及秋雁也死了，本來聽說他們的頭跟身體分開後，是可以自行治癒，但奇怪的是，大春的頭被扯下來後，無法再跟身體接合，秋雁剛好相反，被刺盲後，頭顱無法跟身體分離，兩人的傷口急速潰爛，身體不斷萎縮，最後縮至初生嬰兒般大小後，氣絕身亡。

據愛娜說，他們兩人的情況，跟當年夏蓮極為相似，同樣是傷口無法癒合，至於為什麼會這樣？她解釋，可能跟潘安俊這隻怪物有關。

那個匣子，能把活人變成轆轤首，把死人變成怪物，但兩者相互抗衡，他們因為被安俊擊傷而死亡，安俊也因當年鼻子被夏蓮咬噬，造成永久不能復元的傷口，成為唯一弱點。

死去的還有肇鋒，他被安俊咬死了，可是，實際上謀殺他的人是愛娜，當然，我們大家都沒出聲，不是說我們認同她的做法，只是，我們也沒有證據指證她是凶手，匣子已毀，所有轆轤首已亡，口說無憑，警方也不會相信。

昕涵事後對我們說，她跟蹤肇鋒來到屋子，發現裡面收藏很多報章書籍，全都是關於匣子和村落的資料，不過家彥看得出她有事隱瞞，可能跟千濤三兄弟有關，但當家彥問她時，她只是笑笑回應，表哥現在最需要的是平復心情，祝家內部的糾紛，日後總會來個了斷。

數天後，家彥集合所有人的情報，開始理出整件事的來龍去脈。

一切要由潘華說起，他從日本把那個詛咒的匣子帶回來，自己也把頭換了，只可惜，他弄錯方法，沒有替匣子注水，而是……把自己的頭斬下來，直接放進匣子，最後就變成一隻隨時發瘋的怪物。

潘華應該是有幫手的，不然自己的頭被斬後，如何能妥善地放進匣子裡？但這個人是誰，沒有人知道，不過有一件事可以肯定，他把自己的妻子岳父岳母斬殺前，已經把兒子安俊的頭顱割下來！

安俊其實蠻可憐的，小小年紀已經被父親斬下頭顱，放進匣子裡，他變成怪物並非出於自願，在結識夏蓮前也一直相安無事，彭家與潘家，生的頭顱與死的頭顱對立，最後兩敗俱傷，一切都是宿命！

至於肇鋒，他一個人埋首研究轆轤之匣的傳說，但跟潘華一樣，錯誤理解匣子的使用方法，只知道要凝視匣底，不知道要注水，結果最後被愛娜算計了！

家彥想深一層，自己其實要向愛娜說聲謝謝，她一早知道匣子注水會帶來什麼後果，所以酒店那一幕，當肇鋒拿著那杯水走近我時，她馬上起身把他撞開，目的就是避免他手上那杯水，不慎倒入匣子裡，因為我當時剛好跟肇鋒對賭，正全神貫注凝視匣子底部……雖然肇鋒並不知道水的用處，但愛娜出於以防萬一，也算是救了我一命。

若按時間線的順序，之後的事就很容易推測了，夏蓮她們意外發現父親祕密埋藏的匣子，由於之前父親從沒提過，所有人，包括佟兒在內，都以為只是一個普通匣子，悲劇由此而起。

時間來到現代，雯雯及仲德為何會被牽扯入內？雯雯到底是否夏蓮？到目前為止，仍然得不出一個結論，最清楚真相的一定是愛娜，可是她三緘其口，只表示，不論跟仲德拍拖，抑或對雯雯疼惜，兩者都是發自真心，這點家彥也沒法否認，雯雯死的當天，在醫院哭得最厲害的就是她，她那雙沾滿淚水的碧眼，完全跟雯雯一模一樣。

難道……她們是親姐妹？家彥搖搖頭，假如是親姐妹的話，那麼愛娜跟仲德拍拖就……關係還蠻複雜的。

愛娜知道太多過去的祕密，令人無法不相信，她就是五十年前的佟兒，但為什麼她要把屋子布置得跟以前彭家一模一樣，然後轉送給雯雯？按理說，雯雯根本不知道以前彭家的家居格局，愛娜把屋子布置成這個樣子，對雯雯來說，根本毫無意義。

又抑或，其實一切都在愛娜的計算之中……

那個轆轤之匣……就埋在屋子走廊外的沙地裡……恰好雯雯把它挖出來……然後就記起以前的事……

愛娜……她所做的一切……似是有備而來……

她的目的，到底是什麼？

半年後，我帶著匣子，回到爛泥灣村。

大哥及三姐搬走了，搬到哪裡去，我不知道。

不過，有一件事頗為有趣。

我們的故居，那座我跟父母及三位兄姐住過的大宅旁邊，剛好有一戶人家新搬進來，他們是在我離開後幾個月才搬來的，之前從未見過。

他們姓賈，有一個很可愛的兒子，大約十歲，由於長得又矮又胖，村裡的人都叫他做小冬瓜。

他不怕生，第一次見我就黏著不放，整天姐姐，姐姐地叫我，要我講故事給他聽，我以前一直是當妹妹的角色，從未被人稱呼作姐姐，他的出現，確實蠻討我歡喜，算是這段時間，對我最大的安慰。

我離開賈家後，獨個兒坐在海邊，面向官門水道，今日天氣很好，視野清晰，我小心翼翼地觀察四周，確定沒人後，把匣子打開……

「二姐，我們回來了。」

我慢慢把二姐的頭顱捧起，把她臉向大海，她睜開一隻眼睛，望著這塊她出生的地方，望著這片她最愛的大海，因破損而歪斜的嘴角，動了一下。

「佟兒……謝謝妳……」二姐聲音發抖，「我……竟然……還可以回來……」

我把二姐擁入懷中，在她的眼睛上，輕輕親了一下。

「二姐，這裡很快就會成為水庫的一部分，」我望向遠處的海，「今次，可能是我們最後一次來。」

「佟兒……我死了之後……把我的頭……葬在這裡……埋得深一點……我想……永遠留在這裡……」

「二姐，妳不會死的！我這幾天把妳放進匣子裡，妳的精神好了不少。」

「沒用的……佟兒……」我聽到二姐的喘氣聲，「這個匣子……只能……暫時把我的性命延長……沒法醫治……我的傷……我……已到極限……」

「不要！我不要！我一定有辦法令妳復元！」

「我自己知道……發生什麼事……」二姐努力想把另一隻眼睜開，但那隻眼已經毀了，「阿俊他……已經成為匣子的奴隸……他很早之前……就死掉了……生與死的對立……他對我造成的傷……不會復元……」

「二姐，我一定會找到潘安俊，替妳報仇！」

「不……不要……放過他……」

「二姐！」

「佟兒……聽我講……」

二姐想把頭靠近我，但她已經無力飄起來，我連忙把她抱起，俯下頭，耳朵貼著她的嘴巴。

「安俊他……很可憐……一切都是他父親造成的……他自己也不想……原諒他……好嗎？」

我點點頭，表面裝作答應，我不想二姐難過。

「我現在最擔心的……是大哥及秋雁……他們……為了生存……一定會去殺人……」

「要我去找他們嗎，二姐？」

「佟兒……妳應該去過自己的生活……妳跟我們不同……不應該牽涉……」

「由我做妳妹妹開始，我已經牽涉入內，」我眼眶開始濕了，「他們也是我的兄姐，如果做出傷天害理的事，我亦不能置身事外。」

「佟兒……妳變了……變得有人情味……變得有同理心……」

我終於忍不住哭了出來，淚水一滴一滴，滴在二姐滿是傷痕的臉上。

「不要哭……佟兒……大哥及秋雁……就拜託妳了……」

「我會……我會……」

「佟兒……我想……再看一次匣子裡的水……匣子裡的魚……」

「二姐……為什麼？」

「那是……一切的開端……雖然……帶來惡果……但我……永遠不會忘記……大哥當時開心的樣子……秋雁的笑聲……還有妳……第一次願意遷就別人……」

我哽咽地應了一聲。

「嗯，等我一會。」

我先把二姐藏好，然後捧起匣子跑到海邊，剛好有位漁夫經過，我問他借了兩條小魚，把匣子注滿海水，馬上趕回去。

「二姐，我回來了。」我把二姐舉高，讓她可以清楚看見匣子裡的水和魚。

「謝謝妳……佟兒。」二姐心滿意足地笑了一下。

我把匣子放在一旁，再一次抱起二姐，她睜開唯一一隻眼睛，溫柔地望住我微笑。

「佟兒……我很喜歡妳的藍眼睛……因為……它代表了……妳為我們的……犧牲……和……愛……」

說完她便合上眼睛，再沒有睜開過。

我強忍淚水，把二姐放在一旁，重新把匣子拿起，望住水中自己的倒影……望住自己那雙碧眼。

我……彭佟兒……以我自身詛咒能力起誓……

我一定會找到潘安俊……替二姐妳報仇……

我一定會找到大哥及三姐……那戶姓賈的人家……那個小冬瓜……剛好派上用場……

我一定會……以另一個方式……替妳重生……妳萎縮成嬰兒大小的身體……我還保留著……

我會用我的一生……去完成這些事情……

但假如……我今生未能完成……

我會……用我的下一生……去完成這個使命……

我的詛咒……會把今日的事記住……牢牢地記住……

二姐……請妳安息……

我合上雙眼，一滴眼淚沿著臉頰，滴落匣子裡面……

匣子的水，瞬間染成碧藍……

佟之淚　佟兒的故事

一九六八年冬

46

秀妍再次來到這條長走廊，陽光透著沒有玻璃的玻璃窗，照遍走廊每一個角落，上次來時感覺這條走廊陰森恐怖，但在白天卻別有一番景象。

她踏著木地板向前行，地板上仍殘留著少許未清理的玻璃碎，她來到走廊中間，看見愛娜正倚窗外望，她的雙眼，仍保持原本的啡黑色。

「愛娜姐，我來了。」

其實就算愛娜不邀約，秀妍也會主動聯絡，因為實在太多未解的謎，只有她一個能夠解答，更何況……

秀妍當晚看見愛娜的回憶……匣子裡的水……那個倒影……

「來了嗎？」愛娜把視線從窗外移回來，「有些事，我只能單獨對妳說，算是兩個詛咒的人之間的默契吧！」

秀妍站在愛娜前面，拉拉自己黑色的手套。

「愛娜姐，我對妳一直心存敬意和尊重，就把妳當作大姐姐看待，可是……」

秀妍瞪起一雙大眼，眼神充滿怒火。

「……妳為什麼要把姐夫打暈！害他進醫院縫了三針，現在摸摸後腦袋仍隱隱作痛！」

「對於這件事，我實在非常抱歉。」愛娜雙手垂直放前，向秀妍鞠了一躬。

「情非得已，若非把徐先生打暈，他一定會跟住來，這樣我就沒法引周肇鋒上當，亦不能保證他不會被大哥及三姐所傷，我本來打算一個人面對兄姐……只是，萬萬想不到，妳跟家彥早我一步來了。」

「妳為什麼要這樣對待周肇鋒？」

「他對雯雯無禮，」愛娜冷冷地道，「這是他應得的。」

「愛娜姐，不要再騙我了！」秀妍搖搖頭，「所有一切，都是妳的計畫，對嗎？」

秀妍踏前一步。

「送雯雯屋子農地，把這裡裝修得跟以前彭家一樣，那本寫有故事的筆記本，那個埋在沙地裡的匣子，把大春秋雁引來這兒，周肇鋒的人頭……甚至乎……我跟姐夫……通通都在妳計畫之內，對嗎？」

愛娜把臉別過去，再次望向窗外，閉上眼。

「不完全是，計畫是有的，但中間出了很多岔子。」

秀妍再踏前一步。

「但最重要是，妳，不是佟兒！」

微風從窗外吹進室內，把兩人的長髮捲起。

「呵呵！看見了嗎？」愛娜翹起雙手，回頭問，「告訴我，妳看見了什麼？」

「海邊，匣子盛滿水，」秀妍回答，「水裡的倒影，那位少女，雖然跟妳一樣是碧眼，但長相差太遠了。」

「我看見她跟頭顱說話，她就是佟兒，對嗎？」

愛娜微笑。

「大春跟秋雁說得沒錯，妳跟佟兒的樣貌……完全不同，唯一相似的，只有冷傲氣質。」秀妍繼續說，「可是，為什麼妳會這麼清楚佟兒的事？妳就好像……連她在想什麼也知道，妳……到底是誰！」

「果然跟她一模一樣……」愛娜笑說。

「妳……在說什麼？」

「我說，妳果然跟妳母親一模一樣，不單樣貌相似，連詛咒的能力也相同。」

「母……親？」

「上天真的很不公平，」愛娜抬高頭，望住天花板，「妳跟母親長得這麼相似，但我跟媽媽卻一點也不像。」

「愛娜姐……難道……」

「佟兒……是我的媽媽！」愛娜幽幽地道，「我的一雙碧眼，就是媽媽遺傳。」

秀妍留意到，她的眼睛開始透著絲絲藍色。

「妳……認識我……媽媽？」

「秀妍，還記得我們第一次見面，在仲德家裡，我一直盯實妳嗎？」

「記得，之後在警局，在家彥酒店，妳都一直盯住我。」

「然後，我約妳出來，不停問妳家人的事，不停提出想看妳母親照片，我做了這麼多事情，妳還猜不出原因嗎？」

「妳……以前見過我媽媽！所以當發現我跟她長得極為相似時，就一直盯住我，甚至約我出來，問我取照片看，目的就是要確認，我是否她的女兒！」

愛娜點點頭，秀妍續問。

「可是，妳何時見過我……媽媽？」

「那張老人院的陳年照片……」愛娜淡淡地說，「那個穿上寬大軍衣，頭戴爵士帽的……女人……就是我媽媽！」

秀妍震驚得完全說不出話來，自己跟姐夫一直想追查的那個人，就是佟兒！

「妳現在應該明白，當日我發現地上那張照片時，心情是何等的震驚及意外！居然有人從背後偷偷拍下我媽媽，但那次明明說好是祕密會面的！」

「可是，愛娜姐，」秀妍不解地問，「照片裡的佟兒，跟我媽媽有什麼關係？」

「秀妍，還不懂嗎？」愛娜笑笑回應，「佟兒當日見的人是誰？」

「她見的是……啊呀！」

秀妍尖叫一聲，她明白了，終於明白了！

佟兒當日見的人，是蘇秀晶，是我外婆！愛娜不知道我、姐姐、跟外婆之間的……複雜關係，所以誤會了那個人是我的……媽媽。

秀妍心想，這件事還是跟愛娜說清楚好，大家同是詛咒之人，她亦知道蘇秀晶的過去，我跟姐姐的關係，對她來說已不是祕密，更何況，坦白告訴她，可能會令她更願意說出自己的事。

「啊……原來還有這麼一個故事！」愛娜聽完秀妍的身世後，平靜地說，「對不起，誤把妳的外婆當成母親，不過，說起上來，這就更能證明，妳的外貌及能力，都直接承繼自妳的外婆，而不是妳的……姐姐。」

「愛娜姐，妳見過我外婆？」

「算是吧，她當時的說話，當時的表情，至今我仍然記得很清楚。」

「可是，當時是上世紀六十年代，愛娜姐妳應該未出世吧？為什麼說得好像親身經歷一樣。」

秀妍覺得整件事愈來愈不可思議。

「還有，佟兒的經歷，他們幾兄妹的生活點滴，以及潘安俊的事蹟，為什麼妳會知道得這麼清楚，就算是母親告訴妳，也不可能這麼詳細。」

愛娜耐人尋味地笑了一下。

「秀妍，知道我為什麼這麼緊張妳的過去？」

今次輪到她向秀妍走近一步。

「除了因為妳跟蘇秀晶長得極為相似，特別是眼睛，令我聯想到妳可能是她的後裔外……」

「我和妳身上的詛咒，也有一個共通點——記憶。」

愛娜再走近一步，站在秀妍面前。

「妳的詛咒是閱讀別人的記憶，而我的詛咒是……」

「記憶遺傳！」

47

記憶遺傳？秀妍頭一次聽到這個名稱。

「人類的基因遺傳，多數會從外表或病理上展示出來，膚色、五官、體型、毛髮，以及一些遺傳病。」愛娜開始解釋，「至於記憶，有些人聲稱自己能記起前世的事，孰真孰假，我沒有研究，但我知道，我不是這類。」

「我媽媽一生的所有經歷，只要存在於她的記憶中，就會全部遺傳給我，同樣地，我一生的所有經歷，只要我能記住，將來也會遺傳給我的後代。」

「但是，遺傳的是記憶，不是事跡，所以我媽媽遺傳給我的，不單單是她一生的事跡，還有她記憶中母親的事跡、她外婆的事跡、她外曾祖母的事跡……」

秀妍嚇了一跳，如此說來……

「對，我現在所擁有的記憶，是包括我母親佟兒在內，上幾代人的記憶！」愛娜淡定地說。

「那麼……佟兒她……經常強調身上的詛咒……意思就是……」

愛娜再次點點頭。

「我媽媽佟兒的記憶中，有她媽媽愛上潘華的記憶；有她媽媽被拋棄肝腸寸斷的記憶；有她媽媽深愛大春夏蓮秋雁的記憶；有她媽媽臨終前一刻仍希望守在子女身邊的記憶。」

「至於我，有我媽媽兒時跟哥哥姐姐一起生活的記憶；有他們一起望住匣子裡的魚游來游去的記憶；有媽媽第一次看見轆轤首的記憶；有媽媽想盡辦法破解詛咒把眼睛染藍了的記憶；有媽媽拯救安俊然後跟二姐訣別的記憶；有媽媽捧著匣子千辛萬苦找到二姐的記憶；還有……媽媽對住匣子發誓，一定要替二姐報仇的……記憶！」

愛娜一口氣說完，望住秀妍，徐徐吐出一句。

「我就是佟兒，佟兒就是我，因為我，擁有她的全部記憶。」

秀妍瞪大雙眼望住愛娜，感覺全身開始發抖，因為她意識到，這個記憶遺傳的可怕之處。

這個詛咒……會不斷累積記憶……再加上不死之身……

記憶一代一代傳下去，到最後，總會有一代人，因為抵受不住腦子裡全是前人的記憶而發瘋！但因為詛咒自帶不死之身，當事人想自殺也自殺不了，詛咒會一直折磨這個人一生，直至自然老死為止。

「我現在只有前幾代人的記憶，還頂得住。」愛娜摸摸腦袋，「但倘若再傳十幾代，我真的不敢想像到時我的後裔，會瘋成哪個樣子。」
「所以，這亦是我外婆當年，為什麼一直堅持獨身而終的原因，只可惜她先後愛上兩個男人，失敗了。」
「然後輪到我媽媽，她也失敗了，不過她不是因為動情而放棄堅持，她是因為想替二姐報仇，才決定把記憶遺傳，要自己的下一代，替她執行這個跨越兩代的復仇計畫！」
「為什麼佟兒要妳代替她？她自己不能報仇嗎？」
愛娜搖搖頭。
「她一直找不到潘安俊，眼見自己最佳的生育期即將過去，倘若決定不生，那她只有靠餘下的晚年生命去找，倘若仍找不到，就沒有後人記得這段血海深仇，所以，她最後決定結婚，把記憶遺傳給下一代，讓自己的子女去替她報仇。」
「我身上這個詛咒，不是單純地把記憶遺傳下去這麼簡單，它能把記憶中附帶的情感和思緒，一併傳到下一代，所以我永遠記得媽媽復仇的心是何等熾烈，即使潘安俊這個人，他所做過的一切壞事，跟我本人毫不相干。」
「潘安俊殺了夏蓮後，到底去了哪裡，令我媽媽完全找不到，至今仍沒有一個肯定答案。」愛娜淡淡地說，「我自己的推測是，他死了，他的鼻子毀成這樣，失血一定多，就好像雯雯一樣……」
愛娜雙眼，漸漸見到明顯的藍色。
「可是，匣子不讓他死去，匣子要他負起保護主人的責任，於是，潘安俊被匣子收起來，充當它的護衛，每次當匣子被毀時，他就會出現，令匣子復活。」
「想不到佟兒要找的人，原來就一直躲在自己攜帶的匣子裡面，說起上來真是諷刺。」秀妍感慨地嘆一口氣，「這個祕密一直沒人發現，直至……五十年後，當雯雯告訴我們，她嘗試把匣子棄掉，卻引出一個神祕男人時，妳才醒覺，那個男人就是潘安俊。」
愛娜第三次點點頭，眼角開始泛有淚光。
「但是雯雯一家，為什麼會牽扯到今次事件中？」秀妍追問。
愛娜露出一個苦笑。
「我媽媽，除了要找潘安俊，亦想找大春及秋雁，她想到一個方法，可以把他們自動引出來。」
「她把當年彭家這件事，以恐怖故事方式，說給一位姓賈的小孩子聽，希望藉著他把故事流傳開去，吸引大春及秋雁注意，在當時，除了媽媽之外，沒其他人知道夏蓮已死，所以她相信，一直在尋找夏蓮的兩兄妹，聽到這個故事後，一定會誤以為是夏蓮自己說的，回來家鄉是早晚的事。」
「但佟兒為什麼選擇那個小孩？」
「因為他就搬進以前舊居的隔壁，說起故事上來，信服力較強，而且，媽媽挺喜歡這個小孩，小孩亦對媽媽言聽計從，媽媽覺得他比較好利用。」
「那之後，大春及秋雁回來了？」
「嗯，」愛娜淡淡然說，「其實媽媽本來是想把他們引來後殺掉，因為正如夏蓮所說，他倆為了生存，一定會不停殺人，可是……媽媽最後還是不忍心下手。」
「始終是一起生活了那麼多年的哥哥姐姐，下不了手也是意料中事。」
「不過媽媽下不了手，我卻下得了手……」
秀妍以為自己聽錯了，她望向愛娜，發現愛娜滿臉淚水，雙眼進一步變得碧藍。
「秀妍，妳說得沒錯，一切都在我計畫之內。」愛娜開始哭出來，「我媽媽的計畫，是要毀滅潘安俊，而我的計畫，是要把大春秋雁除去！」

48

「為什麼，愛娜姐？」

「我……本來也不想這樣做……」愛娜哽咽，「可是，他們殺了仲德……」

「我媽媽的朋友本來就很少，仲德的父親算是最交心的一個，幾十年來，媽媽由最初的加以利用，慢慢培養出一份很特殊的感情，她對這位兒時就很仰慕自己，奉自己為女神的小男孩心生感激，她記住了小男孩對她的好，而這份記憶，一直留存在我的腦子裡。」

「我跟仲德拍拖，是想報恩，我媽媽虧欠他們一家太多，在我的記憶中，我沒法忘記媽媽利用他父親，所以我選擇放棄在我這代了斷詛咒的責任，也要跟他在一起。」

「至於雯雯，我們欠她最多……她一出世就……所以我把我最好的財產都送給她……但我承認，為了引出大春及秋雁，我不得不利用她……我之所以把房子布置得跟以前一模一樣，把故事寫在筆記本上讓她閱讀，把匣子埋在沙地裡讓她發現，目的就是要把雯雯打扮成……跟夏蓮一樣，大春及秋雁一定會以為，雯雯就是夏蓮，從而跌進我的圈套中。」

她嚥下口水，滴著淚，別過臉，繼續說。

「我故意在他們面前把匣子砸爛，將安俊引出來，我的記憶告訴我，夏蓮被安俊傷害後，她的身體變得不能復元，這正好用來對付那兩個自以為是的傢伙，夏蓮說得沒錯，這五十多年來，他們不知換了多少個頭顱，多少具身體，就算不為仲德，作為他們的親人，我也是時候出手制止。」

「我利用我的記憶假扮媽媽，博取他們的信任，他們不知道媽媽身上的詛咒，所以只要我把以前的事通通說出來，加上將周肇鋒變成轆轤首，他們沒可能不相信，我就是當年的佟兒。」

秀妍一邊望著愛娜，一邊聽著她飲泣，要做出大義滅親這個決定實在不易，她當時的心情一定很難受。

「所以，愛娜姐妳上次約我出來，不停問我家裡的事，是因為妳要確認……我是否當年妳見過那位……蘇秀晶的後代，若是的話，妳擔心我會在這個關鍵時刻，看穿妳的記憶，壞了妳的大事。」

愛娜沒有回答，她靜靜地轉過頭來，望住秀妍。

「當年，我媽媽約妳外婆出來，其實並不是教她如何解除詛咒，相反，是想借用妳外婆的能力……窺看我媽媽的記憶……因為她一直遍尋潘安俊不獲……她想知道自己是否有什麼東西遺忘了……」

「外婆怎麼說？」

「妳外婆說，只見到夏蓮，看不見潘安俊，因為我媽媽，滿腦子都是她二姐的回憶。」

這個……對佟兒來說……也算是合情合理……等等！差點忘了一個最重要問題。

「愛娜姐，雯雯她……到底是不是夏蓮？她和妳最後打在潘安俊鼻子上的東西，又是什麼？」

愛娜的表情再次顯得憂傷，此刻的她，一雙眼睛已經澈澈底底染成碧藍色，像蒼海，也像湖水，清澈透亮，閃爍迷人，就跟雯雯一樣。

愛娜湊近秀妍，在她耳邊說了幾句，嚇得她馬上叫出來。

「這個……雯雯她……那麼秋雁是對的！」

愛娜發出一個會心微笑，挽起手袋，向秀妍揮揮手。

「我是時候走了，很高興認識蘇秀晶的後人，李秀妍，我會記住妳的名字。」

「妳要去哪裡？」

「世界這麼大，總有我容身之所。」愛娜苦笑一下，「看來……我外婆及媽媽完成不到的使命……上天就要交給我來完成！」

「愛娜姐，雖然我不知道妳所做的一切，是對是錯。」秀妍一臉不捨地說，「但妳總算把媽媽的遺願完成，佟兒泉下有知，一定會以妳為榮。」

「遺願？誰說我媽媽死了？」

咦？

「我媽媽，就算咬住最後一口氣，也要看到今日的結局。」

49

笑婆婆半夜從睡夢中驚醒，她望望鄰床，老婦人正挨在床頭，亮著床燈，很認真地看著一張照片，一邊看，一邊笑。

笑婆婆心想，之前她不是一直蜷縮在被窩裡睡覺嗎？怎麼突然精神起來！

她看得入神，完全沒察覺笑婆婆醒來了，她伸出顫顫抖抖的右手，輕輕撫摸那張照片，笑婆婆看見她的右手手腕，戴著一隻翡翠手鐲。

「啊！好名貴的翡翠手鐲！」笑婆婆有點詫異，「平時沒見妳戴出來？」

她稍稍側著頭，瞇成一線的小眼睛，瞥了笑婆婆一眼。

「我……媽媽……留給我的。」

她聲音很細，氣若游絲，好像瀕死的病人。
「最近很少見妳女兒上來，她很忙是嗎？」
笑婆婆心想，若這幾天還不上來，恐怕以後也見不到媽媽了。
「她……有事做……重要事……」
唉！做媽媽的總是替自己子女說好話，再忙也要來探望啊！
「可否……幫我……倒杯水……」
笑婆婆聽後馬上下床，慢慢走到她的床邊，替她倒了一杯暖水。
「小心，拿住。」笑婆婆小心翼翼把杯子塞進她的右手，因為她的左手仍拿著那張照片。
然而，她沒有喝水，只是望住杯子底部。
「哈，妳這個杯子真有趣，底部畫了兩條魚，看上去就好像魚在水裡游來游去。」
她沒有回應，笑婆婆低頭細看，發覺她已閉上雙眼，嘴唇微微上翹，心滿意足地微笑著。
突然她雙手一鬆，水杯裡的水倒在身上，照片也跌在地上。
笑婆婆呆了一會，然後，把跌在地上的照片拾起來。
一張舊照片，一男三女，背景是一條長走廊，四人年紀大約十多歲，看似是一家人。
「是妳的兄弟姊妹嗎？」笑婆婆忍住淚水，「希望妳，能夠早日跟他們團聚。」

50

家彥坐在萬宜水庫西壩頂，遠眺爛泥灣村遺址。

同樣是蔚藍的天，同樣是嫩白的雲，陽光照樣反射在碧藍的水塘上，映出閃爍的金黃色。

可是，雯雯已經不在。

雖然事件發生至今已有一個月，但家彥悲傷的心情仍未平復，每次想起仲德，想起雯雯，內心會突然一陣絞痛，平時很少流淚的他，眼眶也不禁泛紅起來。

「那裡，就是夏蓮頭顱安息之處？」

家彥問坐在自己旁邊的秀妍，她也朝遺址方向望過去。

「嗯！」秀妍點頭。

「那夏蓮的身體，就成為雯雯的身體？」

「上次見愛娜姐時，她是這樣說。」秀妍再次點頭。

「但怎可能做到？雯雯她，完全不像轆轤首，更不像安俊這隻怪物！」

「一切都是佟兒的執念及妄想所驅使，」秀妍垂下頭，輕聲地說，「因為她的堅持，雯雯成為那個匣子產生出來的……第三個形態。」

「到底是什麼一回事，秀妍？」

秀妍用手輕撥被風吹亂了的頭髮，望著家彥。

「佟兒她，跟雯雯的父親關係很好，所以，在她身體還健康時，一直有拜訪他，當知道他的女兒即將出世，佟兒便開始盤算，她心中那個移花接木的計畫。」

「佟兒以探訪初生女兒為由，前來雯雯父親家裡，雯雯父親一直很信任她，所以對佟兒來說，要把雯雯的身體換下來，是很輕而易舉的事，問題在於，換下來之後，雯雯能否生存……」

秀妍深呼吸一口，繼續說。

「其實佟兒一直有嘗試把夏蓮復生，但她試過很多次，用夏蓮的頭顱連接人的身體，全都不成功，夏蓮頭顱已經死了，沒有能力重生，最後佟兒只好把她埋葬在家鄉的泥土裡，永沉水底。」

「可是，她突然靈機一觸，之前一味想著令夏蓮的頭顱重生，但假如倒轉來想，先將一個活人變成轆轤首，然後連接夏蓮的身體，這個做法又能否成功？」

「她愈想愈可行，決定大膽一試，之不過，由於夏蓮的身體，已經萎縮至初生嬰孩一樣，所以……她只能利用嬰孩的頭……」

「太殘忍了！」家彥此時才發覺，佟兒的心思及手段，比起她的兄姐，比起安俊，更來得可怕。

「據愛娜姐說，在她的記憶中，不知見過多少初生女嬰，被佟兒放在盛了水的匣子上，然後令她們睜開雙眼……可惜，始終沒有一個成功！」

「那雯雯為何成功了？」

「因為……佟兒……不再用水……」秀妍閉上雙眼，感傷地說，「眼淚……佟兒用她的眼淚，把整個匣子盛滿碧藍色的水！」

家彥愣住了，世間上……竟然有這麼執著的人……

「這就解釋了，為什麼雯雯雙眼會是碧藍色，因為她是用佟兒的淚水……重生出來……」秀妍幽幽地道，「分別只是，佟兒和愛娜的藍色，只有悲傷時才會呈現，但雯雯的藍色是永恒的。」

「除了眼睛變成藍色，」家彥追問，「夏蓮的身體跟雯雯的頭連接後，就這麼迅速復元了？頭顱還牢牢地套在頸項上，十八年來從未飛脫出來？這個……又該如何解釋？」

「愛娜姐說，或者是上天被她媽媽這幾十年來的堅持，感動到了。」秀妍定睛望住家彥，「佟兒為了令她二姐重生，做出了很多超乎常人所能承受的事情。」

「她為了盛滿那一匣子的淚水，幾乎把自己的眼睛哭瞎了，健康狀況也因此迅速轉壞，不單視覺嚴重受損，聽覺嗅覺等其他感官的功能也急遽惡化，到最後……她實在支持不住，把照顧雯雯及仲德一家的責任，向女兒囑咐後，便搬進老人院，靜靜等待生命結束的一刻……」

聽到這裡，家彥心裡感慨萬分，佟兒她，應該是對夏蓮的死心存內疚，耿耿於懷，她會想，若果當晚不把安俊救出，自己的二姐就不會跟他私奔，更加不會死，所以她把一生的力量全部奉獻出來，目的就是贖罪。

但最令人嘆息的，是重生後兩次到訪老人院的……夏蓮，沒能跟笑婆婆鄰床那位……好妹妹相認，一個感官退化，一個記憶未復，兩姐妹緣慳一面，果真叫人無限惋惜。

「不過，以我來看，」家彥抬起頭，望著天上的白雲，「與其說是感動蒼天，不如說是佟兒自身詛咒的眼淚，跟轆轤之匣重生的力量相互結合，淚水加匣子，反而令本來應該變成轆轤首或怪物的雯夏蓮合體，變回……一個正常人！」

「夏蓮不是一直想做回正常人麼？她生前做不到的事，想不到幾十年後，終於如願以償。」

「這也是為什麼秋雁說，嗅到姐姐的味道……或者正確點說，嗅到自己的味道。」秀妍雙手托著下巴，「雖然愛娜姐不想承認，但說雯雯就是夏蓮，我覺得可以接受，畢竟到最後，她開始記起以前的事了。」

對！正因為她開始記起以前的事，才會走上自我犧牲的路！

家彥……哥哥……你會……懷念我嗎？

雯雯知道的，可能遠比她表現出來的多，她的身體……夏蓮……以及安俊的事，還有，她跟仲德說要回爛泥灣村一趟，是否當時已感應到……夏蓮頭顱的呼喚……所以想看看那塊長眠之地？

不過，她到底是何時開始，抱住和安俊同歸於盡的決心……

「對了，雯雯當晚攻擊安俊鼻子上的東西，是什麼？」

「沙子，」秀妍回答，「據愛娜姐說，匣子的力量來自水，所以用沙可以有效作出剋制。」

「那愛娜攻擊他的，也是沙子囉？」

秀妍搖搖頭。

「血，夏蓮凝固了的血。」她說，「佟兒一直相信，夏蓮能把安俊咬到重傷，她的血，必定能消滅變成怪物後的安俊，因為……安俊這一生都欠了她！」

「相生相剋，相愛相殺，」家彥嘆口氣，「世間萬物，莫過如斯。」

涼風送爽，雖然陽光仍猛，但家彥已感覺到微微的秋意，隨著夏天過去，或者，是時候忘記這場仲夏的悲劇。

「家彥你喔……以後不要再做這種危險的事……」

秀妍漲紅了臉，但家彥聽不明白。

「秀妍，妳在說什麼？」

「我說，你以後不要不顧安危，拼了命保護我，」秀妍低著頭，害羞地說，「自己的生命也很寶貴的，不要再……把我摟得這麼緊……」

「我……我只是……」今次輪到家彥漲紅了臉。

這時秀妍突然站起身，向坐在地上的家彥伸出右手，好像想把他拉起來。

「走吧，晚上還約了昕涵吃飯。」

家彥望住秀妍戴著白色絲質手套的手……記起上次捉緊她的手時，她一掌把自己推跌在地上的狼狽情景。

為什麼……為什麼她今次願意主動伸手？

「走吧。」

秀妍側著頭，對家彥展露一個燦爛甜美的笑容。

家彥笑了笑，握著她的手。

釀冒險34　PG2297

轆轤之匣

作　　者　金　亮
責任編輯　喬齊安
圖文排版　林宛榆
封面設計　楊廣榕

出版策劃　釀出版
製作發行　秀威資訊科技股份有限公司
114 台北市內湖區瑞光路76巷65號1樓
電話：+886-2-2796-3638　傳真：+886-2-2796-1377
服務信箱：service@showwe.com.tw
http://www.showwe.com.tw
郵政劃撥　19563868　戶名：秀威資訊科技股份有限公司
展售門市　國家書店【松江門市】
104 台北市中山區松江路209號1樓
電話：+886-2-2518-0207　傳真：+886-2-2518-0778
網路訂購　秀威網路書店：https://store.showwe.tw
國家網路書店：https://www.govbooks.com.tw
法律顧問　毛國樑　律師
總 經 銷　聯合發行股份有限公司
231新北市新店區寶橋路235巷6弄6號4F
電話：+886-2-2917-8022　傳真：+886-2-2915-6275

出版日期　2019年7月　BOD一版
定　　價　380元

國家圖書館出版品預行編目

轆轤之匣 / 金亮著. -- 一版. -- 臺北市 : 釀出版, 2019.07

面 ;　公分. -- (釀冒險 ; 34)

BOD版

ISBN 978-986-445-339-9(平裝)

857.7　　108009372

讀者回函卡

感謝您購買本書，為提升服務品質，請填妥以下資料，將讀者回函卡直接寄回或傳真本公司，收到您的寶貴意見後，我們會收藏記錄及檢討，謝謝！

如您需要了解本公司最新出版書目、購書優惠或企劃活動，歡迎您上網查詢或下載相關資料：http:// www.showwe.com.tw

您購買的書名：____________________

出生日期：________年________月________日

學歷：□高中（含）以下　□大專　□研究所（含）以上

職業：□製造業　□金融業　□資訊業　□軍警　□傳播業　□自由業

□服務業　□公務員　□教職　□學生　□家管　□其它_____

購書地點：□網路書店　□實體書店　□書展　□郵購　□贈閱　□其他

您從何得知本書的消息？

□網路書店　□實體書店　□網路搜尋　□電子報　□書訊　□雜誌

□傳播媒體　□親友推薦　□網站推薦　□部落格　□其他__________

您對本書的評價：（請填代號　1.非常滿意　2.滿意　3.尚可　4.再改進）

封面設計____　版面編排____　內容____　文／譯筆____　價格____

讀完書後您覺得：

□很有收穫　□有收穫　□收穫不多　□沒收穫

對我們的建議：____________________

____

____

____

請貼
郵票

11466
台北市內湖區瑞光路 76 巷 65 號 1 樓
秀威資訊科技股份有限公司 收
BOD 數位出版事業部

（請沿線對折寄回，謝謝！）

姓　　名：____________ 年齡：______ 性別：□女　□男

郵遞區號：□□□□□

地　　址：______________________________

聯絡電話：(日)____________ (夜)____________

E-mail：______________________________